세종대왕 이도

* 이 책은 2008년 6월 20일 집사재에서 출간한《대왕세종》(전 3권)의 개정판입니다.

세종대왕 이도 3

1판 1쇄 발행 | 2016년 10월 9일

지은이 | 이상우
펴낸이 | 김경배
펴낸곳 | 시간여행
편　집 | 이진의
마케팅 | 강민정
본문 디자인 | 디자인 [연:우]

등 록 | 제313-210-125호 (2010년 4월 28일)
주 소 | 서울시 마포구 토정로 222 한국출판콘텐츠센터 419호
전 화 | 070-4032-3664
이메일 | sigan_pub@naver.com

종 이 | 엔페이퍼
인 쇄 | 한영문화사

ISBN 979-11-85346-36-6 (04810)
979-11-85346-33-5 (세트)

이 도서의 국립중앙도서관 출판예정 도서목록(CIP)은 서지정보유통지원시스템 홈페이지(http://seoji.nl.go.kr)와 국가자료 공동목록시스템(http://www.nl.go.kr/kolisnet)에서 이용하실 수 있습니다. (CIP 제어번호 : CIP2016023338)

* 이 도서는 국제친환경 인증을 받은 천연펄프지(Norbrite 95#)로 제작되었습니다. PEFC

세종대왕

이도 3

이상우 장편소설

시간여행

대세
왕종

목차

벌벌 떨다가 죽은 장수

세종은 북방 정책이 중요하고 시급하다는 것을 늘 느끼고 있었다. 홍득희의 이야기를 듣고는 더욱 북방 방어의 결심을 굳혔다. 특히, 함길도는 조선 왕조의 뿌리가 박힌 조종(祖宗)의 땅이다. 그 신성한 땅에서 툭하면 오랑캐의 말발굽 아래 노략질을 당하는 수모를 겪어서야 되겠는가.

조종의 땅을 확실히 되찾고 국경을 확정해야 할 때가 온 것이다. 세종은 그것이 제 4대 군왕에게 주어진 책무라 여겼다.

임금은 을묘년(1435) 3월, 김종서에게 함길도 병마도절제사(兵馬都節制使)로 임명한다는 교지를 내렸다. 동시에 정흠지를 함길도관찰사로, 이징옥을 판회령부사로 삼았다. 뒤에 평안도 도안무찰리사로 최윤덕을, 종사관으로 대호군 이세형을 임명했다. 북방에 강한 대신, 장수들을 보내어 국토를 개척하여 만대의 기틀을 만들고자 하는 임금의 뜻이 반영된 인사였다.

임금은 함길도로 떠나는 김종서에게 부월과 함께 털모자와 털옷을 주었다.

"과인의 생각으로는 동북 사정과 전략에 밝은 홍 패두를 활용하는 것이 좋을 듯한데 경의 생각은 어떠하오?"

임금의 제안에 김종서는 생각하다가 말했다.

"반드시 도울 때가 있을 것입니다. 홍 패두는 제 마음이 내키지 않으면 죽어도 움직이지 않는 사람이니 신이 의논해 보겠습니다."

"하하하. 항우 고집이라는 것은 과인도 보았네. 하지만 밉지는 않더군."

임금은 한참을 웃고 나서 다시 북방 전략에 대해 당부했다.

"태종께서 늘 말씀하시기를 조종의 땅인 북변에 오랑캐들이 와서 살고 있으면 곧 쫓아버려 적의 소굴이 되지 말게 하라 하셨소."

"명심하겠습니다."

임금은 이어서 힘주어 말했다.

"이제 소다로와 공주가 모두 풀밭이 되어 오랑캐의 군사가 제멋대로 밟고 사냥하는 마당이 되었소. 과인은 이를 생각하면 늘 마음이 아프오. 빨리 육진을 설치하고 백성을 그곳으로 이주시켜 군사들이 멀리 와서 수자리 사는 괴로움을 덜어주게 하시오. 천민들을 양민으로 삼고 양민에게는 그곳의 관직을 주어 사람이 모이게 해야 할 것이오. 이를 위해 과인이 병조에 명하여 삼도에서 2천 호 이상을 우선 경원으로 옮기도록 할 것이오."

"참으로 훌륭하신 조처이옵니다."

"북방의 주적은 이만주와 홀라온이 아니겠소. 헌데 이만주가 홀라온에게 군사를 청하여 함께 와서 침공한다고 하는가 하면, 또 혹자는 이만주는 침공에 참여하지 않았다고 하니 누구의 말이 옳은지 진정 알지 못하겠소. 이번에 누가 더 진정한 적인지를 잘 가려서 근본을 고쳐 놓아야 할 것이오."

"뛰어난 장수라고 하더라도 별 다른 술책이 있는 것은 아니라고 사료됩니다. 다만 적의 상황을 정확하게 파악하는 것이 승리의 첩경이라 여겨집니다. 그러기 위해서는 간자를 최대한 활용할 생각입니다. 북방에서는 조선 백성과 오랑캐 백성이 섞여 살아 서로 혼인하고 왕래하니 적과 아군의 분별이 확실하지 않습니다.

병법에도 이르기를 적의 실정을 알지 못하면 무리의 장수가 될 수 없다고 하였습니다. 북쪽 변방은 적과 땅이 닿아있기 때문에 적은 우리의 도로 사정과 병력의 움직임을 쉽게 파악하여 기습을 잘합니다. 변방의 무관들도 그들의 급습을 알지 못하기 때문에 속수무책일 경우가 많습니다. 또한 압록강과 두만강이 가로막은데다가 산악이 험준해서 오래 근무한 장수나 노졸들도 적진의 사정을 잘 알지 못합니다. 오직 이기는 방법은 여러 형태의 간자를 투입해서 적진을 탐후(探候)하는 데 있습니다."

김종서의 말을 듣고 있던 황희가 말했다.

"만약 국경 지역에 살고 있는 오랑캐 중에 자기 족속을 배반하고 조선에 성심을 다하는 자가 있다면 간자로 써도 좋을 것입니다. 그러나 오랑캐는 믿을 수 없어서 오히려 우리의 군사 비밀을 역으로 저들 족속에게 전해줄 수 있습니다. 이렇게 되면 이익은커녕 오히려 큰 손해를 보게 될 것입니다. 오랑캐를 믿어서는 아니 됩니다."

김종서는 이민족을 무조건 불신하는 대신들의 생각에 반박을 하고 싶었으나 그냥 참았다.

"지금 야인 중에 저들과 인연이 있는 자를 뽑아서 반간(反間)으로 활용하되 이쪽 사정을 잘 모르게 해야 할 것이오. 그들로 하여금 후한 상금을 탐내게 하여 자기가 반간이라는 것을 스스로 알지 못하게 한다면 좋을 것이오. 상금을 주는데 인색하지 말 것이며 모자라면 과인이 별도로 마련할 것이니 언제라도 요청하시오."

김종서는 우선 함길도의 사정을 잘 아는 홍득희의 도움이 꼭 필요하다고 생각하여 임금에게 홍득희와 그 일당 처리에 대한 전권을 미리 윤허받았다. 그리고 홍득희를 불렀다.

"전하께서 홍 처자의 박식을 놀라워하셨네."

"송구합니다."

"이번에 함길도 병마도절제사가 되었네."

"경하드립니다."

"고맙네. 허나 축하나 받고 있을 일이 아닌것 같으이. 국경을 확정하고 다시는 전쟁이 일어나지 않도록 해야 하는데……."

"무력만으로 해결하기는 어려울 것입니다."

"나도 그렇게 생각하오. 그래서 홍 처자가 나 좀 도와주시게."

"싫습니다. 화적 두목에 불과한 쇤네가 북방을 두 번이나 갔다 왔습니다. 모두 나리의 권유 때문이었지요. 그러나 쇤네가 갔다 왔을 때마다 우리 형제는 죽거나 잡혀갔습니다."

홍득희는 딱 잘라서 거부했다. 관군으로 참전하는 일이 어쩐지 자신을 속이는 것 같고 말하거나 생각할 거리가 아니라고 생각했기 때문이다.

"그 문제는 정말 할 말이 없네. 관아라는 것이 서로 손발이 안 맞는 곳이라는 것을 이해해주시게. 이번에 잡혀온 열 사람은 벌써 다 풀어주었지 않았는가?"

"쇤네가 해야 할 일은 나리도 알고 계시지 않습니까? 천민을 풀어주는 일이 이루어질 때까지 쇤네는 양반들과 싸울 것입니다."

"전하께서도 그 말을 깊게 생각하고 계신 것 같으이. 북방의 일만 끝나면 나도 돕겠네. 하지만 북방은 지금도 천민들이 오늘은 이쪽 편 내일은 저쪽 편이 되는 고달픈 생활을 하고 있지 않은가? 이 문제를 해결하는 것이 훨씬 급한 일이지 아니한가?"

김종서의 이야기를 듣고 있던 홍득희는 굳은 마음이 조금 풀렸다.

"쇤네가 없는 동안 저의 식구들은 어떻게 됩니까?"

김종서는 굳었던 얼굴을 펴면서 말했다.

"내가 미덥지 않으면 모두 같이 가는 것은 어떠한가. 함길도 병마도절제사 휘하의 독립된 홍득희 패로 활동하면 되지 않겠나."

"우선 직첩을 자유롭게 해주셔야 합니다. 품계를 받을 생각은 없으나 양민으로 인정하여 주십시요."

"알겠네."

"가서 소두목들과 상의해 보겠습니다."

홍득희는 착잡한 마음으로 오포산 산채로 돌아왔다. 죽은 목숨 열 명이 살아와서 산채는 잔치분위기였다. 이적합, 동창, 홍석이까지 돌아와 즐거움은 더 했다.

홍득희는 소두목을 불러 모았다. 낮에 김종서와 있었던 일을 이야기 하고 의견을 물었다.

"월료는 얼마나 줍니까?"

한참 왈가왈부하다가 김영기가 불쑥 물었다.

"그런 이야기는 나중 문제이고, 우선 갈 것이냐 말 것이냐가 먼저요."

"그러나 우리가 관군이 될 수는 없는 것 아니오."

"그 점은 내가 확실히 해 놓았소. 관군이 되는 것이 아니라 양민이 되는 것이오. 거기서 둔전을 배당받아 마을을 이루고 살 수도 있는 것이오."

"백정이 농사짓기는 어렵지."

백정인 박무가 자기 입장을 생각해서 한 말이다.

"그러나 우리 같은 화척, 신백정, 노비가 양민이 된다는 것은 우리 장래에 중대한 희망을 준 것이니 일단 홍 두령을 따라 같이 행동해야 할 것이오."

이적합이 결론처럼 말했다.

"홍 두령이 결정하도록 하지요."

강원만의 말을 끝으로 의견 일치를 본 셈이었다.

김종서 병마도절제사는 함길도의 감영이 있는 함주 함흥부로 떠났다. 홍득희는 함길도로 갈 희망자를 모았다. 30명이 모였다. 나머지 40여 명은 다음 차례에 오기로 했다. 그들은 대부분 함길도 국경지대에 정착할 이주민이 되기를 희망했다. 함길도 감사 정흠지와 평안도 감사 겸 병마찰리사 최윤덕은 충청도·경상도·전라도의 농민들을 북방으로 이주시켜 영토의 확장 정책에 투입하기로 했던 것이다.

홍득희는 김종서의 정규 관군에 편입되지는 않았다. 홍득희가 벼슬을 받으려 하지 않았기 때문에 김종서는 원정군의 말단 조직인 무관 9급에 해당하는 팽배대장(彭排隊長)으로 부르겠다고 말했다. 보통 대장으로 부르는 직책이었다. 홍득희의 부하들은 모두 군복을 보급받지 않았다. 평상복 차림이어서 복장이 가지각색이었다. 식량과 활, 화살 등은 감영에서 조달받았다

일단 함흥부에 도착한 김종서는 신속하게 군사를 재편성하고 배치했다. 강계도호부 서쪽은 최윤덕 도찰리사가 맡고 있기 때문에 그 동쪽인 백두와 두만강을 개척하는 것이 김종서의 임무였다. 평안도 쪽은 4구 설치를 목표로 하고 동북은 육진의 설치를 목표로 두었다.

함흥부에 도착하여 군사 배치에 여념이 없던 김종서는 감영 밖 절제사 본영에서 며칠만에 홍득희와 만났다.

"홍 대장은 전복 입었을 때와 치마저고리 입을 때의 모습이 전혀 딴 사람처럼 보이오."

김종서는 전복에 활을 멘 홍득희를 보고 웃었다,

"제일 높은 대장과 제일 낮은 종 9품 대장이 만났군요."

홍득희도 마주 웃었다.

"홍 대장이 내일부터 급히 해야 할 일이 있소. 이만주와 홀라온의 진짜 속마음과 그들의 군사 형편을 탐후해 주었으면 하오."

"내일 당장 경원에 근거를 마련하고 두만강을 넘어갈 사람을 찾겠습니다."

"나는 정흠지 감사의 도움을 받아 각 주둔지의 만호와 진무(鎭撫, 무관의 한 부류)들을 연결하는 작업을 하겠네."

"연락하는 방법은 봉수를 올리는 것이 기본이겠지만 더 긴밀한 방법은 여진인들이 쓰는 방법입니다."

"여진족들은 어떻게 하는가?"

"그들은 근거리는 화살로 연락합니다. 밤에는 불화살로 연락하지요. 봉수보다 훨씬 빠릅니다. 하는 방법은 우리 식구들이 시범을 보일 것입니다."

"오랑캐들 중에는 화살로 급보를 알리는 무리가 있다는 이야기를 듣기는 했지만, 듣고 보니 쓸모가 많겠구먼."

홍득희 일행이 경원으로 진출하고 있을 때 경원에서는 처참한 일이 기다라고 있었다.

경원절제사 송희미(宋希美)가 아침에 눈을 뜨자 관기 월지가 나물국을 끓여 들고 와 머리맡에 앉아 있었다.

"나리, 어서 차비하시고 청사에 나가셔야죠. 요즘 그렇지 않아도 오랑캐가 올지도 모른다는 소문이 파다합니다."

"하하하, 감히 내가 누구라고? 걱정 말아라."

"그래도 나리, 오늘은 조심하셔야 합니다."

"왜 오늘이냐?"

"쇤네가 새벽에 잠이 들었는데 글쎄 나리가……."

"내가? 잠꼬대라도 하던가?"

"그게 아니오라, 꿈에 나리의 목이…."

"내 목이?"

"송구한 꿈을 꾸었어요. 글쎄 나리의 목이 떨어졌지 뭐예요."

송희미는 그 말을 듣자 겁을 먹고 움츠렸다.

"불길한 조짐이구나. 오늘은 관아에 나가지 않을 것이다. 방에만 있을 테니 그리 알아라."

그날 아침 이만주의 부하들이 2백여 명의 군사를 이끌고 경원성을 공격했다. 방어군은 성문을 꼭 잠그고 나가 싸울 생각을 하지 않았다. 관군이 나오지 않자 여진군은 성 밖의 민가를 노략질했다.

"소나 닭은 모조리 끌고 오너라."

그들은 무법천지로 날뛰었다. 백성들은 집에 숨거나 산으로 도망치기 바빴다. 그러나 말을 타고 무장한 그들을 피할 수는 없었다. 집은 불타고 성 밖은 아비규환의 지옥으로 바뀌었다. 그러나 송희미는 꼼짝도 하지 않았다. 장수가 문밖으로 나오지 않으니 다른 지휘관도 꼼짝하지 않았다.

오랑캐들은 낮에는 하루 종일 노략질하고 밤에는 모닥불을 피우고 농가에서 약탈한 소와 닭을 잡아먹으며 분탕질쳤다. 도망가는 백성들은 칼로 베고 활로 쏘았다.

참혹한 밤이 가고 날이 밝았다.

성안에 있던 판사 이백경이 절제사에게 나가서 싸우자고 건의했다.

"백성이 저렇게 목숨을 잃고 있는데 이럴 수가 있습니까? 장군! 성문을 열어 주십시오. 나가서 싸우자고요."

이백경이 아우성을 쳤다. 그러나 송희미 절제사는 여전히 움직이지 않았다.

경원성에 다다른 홍득희 일행은 처절한 살육의 현장을 목도했다.

"아니 저것은 여진족 아니냐? 조선군은 왜 싸우지 않는 것이지?"

홍득희가 놀라 성곽 앞으로 달려갔다.

"이만주의 군대다. 빨리 가서 쫓아내라."

박무가 활을 쏘면서 달려 나갔다. 그러나 언제 갔는지 홍득희가 맨 먼저 적진에 도착했다. 홍득희는 달려가면서 벌써 여러 명을 화살로 쓰러뜨렸다.

갑자기 조선군의 기습을 만난 여진군은 처음에는 밀렸으나 곧 전열을 가다듬고 홍득희 일행을 막아섰다.

"모조리 죽여라!"

홍득희가 칼을 뽑아 들었다. 앞을 막는 두 명을 마상에서 베어 버리자 여진군은 주춤했다. 그러나 다시 떼를 지어 덤벼들었다. 3백 명이 넘는 적을 30명이 대적하기는 너무 힘든 싸움이었다.

홍득희는 틈을 내서 경원성 성문을 향해 불화살을 날렸다. 성문에 불이 붙기 시작했다. 성문이 닫혀 있는 것을 보고 홍득희는 이미 적군에게 점령되어 있는 것이라고 생각했다.

소수정예란 홍득희 군을 두고 하는 말 같았다. 홍득희는 여러 명을 베었기 때문에 전복이 피로 범벅이 되었다. 홍득희 군이 싸우는 사이 많은 주민이 도망갈 기회를 얻었다. 그러나 한쪽에서는 조선인을 끌고 달아나는 여진인도 꽤 많았다.

"대장!"

싸움이 한창일 때 이적합이 소리쳤다.

"저기 관군이 옵니다."

먼지를 일으키며 달려오는 기병들이 있었다. 깃발을 보아 관군임을 알 수 있었다. 여진군이 슬금슬금 도망했다. 도망을 가면서도 조선인 상당수를 포로로 끌고 갔다.

관군이 성문 가까이 이르자 여진군은 거의 퇴각했다.

"조석강 장군 아닙니까?"

홍득희가 소리쳤다. 관군을 이끌고 온 사람은 뜻밖에도 경복궁 후원에서 활쏘기 경기를 하던 무과 장원 출신 조석강이었다.

"홍 패두 아니오?"

"마침 잘 와 주셨습니다. 큰일 날 뻔했습니다."

"김종서 장군께서 긴급히 경원성을 구하라는 연락을 해서 왔습니다."

"그랬군요. 빨리 저들을 추격하여 잡혀가는 백성을 구해야 합니다."

그때였다.

"추격하지 말라!"

언제 왔는지 성문을 열고 송희미가 나와 소리쳤다. 성문에 불이 붙자 나온 것 같았다. 성안에 있던 군사들이 뒤늦게 쏟아져 나왔다.

"추격하여 잡혀가는 사람들을 구해야 합니다."

조석강이 말했다.

"섣불리 따라갔다가는 포로를 죽이는 수도 있다. 신중해야 한다."

홍득희는 말이 되지 않는다고 생각했다.

"장군! 추격해서 모조리 죽여야 합니다. 나는 쫓아가겠소."

조석강이 나가려 하자 절제사가 또 소리를 질렀다.

"경원의 절제사는 나다. 군령을 어길 셈이냐!"

송희미가 큰소리치는 바람에 조석강도 주춤하고 말았다.

홍득희가 보낸 이적합으로부터 경원성 사태를 보고 받은 김종서는 노발대발했다. 즉시 임금에게 장계를 올렸다.

"이만주 졸개들의 기습으로 경원성 밖은 피로 물들었습니다. 오랑캐가 이틀 동안 노략질하는 데도 절제사 송희미는 성문을 닫고 싸우지 않았습니다. 진무들이 싸울 것을 청했으나 움직이지 않았습니다.

밖에서 백성들이 죽어가고 있는데 백성을 돌봐야 하는 지휘자의 자리에 있는 자가 눈 감고 앉아 있었으니 이보다 큰 잘못은 없습니다. 이날 죽은 자가 2천6백 명이 넘습니다. 끌려갔다가 도망쳐 온 사람들의 이야기를 들어보면 더 처참합니다.

끌려가던 사람들이 강가에 이르자 한 두목이, 집에 가고 싶은 사람은 강둑에 서라고 했습니다. 많은 사람들이 강둑에 서자 활과 칼로 모두 죽여버렸다고 합니다."

장계를 받은 임금은 김종서와 정흠지 관찰사에게 책무를 다하지 못했다고 큰 꾸지람을 내렸다. 그리고 송희미, 이백강, 조석강은 즉시 포송하라는 엄명을 내렸다.

송희미는 태종때 무재가 인정되어 무관으로 승진을 거듭했다. 성품이 너그럽고 온화하다는 평을 들었다. 그러나 호령이 느리고 흐릿해서 적을 보면 겁부터 내어 어찌할 바를 몰랐다.

사헌부에서 경원 사건에 대해 상소를 올렸다.

"경원성에 쳐들어온 오랑캐는 말 탄 자가 겨우 50여 명에 불과했습니다. 송희미는 이것을 겁내 싸우지 않았으니 군율로 참하는 것이 당연합니다. 또한 이백경은 성문을 열지 않았고, 추격하지 않은 조석강, 당시 인근 회령에 있던 이징옥, 유사진, 박욱, 종사관 조주 등도 마땅히 벌주어야 합니다."

임금은 비답을 내렸다.

"송희미, 이백경, 조석강은 참형을 내림이 마땅하다. 그러나 죄의 경중을 아니 가릴 수 없다. 이백경은 장을 친 뒤 여연으로 귀양 보내고 조석강 등은 장을 친 뒤 경원으로 귀양 보내 모두 충군하게 하라. 송희미는 수원으로 보내어 참하라."

임금의 명으로 죽으러 가던 송희미가 숭례문 밖 청파에서 최윤덕을 만났다. 마침 한성에 와 있던 최윤덕은 친하게 지내던 송희미와 인사를 나누기 위해 왔다.

최윤덕은 송희미에게 술을 한잔 사주면서 말했다.

"너무 슬퍼하지 마오. 공은 의당 법에 의해 죽는 것이오. 인생이란 마침내 한 번은 죽는 것이오. 나 역시 얼마 안 있어 공을 따를 것이오."

송희미는 하염없이 눈물을 흘렸다.

목숨 건 사랑의 탈주

문관 출신 김종서는 노련한 장수들이나 할 수 있는 군사 배치와 탐후를 능숙하게 했다. 홍득희는 적과 싸우는 자기의 능력이 국지적이라면 김종서는 대국적이라는 것을 느꼈다.

홍득희가 북변으로 온 지도 몇 달이 지나, 눈이 펄펄 쏟아지는 시월의 어느 오후였다. 북변에는 겨울이 빨리 와서 시월이면 모진 삭풍이 불고 폭설이 쏟아지기도 했다.

홍득희는 김종서의 부름을 받고 도절제사의 본영으로 갔다.

"홍 대장, 어서 오게. 곧 세한이 올 것이니 미리 사냥을 해서 노루나 토끼 같은 짐승을 식량으로 비축해야 할 것이네."

김종서가 웃으면서 홍 대장을 맞았다.

"쇤네는 여기서 뼈가 굵었습니다. 짐승을 잡아다가 둘 필요가 없습니다. 이 곳 산은 쇤네의 앞마당이나 같으니까 언제든지 잡아다 솥에 넣을 수 있습니다."

"하하하. 그렇겠네. 그래도 혹독한 추위가 곧 닥칠 테니 준비를 단단히 해야 할 것일세."

김종서가 털옷 한 벌과 털모자를 홍득희에게 주었다. 경복궁을 떠날 때 임금이 김종서에게 부월과 함께 준 것이었다.

"이렇게 귀한 것을 내리십니까. 정말 고맙습니다."

홍득희는 허리를 굽혀 정중하게 절을 했다.

"하하하. 그까짓 것 가지고 그러지 말게. 남자용이지만 내가 워낙 작아서 홍 대장에게도 맞을 것일세."

홍득희는 김종서의 아래위를 훑어보며 속으로 웃었다. 김종서의 신장은 다섯 자가 조금 넘는 단구였다.

"다름이 아니라 한성에 좀 다녀와야 할 것 같네. 전하께 올릴 장계가 있는데 빨리 갔다 와야 하거든."

"그런데 쇤네가 꼭 가야 합니까?"

"말을 가장 빨리 달릴 수 있는 병사가 홍 대장 아닌가?"

"무슨 화급한 일이 생긴 것입니까?"

"조그마한 일이라네. 하지만 조그마한 이 일을 화급히 처리하지 않으면 큰일이 될 수도 있기 때문이라네."

김종서가 조그마한 일이라고 한 것은 한 여자의 친정 문제였다.

경원성 밖에 야인으로 있다가 귀순하여 살고 있는 도을온(都乙溫)이란 노비 출신 양민이 있었다. 도을온의 딸 고미(古未)가 시라오(時羅吾)라는 여진족에게 시집을 갔다. 여진 땅으로 시집간 고미는 시라오와 살면서 아들딸 셋을 낳았다.

조선인인 고미는 항상 친정을 그리워하여 경원으로 오고 싶었으나 좀체 기회가 오지 않았다. 의심 많은 시라오는 아이 셋이 자라자 그제야 친정 나들이를 허락하여 고미는 10여년 만에 친정에 올 수 있었다.

그립던 친정어머니와 아버지 도을온을 만난 고미는 반가움의 눈물을 흘렸다.

시간이 흘러 돌아가야 할 때가 왔다. 그러나 고미는 다시는 여진 땅으로 돌아가는 것이 싫었다. 관아를 찾아와 여진 땅으로 가지 않고 친정에 살고 싶으니 아이들을 데려와 달라고 하소연했다.

"네가 지아비와 자식을 버리겠다는 것이냐?"

관원이 물었다.

"절대로 버리지는 않을 것입니다. 다만 쇤네는 조선 사람이니 조선 땅에 살게 해 주십시오."

"그게 버리겠다는 말 아닌가?"

"아닙니다. 지아비와 아이들도 조선 땅에서 살게 도와주십시오."

그러나 이것은 고미의 일방적인 소원에 불과했다. 만약 고미를 돌려주지 않으면 시라오가 가만히 있을 리가 없었다.

사건의 처리가 어렵게 되자 관찰사가 병조에 문의했다.

"어제 병조에서 이첩된 문서에는 '고미가 그 어미와 경원에서 편안하게 살기를 원하니 돌려보내는 것은 부당하다, 고미의 아버지 도을온이 이미 조선에 귀화하여 일가를 이루어 편안하게 살았으니 그대로 살아야 한다. 만약 시라오가 고미에게 연정이 남아 있다면 마땅히 이쪽으로 와서 살아야 할 것이다' 라고 적혀 있었다."

김종서가 심각한 얼굴로 말했다.

"그러면 시라오 가족이 이쪽으로 오면 그만 아닌가요?"

홍득희가 단순하게 생각하고 물었다.

"그게 그렇지 않다네. 고미를 꼭 돌려줘야 한다고 시라오가 떼를 쓰고 있으이."

"어려운 일이군요."

"그런데 병조의 의견과는 달리 양북진의 진무 이인화가 주장하기를 '고미는 원래 조선에 귀화한 가을대란 자가 사서 아내로 삼은 여자 노비인데, 가을대가 죽자 시라오에게 시집을 간 것이다. 만약 고미를 돌려주지 않는다면 큰 문제가 생길 것이다. 조선인으로 여진 땅에 잡혀가거나 시집가서 사는 여자가 대단히 많은데 그 여자들이 조선 친정에 오는 길이 막힐 것이다'라고 반대 장계를 다시 병조에 보냈다네."

"참 난처한 일이군요. 하지만 죽어도 가기 싫다면 조선 백성인 고미를 도와야 할 것 아닌가요."

홍득희는 고미를 동정했다.

"시라오는 여진족의 한 추장인데 열흘 내에 돌려주지 않으면 그곳 추장 수십 명을 모아 전쟁을 일으킬 것이라고 으름장을 놓고 있단 말일세."

"일이 그렇게 되었군요."

"내 생각은 친정에 오고 싶다면 자유롭게 보내주는 것을 약조하고 돌려보내어 평온을 유지하는 것이 좋을 듯한데……."

"옳으신 생각입니다."

"그런데, 병조가 반대하고 나한테 이문하였으니 이것을 뒤집자면 전하의 교지가 필요하단 말이야. 열흘 안에 결정해야 하거든."

홍득희는 왜 한성에 급히 가야 하는지 납득이 되었다.

"서찰을 주십시오. 쇤네가 다녀오겠습니다."

홍득희는 김종서의 봉서를 가지고 한양으로 급히 말을 몰았다. 홍득희는 날듯이 말을 달려 사흘 만에 함흥, 의정부를 거쳐 홍인문에 도달했다.

"아니 이게 웬 사람들이야."

청량리서 홍인문에 이르는 길 양쪽에 사람들이 몰려 일렬로 서있었다. 홍인문 안쪽으로도 운종가를 따라 노변에 사람들이 구름처럼 모여 있었다.

홍득희도 하는 수 없이 서 있어야만 했다.

"여보쇼. 하마! 하마!"

관복을 입은 사람이 오더니 홍득희를 보고 소리쳤다. 홍득희는 무슨 말인지 잘 못 알아듣고 그냥 있었다.

"귀가 먹었나. 말에서 내리란 말이오. 중전마마 행차시오."

그제야 홍득희는 영문을 알고 말에서 내려 사람들 틈에 섰다.

소헌왕후는 오래 전부터 지병이 있었다. 승정원에서 권유하여 충청도 초정(椒井) 온천에 가서 온천욕을 하고 환궁하는 길이었다. 왕후가 간소하게 행차하기를 바라 번거롭게 하지 말라고 일렀으나 간소하게 하더라도 격식은 모두 갖추어야 했다. 왕후를 수행한 내관, 궁녀, 시위 갑사가 백 명은 넘었다. 왕후가 돌아오던 날 세자가 헌릉 입구까지 마중을 나가 거기서부터 합류하여 삼전도에 이르렀다. 삼전도에는 세자빈 권씨와 소용 이씨, 숙의 송 씨가 기다리고 있었다.

삼전도 임시 행궁에서 점심을 마친 일행은 흥인문을 향해 출발했다.

"중전마마 행차시오!"

관원이 큰 소리로 외치자 모두 길바닥에 부복했다. 왕후의 행렬 뒤에는 세자 행렬, 이어서 세자빈, 소용과 숙의의 행렬이 뒤따랐다.

홍득희는 소헌왕후의 행렬이 지나가자 뒤따랐다. 어차피 운종가를 지나 경복궁으로 가는 길이었기 때문이다. 흥인문 안으로 들어서자 거기서부터는 길거리에 펼친 오색단장이 사방을 장식하여 광화문 입구까지 이르렀다. 홍. 록, 청, 황의 색종이를 드리우고 길옆의 관아 청사에는 비단을 늘어뜨렸다. 온 거리가 화려한 환영 물결로 가득 찼다.

소헌왕후가 경사스러운 일로 나선 것도 아니고, 요양하고 오는 길이니 채붕을 요란하게 하지 말라는 임금의 엄명이 있어서 그나마 검소하게 한 것이었다. 운종가 가운데에 이르자 풍악을 연주하는 공인 30여 명이 나타나 악기를 연주하면서 앞길을 인도하기 시작했다.

홍득희는 근처에 있는 외사복시에 말을 매 두고 걸으면서 왕후의 행렬을 따라갔다. 일행이 수진방에 이르자 교방(敎坊)에서 나온 기생 수십 명이 침향산(枕香山)을 이끌고 노래를 부르면서 나왔다. 그야말로 화려한 장관이었다. 목청 좋게 가락을 뽑으며, 춤추는 기생들의 모습은 보기 드문 구경거리였다. 저마다 절과 탑, 부처 모양의 공작물과 노루, 양 등의 모습을 그린 종이 모양을 수십 명이 끌고 나왔다.

노래가 시작되기 전 먼저 재인이 나와 사설을 늘어놓았다.

수레는 물 흐르듯이
말은 용 나르듯이
온천에 목욕하시고 돌아오시네.
아침에 구름 되고
저녁에 구름 되어 무협에 내리어 영접하시네.
기쁘기 한이 없어 노래를 드립니다.

이어서 신명나는 풍악에 맞추어 가곡과 춤이 시작 되었다.

노여움을 푸는 훈훈한 바람은 솔솔 불고
별을 낫게 하는 따뜻한 물은 맑기도 하네.
육룡이 돌아오는 연(輦)은 오색 구름길이니
비단 언덕에 향기 티끌 오르고
구슬 누각에 상서 햇빛 밝네.

소헌왕후는 잠시 행렬을 멈추게 하고 연의 문을 열고 구경하였다. 춤과 노래와 갖가지의 조형물은 사람의 정신을 모두 빼앗아갔다. 침향산은 불교 행사 때 절에서 흔히 행하는 모형인데 이날은 왕실의 행사임에도 부처와 절과 탑이 등장했다. 소헌왕후의 쾌유를 비는 기원을 담은 것이었다.

이날 나온 기녀들은 관습도감 우방 소속이었다. 좌방은 아악을, 우방은 향악을 가르치는 곳이었다. 다시 기녀와 무녀가 앞에서 행렬을 인도했다. 인도에는 사대부 부녀자에서부터 노비에 이르기까지 담을 쌓은 듯했다. 춤과 노래는 일행이 근정전 앞에 이르러서야 멎었다.

소헌왕후뿐 아니라 세종도 마흔이 가까워지면서부터 여러 가지 병환이 겹쳐 좋지 않은 상태였다. 충청도의 초정 약수터는 약효가 뛰어난 물이 나온다고 하여 임금도 여러 차례 다녀온 곳이었다. 그러나 임금은 특별한 효력이 없다하여 자주 가지 않았다. 소헌왕후는 날이 갈수록 옥체가 수척해지고 기운을 못 차려 여러 군데에 피접과 요양을 다녔다. 열 명의 왕자와 공주를 생산한지라 산고의 후유증도 만만치 않았다.

홍득희는 승정원을 찾아가 도승지 신인손을 만났다. 경복궁 후원 활쏘기 경기에서 본 일이 있기 때문에 신인손은 금방 홍득희를 알아보았다.

"홍 패두 아니오? 함길도에서 오는 길인가?"

"예, 도승지 나리. 도절제사 봉함 전서를 가지고 왔습니다. 상감마마께 급히 올려야 한다고 하셨습니다."

홍득희는 비단에 싼 봉서를 내놓았다.

"그렇게 하지."

"상감마마의 비답은 내일 가지러 오겠습니다."

홍득희가 도승지에게 인사하고 나와 막 건춘문 앞에 이르렀을 때였다. 상궁 한 사람이 달려와 홍득희를 불러 세웠다.

"홍득희 마마신가요?"

"예! 마마? 종 9품 팽배대장이오."

홍득희는 마마 소리를 듣자 속으로 웃으면서 말했다.

"예, 대장님. 도승지 영감께서 불러 계시옵니다."

"방금 뵈옵고 나오는 길인데요."

"다시 불러 계시옵니다."

홍득희는 상궁을 따라 승정원으로 다시 갔다.

"홍 패두. 전하께서 찾으셨습니다. 내가 장계를 가져다 올렸더니,

누가 가져왔냐고 하문하시기에……."

"예, 알겠습니다."

홍득희는 도승지를 따라 강녕전으로 갔다. 도승지와 함께 내관이 여쭐 동안 옆방에서 잠시 기다리다가 들어갔다.

"함길도에서 온 홍 대장 문후 여쭈옵니다."

홍득희가 부복하고 인사했다.

"수고했네."

임금은 반가운 표정을 감추지 않았다.

"김종서 도절제사의 장계는 내일 비답을 줄 것이네."

"저번 오랑캐 침범 때는 활약이 대단했다더군."

곁에 있던 황희가 칭찬을 했다.

"홍 대장이야 알아주는 조선의 명궁이지."

"황공하여이다."

"어쨌든 천 리 변경에 가서 아녀자의 몸으로 고생이 많구나. 몇 년만 고생하면 큰 성과가 있을 것이야."

홍득희는 몇 년 이라는 말에 적이 놀랐으나 아무 말도 하지 않았다.

"경성부의 노비 문제에 대해 홍 대장에게도 의견을 들어보지."

임금이 홍득희가 오기 전에 의논하던 문제를 꺼냈다.

함길도 경성부에 소속된 관노 인우와 관비 내은이가 몰래 사랑을 하다가 도망쳤다는 것이다.

"내은이라면 쇤네가 압니다. 지난달 경성부에 갔을 때 친절히 여진 사정을 알려주던 관비였습니다. 인물이 뛰어났다고 기억하고 있습니다."

홍득희는 참으로 기묘한 일도 있다고 생각했다. 하필이면 경성의 내은이가 강녕전 화제로 올라올 줄이야 누가 짐작했겠는가.

노비 남녀는 무작정 한성으로 와서 전에 인우가 있었던 안평대군의 집으로 갔다. 그곳에서 서제 조함이 이들을 숨겨 주었다. 그곳을 드나들던 종부시 관원이 알게 되어 주상께 탄핵 상소를 올렸다.

임금은 그들이 비록 최하층 계급인 노비이기는 하나 죽음을 무릅쓴 그들의 사랑을 어여삐 여겼다. 임금은 궁리를 하다가 그럴듯한 이유를 찾아냈다. 지난 번 임금의 특별 사면령이 있기 이전에 도망쳤기 때문에 사면령에 해당된다는 이유를 들어 임금은 치죄하지 말고 다만 본래 있던 곳으로 보내라고 했다.

그러나 여러 대신들이 부당하다는 소를 올렸다.

"도망한 일은 사면령 전에 있었지만, 발각되기는 사면령 이후이니 해당이 되느냐, 안 되느냐 하는 것이 문제의 핵입니다."

신인손이 홍득희의 이해를 돕기 위해 설명했다.

"그러니, 홍 대장의 의견을 좀 들어보자는 것이네."

홍득희는 망설이지 않고 대답했다.

"꼭 사면령을 가져다 붙일 필요가 없다고 생각합니다."

"그렇다면 어떻게 해야 하겠는가?"

"쇤네의 어리석은 생각으로는 놓아 줘야 한다고 생각합니다. 조물

주가 세상에 사람이 태어나게 할 때는 남녀를 구분하여 태어나게 했습니다. 남녀는 크면 서로 사랑하는 마음이 생기게 되며, 서로 사랑하는 남녀는 만나서 부부를 이루게 되니 이 것이 인륜의 근본이 아니겠습니까? 인륜의 근본을 따르는 것이 세상의 이치라고 생각합니다."

"하하하. 활만 잘 쏘는 게 아닌 게 분명해. 그렇게 볼 수도 있지."

임금은 홍득희를 대견스럽게 생각하며 바라보았다.

"인륜은 법으로 길을 만듭니다. 옛날 송나라의 조변이 추관으로 있을 때 어떤 백성이 도장을 부정하게 사용한 것을 심판한 일이 있습니다. 그 때 도장을 위조한 것은 사면령 이전이고 도장을 사용한 것은 사면령 이후였습니다. 조변은 위조한 것은 범죄인데 사면령 이전에 한 것으로 판단하여 용서하였다고 합니다. 인우 등도 도망한 것이 범죄인데 이것이 사면령 이전에 이루어진 것입니다."

도승지가 설명했다.

"인우 등을 용서 한다면 앞으로 강간이나 간통한 자와 도망한 자를 숨겨주는 등 죄를 범한 자를 다스리기 어렵게 될 줄로 아뢰니다."

황희가 다른 의견을 내놓았다.

"도승지가 말한 고사는 정확하다. 고사를 따르는 것이 좋을 듯하오."

임금의 말에 영상 황희가 다시 반론했다.

"그러하오면 간통이나 도피, 범인 은닉 등의 죄를 범한 자는 비록 일이 사면령 전에 있었다 할지라도 사후에 과오를 고치지 않는다면 예외로 해야 할 것입니다."

이번만 용인하자는 이야기였다.

“같은 북변 함길도에 관계된 일인데 북청 전옥서의 여죄수 좌덕이의 사건도 비답을 내려주시기 바랍니다.”

도승지가 유사한 또 다른 사건을 들먹였다. 이 사건도 홍득희가 알아야만 할 사건이었다.

북청의 여죄수 좌덕이(佐德伊)가 야인과 간통하고 야인의 도움을 받아 탈옥하여 여진 땅으로 넘어간 사건이었다. 이일로 북청 관아는 쑥대밭이 되었다.

“홍 대장, 이번에도 용서해야 한다고 할 것인가?”

임금이 물었다. 엄히 묻는 것 같이 들렸으나 임금은 만면에 웃음을 띠고 있었다.

“법대로 해야 할 것으로 아룁니다.”

“그렇습니다.”

황희가 기다렸다는 듯이 말했다.

“탈옥하여 몰래 타국으로 도망갔으니 죄인은 물론 공모한 자는 상하를 막론하고 참형에 처해야 합니다. 처첩과 자녀는 공신의 집의 종으로 삼는다는 형률의 문구는 남자일 경우이니 해당되지 않을 것입니다.”

“의탁할 곳 없는 여자가 가벼운 죄를 짓고 옥에 갇혀 있다가 근처의 사람과 사통한 죄이니 일 등급을 감하는 것이 좋을 듯합니다.”

도승지가 말했다.

"일 등급을 감하고 연좌는 없도록 하시오."

임금이 교지를 내렸다.

임금은 홍득희와 연관 있는 것을 처리하려고 일부러 홍득희를 부른 것이었다.

이튿날 도승지는 홍득희에게 김종서의 장계대로 시행하라는 어명이 내렸다고 알려 주었다. 또한 김종서에게 보내는 교서를 주었다. 봉합하지는 않았으나 한자에 서툰 홍득희는 읽을 생각을 하지 않았다.

사흘을 달려 홍득희는 다시 함길도 김종서의 막하에 도달했다.

목탁으로 시각 알리는 각시

"간의대(簡儀臺)를 완성한 것은 우찬성 이장곤의 공이 크오. 또한 관습도감사 박연과 악사 장영실의 재주가 이룩한 것이기도 하오."

임금이 경복궁 후원에 세운 간의대를 돌아보며 말했다.

"장영실은 여러 가지 재주가 뛰어나지만 특히 악기를 개조하는 데 신기에 가까운 재주가 있습니다."

우찬성 이장곤이 임금의 말에 동의했다. 그러나 시독관 장옥(張玉)은 다른 견해를 내놓았다.

"하지만 악(樂)이란 것은 재주만으로 되는 것은 아니지요. 그동안 우리나라에서는 예(禮)를 너무 숭상하여 악을 소홀히 한 점이 없지 않습니다. 이제 악을 바르게 세우는 일이 시급합니다. 요즘 항간에는 정악이 사라지고 음란한 속악이 판을 치고 있습니다."

"일전에 관습도감의 여악을 없애라는 논의가 있었던 것도 그러한 연유였소."

임금이 장옥의 말에 답했다.

장옥이 다시 말했다.

"악의 요점은 신과 사람을 화합시키고 상하의 안정을 이루게 하는 것인 줄로 아뢰옵니다."

"남쪽 관아에서는 왜인을 접대하는 데 관기에게 남자 옷을 입혀 악과 춤을 행한다고 하니 참으로 걱정입니다."

사간 이청이 장옥의 말을 거들었다.

"대개는 속악으로 인해 일어나는 일일 것이오. 그렇다고 속악을 폐지할 수 없는 일이오. 어찌하면 음란한 속악을 바로잡을 수 있겠소? 법으로 바로잡을 수 있겠소?"

임금이 진지한 표정으로 대신들을 돌아보았다.

"어찌 법을 세워 고치겠습니까. 항간의 무리를 교화시켜 민심을 밝게 만든다면 자연히 바로잡힐 것입니다."

"우리의 향악은 중국의 아악과 다르기 때문에 잘 다듬어야 하오. 이 간의대도 마찬가지요. 다른 제도나 학문은 모두 중국을 따라서 할 수 있으나 천체의 움직임이나 시각의 차이는 중국대로 따라갈 수가 없소. 밤낮의 길이가 다르고 사절기의 기후가 다르니 조선은 조선국에 맞는 천문과 시각이 있어야 할 것이오. 그래서 몇 년 전부터 간의대의 연구와 설치를 명했는데 오늘 완공하여 조선의 천문을 일으키게 되어 참으로 기쁘오."

간의대는 1년여의 공사를 거쳐 경복궁 경회루 북쪽에 세워졌다. 높이 31자, 길이 47자, 너비 32자나 되며 보기 드물게 정교했다.

해와 별의 위치와 움직임을, 모형을 설치하여 알 수 있게 한 혼천의와 25절기를 관측하여 나타내는 규표(圭表)는 40자 높이의 청동으로 제작했다. 눈금을 장, 척, 촌, 푼으로 세밀하게 나누어 매일 매일 그날이 어느 절기 며칠에 속한다는 것을 알 수 있게 하였다. 이전에 사용하던 원나라의 곽수경(郭守敬)이 만든 것보다 경복궁 간의대가 훨씬 더 정교했다.

"과인이 장영실에게 일러 저절로 시간을 알리는 자격루와 간의대 등을 한곳에 모은 전각을 궁 안에 마련하라고 지시한 바 있소. 정확한 절기와 해의 움직임을 관찰하고 미리 알게 된다면 농사에 큰 희망이 될 것이오. 그래서 그 전각 이름을 흠경각(欽敬閣)이라 할까 하오."

임금의 장대한 계획에 모두 고개를 끄덕였다.

"서경의 요전편(堯典篇)에 나오는 구절을 따서 지으신 것이군요?"

황희가 해석을 했다.

"하늘을 공경하여 백성에게 절후를 알린다는 뜻이지요."

"이 일은 주로 장영실에게 맡기면서 벼슬을 좀 올려줄까 하오. 호군으로 삼으면 어떻겠소."

임금이 조심스럽게 말했다. 장영실이 관노 출신이라 대신들의 반대가 있을 것으로 예상했기 때문이었다.

"비록 재주가 있다고 하나 출신을 고려하셔야 합니다. 관노를 정4품까지 승차시킨다는 것은 재고하실 일입니다."

황희가 즉각 반대 의사를 표명했다. 황희는 말을 해놓고는 입술을 꽉 다물었다. 절대불가를 표할 때 짓는 표정이었다.

"영상 대감 말씀이 옳은 줄로 아뢰옵니다. 장영실은 중국 사람의 자식이라는 말만 있을 뿐 실제는 동래 관기의 아들이라 명백한 노비입니다. 따라서 악사 자리만 해도 과분하온 줄 아뢰옵니다."

장옥의 말에 이어 사간 이청도 합세했다.

"장영실은 을사년(1425)에 이간으로부터 뇌물을 받은 죄로 대사성 황현과 함께 사헌부에서 장 20대의 벌을 받은 일이 있습니다. 그뿐 아니라 경술년(1430)에는 중국에서 요동도사를 모욕하고 중국인을 때린 죄로 장 90대에 처한 일이 있습니다. 재고하여 주시옵소서."

"경술년 일은 명확하지 않은 점이 있고 또 장영실이 공이 크므로 과인이 직첩을 회수하지 말 것이며 이 등급을 감하여 속전으로 갚게 하지 않았던가?"

임금은 대신들을 설득하려고 했다.

"하오나 천민이나 서얼을 자주 중용하시면 관료의 기강이 어지러워질 것이옵니다."

황희 정승이 다시 못을 박으려 했다.

"경들은 툭하면 사대부만이 이 나라를 지탱하는 것처럼 이야기하는데 그게 꼭 옳은 생각이 아니오. 동서남쪽의 해안에서 왜구와 칼을 맞대고 싸우면서 때로 목숨을 바치는 사람이 사대부만 있소? 더 많은 양민, 천민, 노비들이 목숨을 바치고 있지 않소. 북변에서는 더 하지요. 천민, 신백정이 충군이 되어 피 흘리며 싸우고 있소. 심지어 귀화한 여진족까지 이 나라를 위해 피를 흘리고 있소. 경들의 관아나 집에서 노비들의 도움 없이 나라 일을 할 수 있소?"

임금이 지엄한 목소리로 말을 이었다.

"장영실은 과인 곁에서 많은 일에 도움을 주었소. 사대부 중에 장영실만큼 재주 있어서 과인의 생각을 실물로 만들어낼 사람이 있소? 있으면 답해 보시오."

대신들은 더 이상 반대하지 않았다. 장영실은 호군으로 승차하여 많은 일을 하였다. 세종이 선도하고 장영실은 그것을 실현해 낸 것이다.

임금은 이순지, 김담 등과 더불어 천문을 관찰하여 해와 달, 그리고 5개의 항성을 관측하여 절기와 농사 적기를 예측하는《칠정산내편(七政算內篇)》의 연구를 계속하면서, 태양시와 항성시를 측정하는 직경 두 자의 청동제 기구인 '일성정시의(日星定時儀)'를 만들었다.

"이것은 나의 가르침을 받아 장영실이 만들었지."

임금은 '일성정시의'에 대해 대신들에게 늘 이렇게 말했다.

일성정시의가 시각과 방향을 잡는데 큰 도움이 되므로 군사 작전 등에 사용하기 편하도록 휴대용 '소정시의'도 만들었다. 이것은 홍득희가 김종서의 전갈을 가져 왔을 때 건의한 것을 받아 들인 것이었다. 홍득희는 야인들과의 탐후전에서 가장 필요한 것이 밤의 시각을 알아서 군호를 맞추는 일이라고 했었다.

종전의 해시계는 밤에는 시각을 알 수 없었으나 소정시의는 밤에도 별을 관측하여 시각을 알 수 있었다.

구조는 원형의 의기를 세 겹의 원으로 나누어 맨 겉의 원은 천주도분환으로 천체의 공전을 재었고, 가운데 원은 일구백각환으로 낮의 시각을 재었다. 매각을 6등분하여 하루를 백각(百刻)과 12시간으로 하였다. 맨 안쪽의 성구백각환은 별을 관측하여 밤의 시각을 알게 하였다.

"서운관에 둔 일성정시의를 세 개 더 만들어 궁내 만춘전에 하나 놓고 북변 군사용으로 함길도 김종서 병마도절제사의 군영과 최윤덕 도찰리사의 군영에 하나씩 보내시오."

임금이 도승지에게 일렀다.

임금이 갑자기 홍득희를 불러 올렸다. 홍득희가 경복궁에 들어가자 임금은 홍득희를 서운관에서 기다리게 하라고 승정원에 지시했다. 홍득희는 영문도 모르고 서운관에서 자격궁루의 신기한 모습을 보고 있다가 임금을 배알하게 되었다.

"홍 대장, 내 보여 줄 것이 있어서 오라고 했네. 이리 와서 이것을 좀 보게."

임금이 일성정시의 앞으로 홍득희를 불렀다.

"이것이 전에 홍 대장이 말하던 기구라네. 과인의 지시로 장 호군이 만든 것이라네. 밤에도 시각을 알 수 있어 군사용으로 아주 편리할 것 같아 김종서 장군한테 하나 보내기로 했네. 가서 과인의 말을 전하고 사용 원리를 장영실 호군한테 자세히 배워가도록 하게."

"분부대로 하겠습니다."

홍득희는 임금의 무한한 창의력과 주도면밀한 통찰에 고개가 숙여졌다. 북쪽 변방 영토 회복을 임금이 얼마나 간절하게 바라고 있는지 느낄 수 있었다

장영실은 천문 일력에 관계되는 기구 제작 외에도 여러가지 일을 했다. 완전히 독창적이기보다는 임금의 구상을 실현시키면서 자신의 창의력을 보탰다.

인쇄와 활자, 악기, 광산의 채굴, 광물 제련, 농기구와 무기의 개량, 옷 만들기, 수레 만들기 등 거의 모든 분야에서 재주를 발휘했다. 특히 동활자인 경자자(庚子字)를 개량하여 훨씬 사용하기 편리한 금속활자인 갑인자를 만들었다.

장영실이 시각을 알리는 기구인 '자격궁루'를 만들었을 때 임금은 여러 대신들에게 이치를 직접 설명하기도 했다.

"이 기구는 세상에서 처음 만든 물건이 아니라 원나라의 순제 때

도 자격루가 있었소. 그것을 과인이 개량하고 장영실이 만든 것이오. 종래의 자격루보다 훨씬 편리하지만, 완벽하지 못해 다시 만들고 있으니 곧 완성될 것이오."

물이 원동력이 되어 자동으로 시각을 알려주는 모습이 편리해 보였다.

"참으로 신묘합니다."

둘러보던 황희, 허조 등 대신들이 감탄했다.

"장영실의 재주가 이러한데 경들은 계속 천민이라고 업신여길 것이오?"

이 말에 아무도 대답하지 않았다.

개량 해시계 '앙부일구'가 완성되었을 때도 임금은 황희 정승을 비롯한 삼성 육조의 판서들을 불러 놓고 설명했다.

"횡으로 그은 이 열세 줄은 하지에서 동지까지 24절기를 나타낸 것이고, 수직으로 그은 줄은 시각을 나타내는 것이오. 서 있는 시표는 한성에서 북극을 향하고 있는 것이오. 여기가 중국이 아니니까 중국의 해시계는 조선에서 쓸 수 없는 것이오."

구리 가마처럼 반구형으로 움푹 파인 기구인 솥의 지름이 한 자 남짓했다. 앙부란 하늘을 쳐다보는 가마라는 뜻이다. '구'는 해 그림자라는 뜻이다. 해가 기우는 모양을 해 그림자로 나타내 시각을 알게 한 것이었다.

"이 기구는 중국의 것을 본뜬 것이 아니고 천문이 발달한 회회국

(아라비아)의 것을 본떠 조선의 지리에 맞추어 손재주 뛰어난 장 호군이 만든 것이오. 장 호군이 명나라에 공부하러 갔을 때 그곳에서 회회국에서 가져다 놓았다는 기구를 자세히 보고 적어온 문서를 참고하였소."

"신 등은 신기할 뿐입니다. 참으로 놀랍습니다."

대신들이 감탄했다.

"궁중에서만 편리하게 쓸 것이 아니라 모든 백성이 절기와 시각을 쉽게 알 수 있게 혜정교(惠政橋, 육조거리 동쪽, 지금의 종로 부근에 있던 다리)에도 하나 세우시오."

"종묘 앞 운종가에도 사람들의 왕래가 많으니 하나 세우심이 어떠한지요?"

장영실이 뒤를 따르다가 말했다.

"그게 좋겠군. 혜정교와 운종가에 세우는 것은 백성들이 쉽게 알아 볼 수 있게 12지(支)의 표시를 잘 보이게 만드는 것이 좋겠소."

"석대를 쌓고 사람의 눈높이에 맞추는 것이 편리하겠습니다."

장영실이 말했다.

"세우는 것은 장 호군이 감독을 하게."

조선 최초의 거리 시계가 종로와 수진방 거리에 서게 되었다.

무오년(1438)년 새해가 밝았다.

임금은 일 년여에 걸쳐 장영실이 만든 흠경각 개관 일에 삼정승과 육조 대신을 거느리고 갔다. 천추관 옆 강녕전과 가까운 곳에 세운 흠경각은 그리 큰 건물은 아니었다.

전각 안에 들어서자 7자 높이의 푸른 산이 먼저 눈에 띄었다.

"저 산은 전하께서 생각하여 신에게 지시하여 만든 것입니다. 종이에 풀을 먹여 빳빳하게 말려서 만든 것입니다."

장영실 호군이 설명했다.

오색구름이 산허리를 지나고 산 옆에는 구리로 만든 금빛 태양이 떠 있었다. 태양 아래는 선녀 복을 입은 나무인형 넷이 구름을 타고 부채와 목탁을 들고 서 있었다. 산 밑에는 신상이 네 개 서 있었다. 동쪽의 신인 푸른 청룡, 남쪽의 신인 붉은 주작, 서쪽의 신인 흰 백호, 그리고 북쪽의 방위 신인 검은 현무였다.

산 밑에는 갑옷 입은 무사 네 명이 징과 북을 들고 서 있었다. 옆에는 12지신을 상징하는 쥐, 소, 범, 토끼, 용, 뱀, 말, 양, 잔나비, 닭, 개와 돼지의 상이 엎드려 있었다. 산을 둘러싼 모습이 작은 장관을 이루었다. 산의 사방에는 춘하추동의 경치를 그림으로 펼쳐 놓았다.

금빛 태양은 쉼 없이 돌아 산 뒤로 들어가면 밤이 되고 산에서 나오는 것은 일출을 의미했다.

흠경각의 모양은 대체로 이러하였으며 그 기능은 대단했다. 우선 산 뒤에 설치된 옥루(玉漏)는 종전의 자격루를 더 개량하여 만든 것으로 자동으로 시각을 알려주는 장치였다. 백악의 물을 끌어들여 그 물의 낙차를 이용한 동력 장치인 것이다.

조선의 시각은 24절기 아래 하루를 경(更)과 시(時) 및 각(刻), 푼(分)으로 나누었다.

이중에 경은 밤 시각만을 의미한다. 해가 질 무렵부터 해가 뜰 시각까지 밤 시각을 다섯 등분하여 1경에서 5경까지라고 했다. 하루의 시작을 가리키는 한밤중, 즉 자정은 3경을 말했다. 해가 뜰 무렵인 인시는 5경에 해당되었다,

시는 하루를 12등분하여 12지의 신들 이름을 붙여 썼다. 각은 하루를 100등분하여 썼다. 시의 시작을 초(初)라 하였고 시의 가운데를 정(正)이라 하였다. 자정(子正)이라고 하는 것의 밤 시간 자시 중의 한 가운데를 의미했다. 즉 하루가 바뀌는 12시이다.

낮 시간을 알리는 것과 밤의 5경을 알리는 것은 그 움직임이나 징, 북 등 소리로 구분한다. 이러한 모든 동작의 원동력은 물의 흐름을 원동력으로 이루어진다. 동시에 물레방아의 원리를 응용하여 그 동력을 다른 기구에 전달한다. 직접 건드리기도 하고 대롱에 쇠구슬을 넣어서 대롱이 기울어지면 쇠구슬이 낮은 쪽으로 굴러가 다른 기구를 움직이게도 한다. 흠경각의 모든 움직임은 이와 같은 시차를 둔 물의 힘을 이용한 것이었다. 누각, 자격루, 옥루라는 '누'의 의미는 모두 물이 떨어진다는 뜻이다. 백악의 물을 끌어들여 그 물의 낙차를 이용한 동력 장치인 것이다.

과거의 누기(漏器)들은 물이 위의 항아리에서 밑의 항아리로 흐르는 양을 보고 시간의 흐름을 재고, 사람이 곁에 지키고 있다가 시각

을 알려 궁내와 종각 등에서 종을 쳤다. 그러다보니 사람이 게으름을 피워 시각이 늘어나기도 하고 빨라지기도 하는 등 정확하지 않았다. 자격루는 이 폐단을 개량하여 자동으로 종을 쳐서 시각을 알리게 한 기구였다. 흠경각에 있는 옥루, 즉 자격루의 모양도 보루각의 원리를 땄으나 물 항아리 등 기구는 산 뒤에 숨어 있다.

"지금이 사(巳)시 쯤 되었으니 시각을 알리게 될 것이오."

임금이 대신들을 돌아보며 자랑스럽게 말했다. 장영실을 대견한 눈빛으로 바라보았다.

"시패(時牌)가 나올 겁니다."

장영실의 말이 끝나자 청룡 등 방위신이 자리를 옮기며 목각 인형이 목탁을 쳤다.

산의 맨 아래에서 갑자기 구멍이 열리며 옥녀가 사시라는 시각을 새긴 나무패를 들고 나왔다. 동시에 자기 시간이 되었다고 엎드려 있던 뱀이 벌떡 일어섰다. 갑사들은 징을 치고 방위 신 청룡 등이 방위를 바꾸어 돌아섰다. 요란한 소리와 움직임이 동시에 일어났다.

"사시 다음 시각인 오시가 되었을 때는 사시의 문이 닫히고 뱀 신은 원래대로 다시 바닥에 엎드립니다. 대신 오시의 신인 말이 벌떡 일어서고 뒤의 문이 열리면서 오시의 시패를 든 옥녀가 나올 것입니다."

장영실이 대신들에게 설명했다.

"우와, 정말 굉장하다."

모두 흥분을 감추지 못했다.

"저기 대 위에 있는 물통은 계속 물을 쏟아버리고 있는데 왜 그러는 거냐?"

황희 정승이 장영실에게 물었다.

"여기 사용되는 물은 산에서 홈통으로 끌어들입니다. 사용되고 남는 물이 있기 때문에 모았다가 버리는 장치입니다. 물이 다 차면 그 무게에 의해 자동으로 물통이 기울어지게 한 것입니다."

흠경각의 신기한 모습을 본 대신들은 모두 귀신에 홀린 듯한 표정이었다.

"이것은 도깨비의 장난이다. 올바른 이치를 벗어났으니 대국에서 의심할 것입니다."

믿지 못하는 집현전 관원 중에는 터무니없는 불평을 하는 사람도 있었다.

임금은 천문 역서의 연구에 힘쓰면서 이것을 책으로 간행하는 데도 노력을 기울였다. 읽기 쉽고 보기 좋은 책을 찍기 위해서는 활자의 개량과 인쇄술의 발달이 아주 중요했다.

"경자자를 개량하자면 무엇이 시급한 문제인가?"

임금이 중추원사 이천, 주부 이순지, 직제학 김돈, 호군 장영실 등을 모아놓고 활자의 개량에 대해 논의했다.

"태종 때 만든 경자자는 활자가 너무 촘촘하고 작아 읽기 어려운 점이 있습니다."

이천이 대답했다. 이천은 태종 때 무과에 급제하여 무반에 종사하여 왔으나 그의 재주가 인정되어 천문, 역학과 공조의 일을 보게 되었다. 장영실이 중요한 기구를 발명하고 개량할 때마다 스승 역할을 했다.

"경자자는 밀랍을 판에 깔고 그 위에 금속 활자를 심어서 인쇄할 글자판을 만듭니다. 밀랍은 기후에 따라 녹기도 하고 굳기도 하여 활자가 흔들려 자행이 비뚤어지기 쉽습니다."

이순지가 대답했다. 이순지 역시 천문 역학의 전문 지식을 갖춘 학자였다.

"경자자는 날카로운 맛이 있어서 책을 딱딱하게 보이게 합니다. 좀 더 수려한 활자가 필요합니다."

직제학 김돈의 의견이었다.

"경들의 의견이 그러하니 새로운 활자를 만들어야 할 것이오."

이천과 이순지가 기획하고 장영실이 감독하여 주자소에서는 곧 새로운 활자의 개발에 착수하였다.

활자의 바탕이 되는 글자의 모양은 여러 군데에서 수집했다.

"경연청 도서실에 있는 '효순사실'과 '위성음즐'의 글자를 우선 바탕 글자로 하는 것이 좋겠소."

주자소에 들른 세종이 활자의 표본으로 검토되고 있는 많은 인쇄본들을 보고 이천에게 의견을 말했다.

"명나라 판본인 '논어'의 활자도 그와 유사합니다."

이순지가 말했다.

"대개 몇 자를 준비하고 있소?"

임금이 다시 물었다.

"20만 자 정도는 있어야 할 것 같습니다."

장영실이 납으로 온통 범벅이 된 손을 감추며 말했다.

"활자의 본이 모자랄지 모르오. 모자라는 글자는 진양대군이 글씨를 잘 쓰니 비슷하게 쓰도록 하여 사용하시오."

임금이 다시 지시했다.

"안평대군마마도 명필이시지요."

이천이 말했다.

"안평도 글씨야 잘 쓰지요. 그림도 잘 그려 서문에 재주가 많은 것은 과인도 알고 있소. 그러나 안평의 글씨는 멋이 들어 있어서 보기는 좋은데 활자로는 적당하지 않을 것 같소. 그 대신 진양은 다른 서체에 맞추어 글씨를 쓰라면 해낼 소질이 있어요."

임금의 명을 받아 불철주야 주조에 열중한 장영실 등은 갑인년(1434)에 20만 자에 이르는 새 활자를 완성했다. 갑인자(甲寅字)라고 명명했다.

갑인자는 해서체이면서 행서체의 맛을 가미했다. 부드럽고 풍만하며 아름답게 느껴졌다. 경자자에서 느끼는 딱딱한 감이 많이 사라졌다. 활자를 심는 밑판도 밀랍 대신 대나무를 잘라 활자 사이를 고정시켰다. 거기에 밀랍을 녹여 붙여 고정시키는 방법을 썼다. 한 판에 한 줄 18자씩 열 줄의 활자를 심어 반 장에 180자, 한 장에 360자가 들어가게 했다. 행간이 미려하고 정연하여 글자 수를 헤아리기에 아주 편리하다. 인쇄 과정이 안정되었기 때문에 경자자에 비해 생산능력도 거의 배였다.

이후, 조선시대의 중요한 간행물은 거의 갑인자로 인쇄했다.

윤관의 비석을 찾아라

홍득희가 함흥부에 도착했을 때 김종서는 아직 경원성에 있었다. 경원성은 국토를 북으로 넓히기 위한 최전방 근거지였다. 이곳에서 시작하여 회령, 아오지까지 올라가서 두만강을 따라 국경을 확정하는 것이 김종서의 목표였다.

홍득희가 다시 경원성에 도착했을 때 김종서는 체찰사 하경복 등과 경원의 지역 특성에 대하여 탐후해야 할 과제를 이야기하고 있었다. 홍득희가 왔다는 보고를 받은 김종서는 군영 회의장으로 홍득희를 불러들였다.

"홍 대장, 고생했네. 우선 거기 좀 앉게나."

김종서가 하던 회의를 중단하고 홍득희를 맞이했다.

“전하께서 그 일을 윤허하셨나?”

“예, 장군님. 여기 전하의 하교를 가지고 왔습니다.”

임금의 교서를 홍득희가 내놓았다. 김종서는 교서를 잠깐 읽어보고 만족한 표정을 지었다. 그리고 회의를 계속했다.

“그러니까 함주 이북은 고구려 옛 땅이지만 동여진이 계속 차지하고 있었기 때문에 그들 땅이나 마찬가지라는 뜻이군.”

김종서가 보고하는 부사 심도원에게 다시 물었다.

“그렇습니다.”

“여기 부임하기 전에 내가 고려사 편찬에 관여했는데, 고려사에 의하면 고려 예종 때 윤관 장군이 17만 군사를 거느리고 와서 동여진을 물리치고 9성을 쌓았소. 그 후, 다시 여진과 야인들이 야금야금 조선 땅을 파먹어 백두산과 두만강 이남의 상당한 지역이 지금은 유명무실한 국토가 되어 있는 것 아닌가?”

김종서는 늦게 온 홍득희를 위해 모두 알고 있는 이야기를 자세히 되풀이해 설명다.

“그렇습니다. 지금 함길도의 규모는 명목상으로는 부(府) 한 곳, 목(牧) 한 곳, 대도호부 한 곳, 도호부 넷, 군 일곱, 현 한 곳으로 되어 있습니다. 인구는 약 1천4백 호에 6만7천 명입니다. 군사는 모두 6천 명입니다.”

심도원부사가 숫자를 줄줄 외면서 설명했다.

"여기 경원은 인구가 얼마나 되나?"

김종서가 다시 물었다.

"291호에 인구는 3천2백여 명입니다."

"우리가 목표로 하는 것은 고려의 문하시중 윤관 장군이 동여진군을 몰아내고 개척한 9성을 되찾는 일이다. 국경선을 어디까지로 하느냐가 문제인 것 같다."

"윤관의 9성은 함주, 영주, 웅주, 복주, 길주, 공험진, 숭녕, 통태, 진양으로 알려져 있습니다. 그러나 이 아홉 개의 성채가 어디에 있었는지는 정확히 알기 어렵습니다."

북방 지리에 밝은 하경복 절제사가 설명했다.

"고려사에 보면 공험진(公嶮鎭)이 가장 중요한 요충지로 나와 있다. 공험진이 어디인지 우리가 알아내야 한다. 전하의 선지도 이곳을 다시 수복하라는 것이다."

김종서가 설명했다.

"공험진의 위치는 두 가지 설이 있습니다. 하나는 함주와 경원 어디일 것이라는 설이고, 또 하나는 두만강 북쪽이라는 설입니다."

하경복이 말했다.

"고려사에서는 두만강 북쪽 7백 리라고 하는데 그곳이 지금 어디인가?"

김종서가 물었다.

"경원 북쪽 7백 리라는 기록도 있습니다. 경원 북쪽 7백 리는 두만강 이남이고 두만강 북쪽 7백 리는 지금의 소하강변을 말하는 것입니다. 그곳은 지금 야인들의 심장부입니다."

하경복이 두만강 북쪽은 아닐 것이라는 표정으로 말했다.

"윤관 장군이 그곳에 성벽을 쌓고 '여기가 고려의 국경(高麗之境)'이라는 비석을 세웠다고 하는데 그것을 찾아야 할 것 같다."

김종서는 그 곳이 야인들의 심장부이건 명나라 땅이건 수복하겠다는 의지를 보였다.

"기록에는 공험진이 광주(匡州) 또는 공주(孔州)라고 하는데 공주나 광주가 지금 어디인가?"

김종서의 물음에 하경복이 답했다.

"아마도 함주가 아닌가 생각합니다. 함주는 땅이 기름지고 바다를 끼고 있어 사람 살기가 괜찮은 곳입니다."

"꼭 그렇게 단정할 수 없네. 고려사에 보면 윤관 장군이 함주에서 공험진과 선춘령 사이에 아홉 개의 성을 쌓았다고 하거든."

이야기를 듣고만 있던 홍득희가 한마디 거들었다.

"공주나 공험진이라는 말을 어릴 때 들은 것 같습니다. 선춘재란 말도 들었고요."

"그래? 그럼 그 곳이 어디쯤이라는 것을 알 수 있을까?"

김종서가 눈을 크게 뜨고 물었다.

"확실히는 모르지만 수빈강이나 소하강 이야기도 들었어요. 두만강가의 소다로는 제가 살던 곳입니다. 두만강은 장백산이 발원지입니다. 북쪽으로 흐르다가 다시 남쪽으로 흘러 소다로를 지나갑니다. 강은 동쪽으로 흘러 아오지, 훗가, 사차마도를 지나 바다로 들어갑니다. 수빈강도 장백산으로부터 시작되어 공주로 흐른다고 했습니다. 수빈강은 두만강보다 북쪽으로 흐릅니다. 이 강은 흐르다가 소하강으로 바뀝니다. 그 끝에 선춘재가 있다고들 했습니다."

홍득희가 어릴 때의 기억을 더듬어 설명했다. 여진족 추장 밑에 있을 때 광범위한 지역을 떠돌아다녔기 때문에 지리에 밝은 편이었다.

"홍 대장의 이야기를 들으면 공험진은 두만강 이북, 명목상으로는 지금의 명나라 땅일 수도 있다는 이야기다. 두만강 이북도 고려 때는 조선 땅이라는 말이 된다."

김종서의 말을 듣고 있던 심도원이 말했다.

"두만강 이북을 정복하는 일은 무리입니다. 두만강까지를 국토의 경계로 확보하는 것이 좋을 듯합니다. 아직 천리장성 이북은 확실히 장악하지 못하고 있는 상태입니다."

김종서가 다시 말했다.

"장백산과 두만강을 국경으로 삼는 것은 방어 면에서 대단히 중요하다. 하지만 두만강 이북의 윤관 구토를 탐후하여 확인할 필요가 있다. 윤관 장군의 경계비를 선춘령에서 찾을 수 있을지도 모른다."

"그렇게 되면 좋겠습니다만, 지금은 우선 회령을 완전히 장악하는 게 급선무입니다."

심도원의 말이었다.

공험진의 위치를 탐후하기 위하여 사흘간 차비를 한 뒤 김종서는 별동부대를 구성했다. 2백15명으로 구성된 별동대에는 홍득희 대장의 군사 20여 명이 포함되었다. 이들의 목적은 전투가 아니고 순전히 옛날의 군영과 성을 찾아내는 것이었다.

김종서와 절제사 하경복이 함께 갔다. 홍득희는 20여 명을 거느리고 별도로 행동해도 좋다는 허락을 받았다.

부대는 하루만에 두만강 허리에 도착했다. 날이 저물어 강가의 고랑기 목책에 임시 군영을 치고 하룻밤을 보냈다. 고랑기에는 둘레 1백 60보 정도 되는 목책이 쳐져 있었으나 인적이 전혀 없이 방치되고 있었다.

어둑해질 무렵 홍득희는 이적합을 데리고 강가 후미진 곳으로 갔다.

"이 바위 모퉁이서 이 두령은 망을 보시오."

홍득희가 말을 세우고 소나무에 고삐를 걸쳤다.

"소피를 보시려면 군영에 임시 측간이 있는데요."

이적합이 히죽 웃으며 말했다.

"그게 아닙니다. 좌우간 내가 올 때까지 꼼짝 말고 여기 서 있어야 합니다."

홍득희는 바위를 돌아 나무 밑으로 갔다. 앞에 시원하게 강이 펼쳐졌다. 홍득희는 사방을 돌아보았다. 조용했다. 완벽하게 은밀한 곳이었다.

홍득희는 투구와 갑옷을 벗었다. 받쳐 입었던 저고리와 바지도 벗었다. 홍득희는 머리를 풀고 강물로 천천히 걸어 들어갔다. 차가운 강물이 허벅지를 타고 심장까지 전달되었다. 물이 가슴팍까지 찼다. 기분이 상쾌했다.

홍득희는 풍덩 물속으로 머리를 집어넣었다. 천천히 헤엄쳐서 강을 가로질러 건너갔다. 소다로에 살던 어린 시절이 생각났다. 동네 개구쟁이 남자아이들과 매일 강 속에서 놀던 기억이 떠올랐다

홍득희는 다시 누워서 헤엄치며 강을 건너왔다.

"어마!"

홍득희는 강가에 닿아 물에서 막 나오려다 깜짝 놀랐다. 거기에 이적합이 서 있었다. 홍득희는 가슴을 가리며 황급히 물속으로 알몸을 감추었다.

"미안해요. 하도 안 나오기에……."

이적합은 말을 얼버무리며 돌아서서 사라졌다.

부대는 하룻밤을 그곳서 보낸 뒤 고랑기 일대의 형편을 살펴보았다. 20여 리 떨어진 곳에 마을이 있었는데 여진족과 조선족이 섞여 살고 있었다. 대부분이 소와 닭을 길러 그것을 식량으로 삼고 있었다. 소를 잡는 것이 불법이기 때문에 마을 사람들은 모두 겁을 먹고 파랗게 질렸다.

"소 잡는 것을 묻지 않겠으니 안심하고 볼일들 보시오."

김종서의 말에 모두 생기를 찾고 집으로 돌아갔다.

인근에 청암, 용성 등 목책 진지가 있었으나 지키는 군사는 없었다.

“이렇게 버려진 땅이 많으니 삼남 백성을 불러다 농사지으며 살게 하는 것이 좋지 않을까?”

김종서가 홍득희 곁으로 말을 몰고 와서 말을 건넸다.

“양쪽 군사가 번갈아 쳐들어와서 괴롭히니까 살기 힘들었을 것입니다. 어느 한쪽이 일관되게 보호한다면 백성들의 근심은 사라지겠지요.”

“우리가 보호하여 전하의 성은이 여기까지 미치게 해야겠다.”

그 다음날 부대는 다시 북쪽으로 이동했다. 얼마 후 도착한 동림성의 조그만 성곽은 폐허나 다름이 없었다.

“여기서 북쪽으로 5리쯤 가면 소다로 군영 터가 있습니다. 제가 살던 곳이죠.”

홍득희가 김종서의 말안장 고치는 일을 도와주며 말했다. 말에 대해서는 홍득희를 따를만한 사람이 없었다. 여진족은 말과 함께 일생을 살기 때문에 자신의 몸처럼 말을 잘 다루었다. 홍득희도 그들 틈에서 자라면서 보고 배운 것이다.

“지금은 풀만 우거져 있겠군.”

김종서는 그 곳이 한때 번창한 군영 터였으나 야인들에게 쫓겨 딴 곳으로 군영을 옮긴 뒤 폐허가 되었다는 것을 알고 있었다.

“이 근방에 공주라는 지명이 있는데 그 공주는 공험진의 공주와는 다른 곳입니다.”

홍득희가 설명했다.

"이 앞에 보이는 것이 두만강 하류입니다. 이 강 건너에 현성이 있습니다."

일행이 강을 건너 30리쯤 갔을 때 커다란 성채가 나타났다.

"이 성이 현성입니다."

하경복이 설명했다.

성에는 아무도 없었다. 안으로 들어가 보자 사람이 살던 흔적이 나타났다.

"야인들이 살다가 우리가 오는 것을 보고 모두 달아났습니다."

홍득희가 설명했다.

성 안에는 물이 가득 찬 큰 우물이 여섯 개나 있었다.

"오늘은 여기서 하루 숙영한다."

숙영 준비가 한참일 때 홍득희 수하 박무가 여진인 여자 한 명을 데리고 왔다.

"홍 대장, 내가 근처 순찰 나갔다가 우리를 염탐하고 있는 야인들을 발견했는데 남자들은 다 도망가고 여자만 있기에 데려왔어요."

홍득희는 그가 여진족이라는 것을 첫눈에 알아보았다.

"뭘 물어 보아도 말을 안 해요. 조선말을 모르나 봐요."

홍득희는 여진 말로 물어보았다.

"여기 사는 사람이오?"

여자가 겁에 질린 얼굴로 고개를 끄덕였다.

“같이 있던 사람들은 누구요?”

“우리 식구들이에요.”

“여진족이라면 누가 당신들 추장이오?”

여자가 한참 망설이다가 말했다.

“우리는 원래 범찰(凡察)의 부하였는데 범찰이 우리를 버렸어요.”

범찰은 여진족의 여러 추장에서도 세력이 큰 축에 속했다. 여진족의 가장 큰 무리 맹주 맹가첩목아의 이복동생이었다. 그러나 맹가첩목아에 반기를 든 양목답올(楊木答兀)이 근처의 여진족을 모아 맹가첩목아를 죽이고 강자로 부상했고, 범찰은 풍비박산된 맹가첩목아의 부족들을 이끌고 조선에 투항하였다. 세종이 이들을 받아들이지 않았기 때문에 이들과는 어정쩡한 관계에 있었다.

홍득희는 김종서에게 이를 보고했다. 김종서는 야인들을 모두 데려다가 밥을 먹이고 다시 돌아와 살도록 조치했다.

다음날 부대는 다시 동북쪽에 있는 거양성으로 갔다. 두만강을 건너 수백 리를 탐후한 것이다. 조선의 최북단인 회령도호부보다 훨씬 북쪽이었다. 그곳에서는 성을 관리하고 있는 조선서 만호를 지낸 사람을 만났다. 조선인 50여 명이 야인들과 함께 살고 있었다. 야인이나 조선인이나 모두 국적에 대한 개념이 없었다.

성을 둘러보던 김종서는 높이 솟은 돌기둥 두 개를 보고 만호에게 물었다.

“저 돌기둥은 무엇에 쓰는 것이오?”

"종을 매달아 놓았던 석주입니다. 윤관 장군이 여기 성을 쌓고 종을 매달아 두었다고 합니다. 그 뒤 이곳은 야인들이 점유하기도 하고 우리가 도로 빼앗기도 했는데 싸움이 너무 심해 한때 폐허가 되었지요. 그 사이 경원에 사는 유성이라는 자가 와서 종을 깨부수어 말 아홉 마리에 싣고 가려했으나 말이 움직이지 않아 종의 10할 밖에 가져가지 못했다고 합니다. 그뿐 아니라 운반하던 노비 30여 명이 다 죽었다고 합니다."

만호의 설명을 듣던 김종서가 웃으며 말했다.

"윤관 장군의 혼령이 화가 난 것이다."

"지금도 종의 파편이 여기저기 널려 있지만 아무도 건드리지 않습니다."

김종서가 만호를 보고 물었다.

"윤관 장군이 국경비를 세웠다는 선춘령과 공험진이 어디에 있는지 아시오?"

"여기서 북쪽으로 육십 리 밖에 있습니다."

"육십 리? 그러면 여기서 경성까지는 몇 리나 되나요?"

"5백 리가 넘을 것입니다."

김종서는 열흘 동안에 엄청난 길을 왔다고 생각했다. 그날 밤 김종서는 군영에 참모들을 모았다. 홍득희도 물론 함께 했다.

"여기서 공험진과 선춘령이 육십 리 정도라니 그 곳까지 가는 것이 어떻겠나?"

김종서가 말을 꺼냈다. 아무도 말을 하지 않았다. 지금 이 거양성도 조선군이 장악한 곳이 아니었다. 말하자면 적진속의 완충지대에 위태롭게 숙영을 하고 있는 것이었다.

"더 들어가는 것은 위험합니다. 거기는 여진족과 야인들의 본거지가 되어 있기 때문에 우리가 침공하는 것으로 생각할 것입니다."

심도원이 말했다.

"2백 명의 군사로는 위험합니다. 경성으로 돌아가서 전열을 가다듬은 뒤 적어도 2만 명 정도는 동원해야 할 것입니다."

하경복이 말했다.

"절제사의 말이 옳은 듯합니다."

심도원도 신중론을 내세웠다.

"조선군이 토벌하여 그곳 주민을 우리 성상께 복속시키는 일은 쉽지 않은 일입니다. 대군을 동원해서 장구한 세월이 흘러야 할 것입니다. 그러나 공험진이나 선춘재에 가서 윤관 장군의 비석을 확인하는 일은 기습전으로 할 수 있을 것입니다. 적은 군사로 신속하게 기습하여 목적을 달성하고 다시 후퇴하면 됩니다. 토벌은 그 뒤에 생각할 문제입니다."

홍득희가 의견을 말했다.

"공험진과 선춘령에 가서 국경을 확인하는 일은 대단히 중요한 일이다. 그곳은 우리 조종인 고구려의 고토일 뿐 아니니라 윤관 문하시중이 이룩한 업적이다. 그곳을 되찾으면 조선의 국토는 한성에서 북쪽으로 2천 리가 넘게 된다. 우리가 꼭 해내야 할 일이다."

김종서가 다시 굳은 의지를 보였다.

"그러면 본진에 연락하여 증원군을 불러야 할 것입니다."

심도원이 말했다.

"경성으로 가서 2천 명 정도의 증원군을 불러와서 공험진으로 들어가도록 하지요."

"그게 좋을 것 같습니다. 증원군을 인솔하러 소장이 가겠습니다."

심도원이 나섰다.

"길을 잘 알고 말을 잘 타는 홍 대장도 함께 가면 좋겠군. 빨리 돌아오는데 도움이 될 것이다."

이튿날 심도원은 부장 세 명을 데리고 경원으로 출발했다. 선발대로는 홍득희와 이적합, 김영기가 함께 갔다.

홍득희는 떠난 지 닷새 만에 거양성으로 돌아왔다.

"김도원 부사가 2천 명을 인솔하여 오고 있습니다. 사흘 뒤에는 도착할 것입니다."

홍득희가 김종서에게 보고했다. 밤낮을 달려오느라 세 사람 모두 지쳐 있었다.

"수고 많았네. 오늘 저녁은 자네들이 고기를 실컷 먹을 수 있도록 하겠네."

김종서는 저녁 식사에 홍득희와 이적합, 김영기를 불렀다. 저녁을 먹으면서 그동안 공험진과 선춘령의 야인들에 대해 염탐한 결과를 이야기했다.

“그곳은 주로 원랑합족의 동여진인들이 사는 곳인데 군사를 다 합치면 1천 명 정도 된다고 하더군.”

김종서가 이야기를 꺼냈다.

“원랑합은 여진족 중에서도 용감하고 말 잘 타는 부족입니다. 만만치 않을 것입니다.”

“우리는 2천 명이 들어가니까 무리는 없을 것일세.”

“나리, 그렇게만 생각하시면 안 됩니다. 우리 군사는 직전까지 농사짓다가 온 사람이 대부분입니다. 낫 들고 살던 사람하고 활 들고 말 타면서 사냥하며 살던 사람의 싸움인데 쉽지 않을 것입니다.”

“하지만 우리는 홍 대장이 있지 않은가. 하하하”

“하하하. 그렇군요.”

모두가 웃었다.

홍득희는 김종서가 파안대소하는 모습을 처음 보았다.

심도원 부장이 증원군 2천 명을 인솔하여 도착했다.

“이틀만 쉬고 출정한다. 모두 각오를 단단히 하라. 상대는 날쌘 야인들이다.”

부대에는 전운이 감돌기 시작했다. 그러나 병사들의 사기는 충천했다.

술병을 깨트린 적군의 화살

병마도절제사 김종서는 군사 2천2백 명을 중군, 좌군, 우군으로 재편성했다. 말을 탄 기마병 50명도 삼등분해서 배치했다. 중군은 김종서 자신이 맡고 좌군은 하경복, 우군은 심도원, 홍득희는 별동대로 그대로 남아서 중군을 돕는 탐후 역을 맡았다.

선춘령은 선춘현, 혹은 선춘재라고도 하는 데 모두 같은 말이다. 공험진은 정확히 어느 위치인지는 모르나 선춘령 부근에 있는 것으로 알려졌다.

김종서는 중군 7백 명을 앞세워 서북쪽으로 행군했다. 홍득희 별동대는 중군보다 5백 보 정도 앞서서 길을 뚫었다. 적과 조우하면 불화살을 날려 후방의 중군에 알리기로 했다. 홍득희가 반나절쯤 산길을 헤치고 나갔을 때 허물어진 성터가 나타났다. 폐허가 되어 사람은 하나도 없고 비석이 몇 개 서 있었다.

비석 글씨를 읽으려고 홍득희는 한문을 잘 아는 이적합을 불렀다.

"글자를 모두 깎아버려 아무 것도 읽을 수가 없네요."

이적합이 안타까운 표정으로 말했다.

"여진족들이 조선서 세운 공적비의 글을 뭉개버렸을 거야."

홍득희도 글자가 깎인 비석을 안타깝게 만져 보았다.

"여기가 하이두은이라는 곳 아닌가?"

홍득희가 다시 이적합을 보고 물었다.

"그런 것 같은데요. 여기서 하루쯤 더 가야 선춘령이 나올 겁니다."

홍득희는 뒤의 중군을 향해 안전을 알리는 화살을 쏘아주고 다시 말을 몰았다.

홍득희는 말이 지칠 것에 대비해 개울이 흐르는 협곡에서 잠시 쉬며 말에게 물을 먹였다. 그때였다.

"와아! 와!"

갑자기 오른쪽 야산에서 소리를 치며 야인들이 말을 달려왔다.

"여진군이다. 대항하지 말고 빨리 말을 몰아 왼쪽 언덕으로 올라가라."

홍득희가 소리쳤다. 그 순간 여진군이 활을 쏘았다.

홍득희 일행은 재빨리 왼쪽 산 위로 올라갔다. 반대로 여진군은 협곡으로 내려와서 전투 위치가 반대로 되었다. 여진군은 계곡에서 왼쪽 언덕 위의 홍득희 군을 추격하러 언덕을 기어올랐다.

"화살을 쏘아라!"

홍득희 별동대가 일제히 활을 쏘았다.

위에서 밑으로 쏘는 화살과 밑에서 위로 쏘는 화살은 싸움이 되지 않았다. 절대적으로 불리한 위치에 있던 여진군이 물러서 계곡을 따라 남쪽으로 도망갔다. 세 명이 화살을 맞고 죽었다.

"여진군이 우리 후방으로 가고 있다. 빨리 절제사에게 알려라."

이적합이 김종서에게 여진군이 있다는 것을 알리는 신호 화살을 날렸다.

"다시 언덕을 내려가 돌아오는 여진군을 맞을 준비를 하라."

홍득희의 명에 따라 모두 내려가서 되돌아올지 모르는 여진군에 대비했다.

홍득희의 예측대로 도망가다가 김종서의 중군을 만난 여진군은 진퇴양난에 처했다. 산으로 도망가기도 하고 계곡으로 되돌아오기도 했다.

"사람은 쏘지 말고 말만 쏘아라. 도망가는 여진군은 그냥 두어라."

홍득희가 명령했다.

여진군의 말 10여 필이 순식간에 쓰러졌다. 살아남은 여진군은 처음 내려왔던 오른쪽 산을 넘어 도망쳤다.

싸움이 홍득희 군의 일방적인 승리로 끝날 즈음 김종서의 중군이 도착했다.

"홍 대장. 수고했네. 다친 사람은 없나?"

김종서가 포로로 잡은 여진 병사 한 명을 데리고 오며 말했다.

"적군 사살 3명, 말 사살 열 마리입니다."

홍득희가 사무적으로 보고했다.

"저 말은 점심감으로 요리해야겠는데……."

김종서가 웃음을 띠며 말했다.

이튿날 홍득희가 김종서의 부름을 받았다. 가보니 잡혀온 여진 병사 한명을 심문해 보라고 했다. 노루 가죽을 걸친 여진 병사는 앳된 얼굴이었다. 겁을 잔뜩 먹어 눈망울이 놀란 토끼 같았다. 홍득희는 측은한 생각이 들었다.

"몇 살이냐?"

홍득희가 여진말로 물었다.

"열다섯."

"너의 대장은 누구냐?"

"우리 대장은 우리 아버지이고 우리 아버지의 대장은 올적합(兀狄哈)입니다."

"올적합은 지금 어디 있느냐?"

"모릅니다. 한 번도 본 일이 없습니다."

"너의 아버지는 어디 있느냐?"

"선춘재에 있습니다."

"다른 군사도 거기 있느냐?"

"……."

아이는 더 이상 대답하지 않았다. 홍득희는 아이가 더 이상 말하지 않을 것이란 것을 알았기 때문에 묻지 않았다. 그러나 선춘령이 올적합의 수중에 있다는 것은 알아낸 셈이다.

"뭘 좀 알아냈나?"

옆에서 지켜보고 있던 김종서가 물었다.

"이 아이 아버지가 거느린 여진군이 선춘령에 있답니다. 그들의 추장은 올적합이라고 합니다."

"음, 중요한 것을 알아냈군. 이 아이는 어떻게 하는 게 좋은가?"

김종서가 홍득희와 여진 병사를 번갈아 보면서 말했다.

"아버지한테 돌아가라고 하지요."

"그러면 우리 사정을 모두 고해바칠 텐데……."

"어차피 도망간 자들이 다 보고했을 것입니다."

김종서가 그 말이 맞다고 생각하여 고개를 끄덕였다.

"말은 주지 말고 아버지한테 돌아가라고 하게나."

홍득희는 식량을 조금 준비한 뒤 보자기에 싸주면서 아이를 빨리 돌아가라고 했다.

김종서 부대는 일단 계곡을 벗어나 어라손참(站)이라는 옛날의 역참 자리로 갔다. 그곳은 동림성의 만호 휘하에 있는 마을이었다. 김종서는 그곳에서 하경복의 좌군과 심도원의 우군과 합류했다.

"선춘령에 여진군이 있을지 모른다. 우리에게 패퇴한 여진군의 패잔병들이 돌아가 우리의 이야기를 했을 테니 알고 있을 것이다."

김종서가 참모들을 모아 놓고 의견을 들었다.

"바로 진격해도 세력이 미미하니 저항하지 못할 것입니다."

심도원의 말이었다.

"적이 알고 있으면 기습이 되지 않습니다. 허를 찌르려면 시차를 두는 방책도 있습니다."

하경복의 의견이었다.

"시차를 둔다는 것은 어려운 점이 많다. 여기가 우리의 본진이 아니기 때문에 식량의 조달이나 연락에 어려움이 많을 것이다."

김종서가 난색을 표했다.

"여기에서 선춘령으로 가자면 적들의 방향에서는 서남쪽입니다. 거기서 서남쪽은 어두하 마을과 동건리입니다. 그들은 분명히 우리가 어두하를 거쳐 동건리에서 올 것으로 믿고 그 길목에 매복을 할 것입니다."

길을 잘 아는 홍득희가 지명을 들어 설명했다.

"옳거니."

김종서가 홍득희의 다음 말에 귀를 기울였다.

"우리는 그 반대로 북쪽으로 우회하여 소하강을 거쳐 북쪽에서 남쪽으로 진격한다면 기습 효과가 있을 것입니다."

홍득희의 말을 듣고 모두 고개를 끄덕였다.

"소하강까지 가는 데는 장애물이 없는가?"

하기복이 물었다.

"대체로 평야지대이기 때문에 매복이나 기습을 만날 염려는 없습니다."

이튿날부터 다시 행군을 시작했다. 홍득희 부대가 척후를 보기 위해 1천 보쯤 앞에서 말을 달렸다. 비교적 높은 산이 없기 때문에 중, 좌, 우 3군은 횡대 배치를 하고 진군했다.

이틀을 달려 일행은 소하강 가에 도달했다. 강 하류이기 때문인지 강폭이 꽤 넓었다. 오는 동안에 조선군은 여진군을 한 번도 만나지 않았다.

"여기서 두만강까지는 얼마나 되는가?"

김종서가 홍득희를 보고 물었다.

"아마 6, 7백 리 가까이 될 것입니다."

홍득희 대신 이적합이 대답했다.

"고려사에서는 두만강에서 7백 리 지점 소하강 가에 공험진 성을 쌓았다고 되어 있다. 그렇다면 이 근처가 공험진인지도 모른다."

김종서가 사방을 둘러보며 말했다. 그러나 성터나 마을이 있었던 흔적이 남아있지 않았다.

"우리가 목표로 하는 6진은 장백산을 정점으로 압록강과 두만강이 경계가 될 것이다. 공험진이나 선춘령을 경계로 한다면 국토가 거의 배로 늘어나는 것이지."

김종서의 말에 모두 새삼 놀랐다.

"엄청난 일입니다."

심도원이 입을 딱 벌렸다.

김종서와 홍득희는 이튿날 하루를 더 머물면서 공험진 성터를 찾았으나 헛수고만 했다. 하루를 더 쉬고 얼마 멀지 않은 선춘령으로 공격을 감행했다.

"홍 대장 부대가 오 리 정도 앞서서 가는 게 좋겠어. 유사시에 화살을 쏘아서 하는 연락이 잘 될 수 있도록 군사를 더 줄 터이니 화살이 닿는 자리마다 병사를 배치하면서 행군을 하게."

오 리 뒤에 본진이 따라 온다면 홍득희는 위험한 선봉이 된다. 그러나 불평하지 않고 병사 20명을 더 받아 선춘령으로 출발했다.

홍득희가 선춘령에 거의 다 도달할 무렵이었다.

"적군이다."

50보 정도 앞서가던 박무가 소리쳤다. 거의 평평하게 보이는 앞 언덕에 여진군이 오고 있었다. 말을 탄 기병이 2백여 명, 보병이 1천여 명은 되어 보였다. 이들은 전혀 경계를 하지 않고 편안하게 줄을 지어 오고 있었다.

"빨리 본진에 불화살을 쏘아 연락하라. 그리고 모두 저쪽 강가로 달려가 몸을 숨겨라."

홍득희 일행은 재빨리 강변으로 달려가 말과 몸을 숨겼다. 위험한 은폐였다.

강을 뒤로 두고 숨었기 때문에 저절로 배수의 진이 되어 퇴로가 없었다. 싸움이 붙었을 때는 위치가 강 둔덕 밑에 있기 때문에 매우 불리했다. 그러나 모르고 적군이 지나갈 가능성이 대단히 높았다.

선춘령으로 가는 이 길은 북쪽에서 남쪽으로 가는 길이기 때문에 조선군이 오리라고는 상상할 수 없는 길이었다. 그래서인지 여진군은 전혀 경계의 빛이 없었다.

여진군이 홍득희가 숨은 강변을 막 지나갈 무렵 벽력같은 소리를 지르며 김종서의 중군이 공격했다. 화살이 비 오듯이 쏟아졌다.

기습을 받은 여진군은 혼비백산하여 흩어졌다. 일부는 물러서지 않고 활을 쏘며 대항했다.

도망가는 여진군의 일부가 강으로 몰려왔다.

"활을 쏘아라!"

홍득희의 명령이 떨어지자 강둑에 숨었던 홍득희 군이 일제히 일어서며 화살을 퍼부었다.

싸움은 순식간에 우열이 가려졌다. 여진군은 달아나기 바빴다.

"식량과 말을 빼앗아라!"

홍득희가 소리쳤다. 여진군은 식량을 싣고 가던 달구지를 팽개쳤다. 몰고 가던 소와 양도 버리고 달아났다.

싸움은 끝이 났다. 여진 병사 20여 명이 죽었다. 부상하여 미처 도망가지 못한 병사도 10여 명이나 되었다. 노획한 소가 수십 마리였다. 콩과 조 등 식량도 다섯 수레나 되었다.

홍득희는 김종서 도절제사로부터 포로들을 심문하라는 명령을 받았다. 홍득희는 이적합과 함께 포로들을 심문했다. 모두가 올적합의 군사였다. 조선군이 대규모로 침공해온다는 보고를 받고 모두 북쪽으로 철수하는 길이었다고 했다. 이들이 보급품을 가지고 안전하게 철수할 수 있도록 남서쪽 길목에 5백 명 정도의 군사가 매복해 있다고 했다.

"서남쪽 어두하에 매복 병력 5백 명이 있답니다."

홍득희가 김종서에게 심문 결과를 보고했다.

"홍 대장이 예측한 대로 여진족이 매복을 했구먼."

김종서는 심도원을 불렀다.

"좌군 전원을 인솔하고 어두하로 가서 여진군을 쳐부수고 오시오."

김종서는 이웃집 심부름이라도 보내듯이 가볍게 명령했다. 그리고 전 부대와 포로들을 이끌고 선춘령으로 올라갔다.

선춘령은 높은 고지에 있는 평평한 땅이었다. 큰 마을을 이루어도 될 만큼 낮은 언덕과 평지로 이루어져 있었다.

"여기가 선춘원이라고 단정할 수는 없겠구먼."

김종서가 사방을 둘러보며 혼잣말처럼 중얼거렸다.

"지금도 성터가 남아있고 석벽도 있습니다."

홍득희는 여기저기를 살피다가 수십 채가 있었던 것 같은 집터를 발견했다. 주춧돌 사이에서 비석도 여러 개 발견했다. 그러나 모두 양면을 깎아버려 글자를 읽을 수 없었다. 모두 야인들의 짓인 것 같았다.

"제가 관아에서 비석 세우는 것을 많이 보았습니다. 비석을 세울 때는 바닥에 명문을 새기는 경우가 많습니다."

김영기가 말했다.

"저 비석을 뽑아 보시오."

홍득희가 가장 큰 비석을 가리키며 말했다. 그 비석도 물론 비면의 글자는 다 깎여 있었다.

여러 사람이 달려들어 한참 만에 비석을 파냈다. 홍득희는 잔디 위에 드러누운 비석의 밑둥치를 살폈다. 홍득희는 비석에 잔뜩 묻은 흙을 털어냈다.

"여기 뭔가가 있다."

홍득희가 손으로 비석 밑바닥을 만지며 말했다.

"고려라고 새긴 것 같은데……. 이 두령이 읽어보시오."

이적합이 달려와 비석 바닥을 한참 들여다보았다.

"이, 이것입니다. 윤관의 비석!"

이적합이 흥분해서 떠들었다.

"뭐? 이게 윤관 장군의 비석이라고?"

홍득희도 마주 소리를 쳤다.

"무엇이라고 새겨놓았소?"

홍득희의 목소리는 흥분으로 떨렸다.

"고려지경(高麗之境), 고려의 경계라는 뜻입니다."

"드디어 찾았구나. 빨리 도절제사를 모셔 오너라."

김종서가 달려 왔다.

"정말이냐? 윤관 장군의 경계비가 나왔다니 정말이야?"

김종서도 흥분하여 같은 말을 되풀이하며 달려왔다.

김종서는 땅에 엎드려 비석의 바닥을 뚫어지게 들여다보았다.

"고. 려. 지. 경!"

김종서는 또박 또박 네 글자를 읽었다. 목소리가 흥분으로 떨렸다. 김종서는 부들부들 떨면서 일어나 앉았다. 김종서는 두 손을 모으고 하늘을 쳐다보았다.

"하늘이시여! 조선을 돌보셨습니다. 감사합니다."

김종서는 남쪽을 향해 절을 네 번했다.

"전하! 찾았습니다. 고려의 땅을 찾았습니다."

김종서가 눈물을 주르륵 흘렸다.

그날 저녁 김종서의 명으로 다섯 마리의 소를 잡았다. 가지고 온 술도 저녁상에 반주로 내놓았다.

"이 땅이 조선의 땅이라니 얼마나 감격스러운 일이오. 자 맘껏 술과 고기를 즐기시오."

"감격스러운 일입니다. 우리 땅을 찾게 되었다고 하면 전하께서 얼마나 기뻐하시겠습니까? 도절제사님, 경하드립니다."

하경복이 술기운이 돌자 말이 많아졌다.

"헌데, 목숨을 걸고 싸우러 나온 사람들이 이렇게 고기나 먹어서 되겠습니까?"

갑자기 하경복이 시비를 걸기 시작했다.

"이것은 여진군이 버리고 간 고기니 실컷 잡수시오."

김종서가 웃으며 말했다.

"관찰사께서는 함길도 곳곳을 다니며 술 마시고 고기 권하며 백성들이 흥청망청 지내게 권장한다던데요. 그거 되는 일입니까?"

건너편에서 조용히 술을 마시고 있던 비장 한 사람도 갑자기 불평을 늘어놓기 시작했다.

"그 말 맞는 말이야."

하경복이 혀 꼬부라진 소리로 말했다.

"여기 와 있는 우리 병사들은 대부분이 삼남 지역에서 땀 흘리며 농사짓던 젊은이들이다. 평생 가도 소고기 이팝 맛보기 힘든 젊은이들이다. 나라를 위해 이 먼 곳까지 와서 고생하는데 왜 있는 고기를 못 먹느냐."

김종서가 화난 목소리로 말했다.

"함길도는 조선의 변두리로 어렵게 사는 곳인데 관찰사가 백성들에게 검소하게 사는 걸 솔선수범하지 못하고……."

술 취한 비장이 다시 떠들자 심도원이 데리고 나가버렸다.

"나는 지금 고생하는 함길도 백성이나 우리 병사들에게 술 고기가 더 있으면 더 먹일 것이다. 잘 먹고 힘이 나야 사기가 올라가서 잘 싸울 것 아닌가. 이제 전쟁이 끝나고 우리 땅을 되찾고 난 뒤에는 고생한 우리 병사들에게 소 대신 닭이라도 먹게 할 것이다."

그때였다.

'휘익! 쨍그랑.'

어디서 화살 하나가 날아와 김종서 앞에 놓인 술상 위의 술병을 깨트렸다.

"적군이다!"

누군가가 소리를 치자 모두 엎드리고 숨고 달아났다. 술판이 난장판이 되었다.

꿈짝하지 않고 있는 사람은 오직 김종서와 홍득희 두 사람 뿐이었다.

"아군인지 적군인지 모르겠는데요?"

홍득희가 술잔을 들며 말했다.

"나를 못 맞히고 술병이나 깬 것을 보면 우리 군사 솜씨는 아니네. 허허허."

홍득희는 김종서의 사나이다운 배짱에 감탄했다.

김종서가 머무는 동안 선춘령 주변에서는 여진 병사를 볼 수가 없었다.

"이제 본영으로 돌아가야 하겠다. 전하께 윤관의 비를 찾았다는 기쁜 소식도 빨리 전해 올려야 할 것이다."

잠시 생각하던 김종서는 철수 명령을 내렸다.

"저 비석은 깨지지 않게 잘 가지고 가서 전하께 바쳐야 한다, 특별히 수레를 준비해 말이 끌도록 하고 앞 뒤 경계병을 세우고 행군한다."

김종서의 명령을 듣고 있던 홍득희가 말했다.

"나리, 저 비석을 옮기면 안 됩니다. 여기가 국경이라고 표시한 것인데 저것을 경복궁에 가져가면 경복궁이 국경이 되는 것입니다."

"그래?"

김종서는 홍 대장 말이 옳다고 생각했다. 저것을 옮겨버리면 누가 선춘령이 국경이라고 말할 것인가.

"홍 대장 말이 옳다. 저 비석은 탁본을 뜬 뒤 제자리에 다시 세워라."

비석 아닌 탁본을 뜬 김종서 부대는 다시 경원본영을 거쳐 함흥으로 돌아갔다.

만리변성일장검

본진으로 돌아온 김종서는 국경에 사람이 살도록 해야겠다고 생각했다. 우선 군사들로 하여금 이 지역에 안정을 되찾게 한 뒤 그곳에 백성들을 이주시키고 관리를 임명하여 국토로써의 역할을 하게 하는 것이 급선무였다.

김종서는 우선 함길도 남쪽의 백성 2천2백 호를 영북진과 경원 최북단으로 이주시키기로 내정했다. 그곳에 임명되는 향리는 중앙에 진출할 기회도 주어야 한다고 생각했다. 다음에는 삼남의 백성 5, 6천 명을 이주시킬 계획을 세웠다.

세 번째 정책으로 신백정 등 천민 중에 북변에 이주를 오겠다는 사람은 양민으로 고신을 바꾸어 주도록 하는 방안을 생각했다. 양민에게는 향리(鄕吏)가 될 기회를 주고 양인에게는 토관을 주어야 한다고 생각했다. 함길도에는 평야가 있어 농사를 지을 수도 있지만 대부분이 산악이기 때문에 소를 기르는 등 목축과 사냥을 장려하고 소 잡는 일을 막지 않을 것을 생각했다.

김종서는 이러한 생각을 정리하여 장계도 만들었다.

"홍 대장이 또 한양에 좀 다녀와야 하겠네."

김종서는 홍득희를 급히 불러 말했다.

"선춘령에서 가져 온 탁본을 전하께 올려야겠네. 그리고 이 장계도 함께 올리고 비답을 받아 왔으면 하네."

김종서는 탁본과 장계가 든 봉함 보자기를 주었다.

"언제 출발합니까?"

"내일 아침에 출발하지. 필요한 사람은 데려가도 좋아. 이번에 가거든 말미가 좀 있을 테니 동생 석이도 좀 만나보고 와도 되네."

"이곳으로 데리고 오면 안 되겠습니까?"

동생 이야기가 나오자 홍득희는 생각하고 있던 말을 했다.

"그곳 사정만 괜찮다면 그래도 좋겠네."

김종서가 그쪽 사정이라고 한 것은 몸이 약한 세자에게 침을 놓는 일이 어떻게 되었는지 모르기 때문에 한 말이었다.

"한성에 닿으면 알아보겠습니다."

이튿날 홍득희는 이영생과 이적합을 데리고 한성으로 출발했다.

일행은 이틀 만에 황해도 대성산을 지났다.

"우리가 산채를 만들었던 산이군요."

앞서 가던 이적합이 감개무량한 듯 산세를 훑어보며 말했다.

"지금은 다른 화적들이 오지 않았을까?"

홍득희의 말이 떨어지기도 전에 화살 하나가 일행의 발 앞에 박혔다.

"웬 놈들인지 꼼짝 마라!"

산적 다섯 명이 나타나 길을 가로 막았다.

"너희가 대성산 산적이냐?"

홍득희가 물었다.

"아니, 저 전복 입은 놈은 여자 아니냐?"

세 사람이 모두 전복 차림이라 관군 병사라는 것을 그들은 알고 있었다. 차림으로는 몰랐는데 목소리를 듣고 홍득희가 여자라는 것을 알아차렸다. 사내들은 얕잡아 보는 태도로 홍득희를 훑어보았다.

"계집년이 군복을 입고 다니다니. 저년을 말에서 끌어내려라."

구레나룻이 무성한 덩치 큰 화적이 소리쳤다. 두목인 듯했다.

"잠깐, 우리는 한성으로 공무를 띠고 가는 길이니 그냥 보내주면 못 본 척하고 가겠다. 어떠냐?"

홍득희가 점잖게 타일렀다.

"네년이 공무를 보러 간다면 내가 네년의 상전이니 나에게 보고해라. 핫하하."

구레나룻이 게걸스럽게 웃었다.

"말조심해라. 대성산 화적 홍득희 두령 이야기도 못 들었느냐?"

이적합이 나섰다.

"하하하. 점점 웃기네. 홍 두령이 언제 군졸이 되었다더냐. 도적이 관군 되는 것 보았냐? 뭣들 하느냐. 저년을 붙잡아라!"

'휘익!'

그때였다. 홍득희가 안장에서 표창을 꺼내 번개처럼 던졌다. 표창은 구레나룻의 목을 정확하게 찔렀다.

"윽!"

구레나룻이 안장에서 말 등으로 푹 꼬꾸라졌다.

"모두 베어라!"

홍득희가 명하자 이적합, 이영생이 칼을 빼들었다. 순식간에 남은 네 명이 어깨와 옆구리에 칼을 맞았다. 두 명은 도망가고 두 명은 땅바닥에 주저앉아 살려 달라고 빌었다.

"너희들 두목 시체나 끌고 빨리 가거라."

홍득희는 아무 일도 없었다는 듯 자하문을 통해 한성으로 들어갔다. 일행은 우선 송오마지와 홍석이가 있는 홍천사로 갔다. 홍천사는 90칸이 넘는 대사찰이기 때문에 나그네나 노비들이 거처하는 방이 많았다.

"세자마마 치료는 어떻게 되었느냐?"

홍득희는 홍석이한테 궁금한 것부터 물었다.

"여러 차례 진맥하였으나, 그냥 허약한 것이지 고쳐야 할 병이 있는 것은 아니더군요. 그리고……."

홍석이가 잠깐 말을 멈추었다.

"그리고?"

"전의감에서 반대가 심해서 그냥 손 뗐어요."

"전의감에서?"

"예. 말하자면 내가 돌팔이라는 것입니다. 나야 놀고먹는 것도 괜찮지만요."

홍석이가 쓸쓸히 웃었다.

"이번에 나를 따라 함길도로 가자. 소다노도 가보고."

"정말요? 오마지 아저씨도 같이 가요."

홍석이의 얼굴이 활짝 펴졌다.

홍득희는 승정원을 찾아가 김종서의 장계를 내놓았다. 도승지가 기다리라고 하고 대전으로 갔다. 한참 만에 승정원으로 돌아온 도승지는 전하를 알현해야 한다고 전했다. 홍득희는 내관 엄자치를 따라 사정전으로 갔다.

"함길도 도절제사 휘하 홍 대장 문후 여쭙니다."

홍득희는 전복을 입은 채로 임금 앞에 시립했다.

"아, 홍 대장 어서 오너라. 천 리 길을 이웃처럼 드나드느라 고생이 많다."

"황공하옵니다. 쇤네는 말 달리는 것이 놀기보다 훨씬 좋습니다."

“그대들이 참으로 놀라운 일을 했구나. 고려지경이라. 고려의 옛 땅을 찾아내었으니 이보다 더 기쁜 일이 어디 있겠는가. 참으로 장한 일을 했어.”

임금은 진심으로 기뻐하는 것 같았다.

“김 도절제사의 공이옵니다.”

“지금 편찬중인 고려사에 보면 야인 올량합(兀良哈)과 아도리(斡都里)가 조정에 찾아와 말하기를 ‘문하시중 윤관이 우리 영토를 평정하고 비를 세워 고려 영토라 하시었습니다.’라고 했다는 것이야. 이제 윤관이 넓힌 영토를 김종서가 되찾은 것이다.”

“참으로 그러하옵니다.”

“홍 대장이 있어서 된 일이라고 했구먼. 김종서의 장계에 모두 다 쓰여 있더군. 참으로 장한 일이야.”

“황송하옵니다. 소인은 그저 도절제사의 곁을 따라다니기만 했습니다.”

“음, 겸손할 줄도 아는구나. 과인이 처음 볼 때보다는 훨씬 사리를 잘 가리는구나. 사실 답답할 때는 가끔 홍 대장이 보고 싶을 때도 있었지. 하하하.”

임금이 소리내어 웃었다.

“과인이 나중에 교지를 내릴 것이지만 김종서의 생각이 모두 옳은 것이야. 우선 6진을 설치하고, 그 곳에 백성을 이주시켜 우리 땅으로 굳히는 것은 당연한 일이지.”

"그곳은 목축과 사냥으로 사는 백성이 많으니 소의 도축을 윤허하셔야 합니다. 또한 천민들을 면천하여 전하께 충성 바칠 기회를 주셔야 합니다."

"대신들의 반대가 많겠지만 과인이 밀고 나갈 것이다."

"지당하신 말씀입니다."

"대신들 중에는 김종서를 못마땅하게 생각하는 사람도 많다."

"훌륭한 장군입니다."

홍득희는 김종서를 비난하는 대신도 있다는 말에 깜짝 놀랐다.

"예전에 시중 윤관에게 북방을 개척하여 9성을 쌓도록 임무를 맡기자 조정의 대소 신료들이 모두 윤관을 죽이라고 청했다. 그러나 당시 임금은 죽이지 아니하고 임무를 맡겨 성공하였다. 과인은 죽이자고 한 대소 신료들이 옳은지 죽이지 않은 자가 옳은지 잘 모르겠다. 그러나 윤관의 집안은 크게 번성하였다. 그렇다면 죽이지 않은 임금이 옳은 것 아닌가. 예로부터 공을 세우고 목숨을 부지한 자가 많지 않다."

임금의 말을 듣고 있던 홍득희는 공을 세우면 살기 어렵다는 말이 잘 이해되지 않았다.

"파저강 정벌 때 김종서가 박호문을 장수로 추천한 일이 있었다."

임금은 홍득희를 앉혀 놓고 여러 이야기를 들려주었다. 다른 대신들한테는 좀체 하지 않는 일이었다.

"그 때 나는 박호문이 행동거지가 단순하고 날카로운 판단력이 있기 때문에 당연하다고 생각했다. 그 뒤 박호문이 함길도의 한 성에서 부사를 지내고 돌아왔을 때였다. 강녕전에 불러 보고를 들은 뒤 함길도의 야인 평정에는 김종서를 보내는 것이 어떠냐고 물어 보았다. 그랬더니 글쎄 박호문은 옳지 않은 생각이라고 하였다. 그 이유로 김종서는 겁이 많고 나약하여 장수로는 적당치 않다고 했지. 활 쏘고 말 타는 것도 잘하지 못하는데 어떻게 오랑캐를 물리치며 여러 사람의 존경을 받을 수 있겠느냐는 것이다."

"뜻밖의 이야기입니다. 김종서 장군은 모든 수하의 존경을 받고 있으며 불 속에 들어가라고 해도 장군의 명령이라면 모두 따릅니다."

홍득희는 김종서를 모함하는 사람이 있다는 말에 울분이 생겼다.

"여진의 우두머리 중 하나인 범찰이 김종서를 꺼리니 보내지 말라고도 했다. 박호문은 또 자기는 범찰과 형제처럼 잘 지냈다고 하면서 회유 정책을 쓰는 장수가 가야 한다고 했다."

"회유를 해서는 후환을 없앨 수 없다는 것은 상감마마께서도 익히 아시는 바 아닙니까? 박 대감은 참으로 비뚤어진 사람입니다. 허우대는 아주 괜찮게 생기셨던데……."

홍득희는 파저강 전투 때 박호문을 본 일이 있었다. 박호문에게 욕을 퍼붓고 싶었으나 어전이라 함부로 할 수도 없고 속이 부글부글 끓었다.

"평안도를 맡고 있는 도찰리사 최윤덕이 와서 하는 말이 군사를 거느리고 각 고을을 순회하면서 병마의 위엄을 과시하겠다고 해서 왜 그렇게 해야 하느냐고 물었지. 그랬더니 최 도찰리사는 그러면 적이 겁이 나서 감히 침입하지 못할 것이라 하더구나. 짐은 어이가 없어서, 병사의 일은 세력을 깊이 감추어 처음과 끝을 적이 모르도록 해야 하는 것인데 어떻게 돌아다니며 애써 보이려 하는지 모르겠다고 나무란 일이 있었다."

"김종서 장군은 힘으로 적을 제압하는 것이 가장 좋은 방법이라고 했습니다. 그 연후에 회유가 있을 수 있다고 하였습니다."

홍득희의 말을 듣고 임금은 고개를 끄덕였다.

함길도로 돌아온 홍득희는 김종서의 북벌 계획을 계속 도왔다. 함흥관찰사 관아의 뒤뜰을 걷던 홍득희가 김종서를 만났다.

"아직 초겨울인데도 나무는 모두 옷을 벗었군."

김종서가 앙상한 가지만 남은 활엽수 숲을 바라보며 말했다.

"고향을 떠난 지 이태가 넘었으니 가족 생각이 나시겠군요."

홍득희가 어딘지 쓸쓸해 보이는 김종서를 바라보았다.

"허허허. 치국평천하를 못 이뤘는데 어찌 가족에 연연하겠나."

김종서가 냉냉한 하늘을 보며 웃었다.

"홍 대장은 가족이라곤 석이 하나인데, 이제 같이 있으니 집안 걱정은 없겠구려."

두 사람은 자연스럽게 뒤뜰을 걷다가 김종서가 군사 문제를 거론했다.

"우리가 현실적으로 실현할 국경의 북쪽 끝은 회령이라고 보는데 어떻게 생각하는가?"

"두만강을 국경으로 가정한다면 그게 좋을 것입니다. 두만강이 동해로 흘러들어 가는 곳이 국경이 되면 자연히 방어에 이점이 많을 것입니다. 그러나 소인의 생각에 북쪽의 끝은 아무래도 온성이 되어야 할 것입니다."

"그렇기는 하지. 하지만 아목하(阿木河)를 최우선 목표로 삼아야 할 것 같아."

"아목하는 농토가 기름지기 때문에 농민들을 이주시키기에 가장 적합합니다. 지금은 여진족과 다른 야인들이 뒤섞여 살지만 모두 조선으로 귀화시키고 남도의 농민들이나 천민들을 이주시키는 게 좋을 듯합니다."

홍득희가 말했다. 임금이 생각하는 것을 알고 있기 때문에 한 말이었다.

"아목하에서는 여진의 부족 둘이 싸우다가 서로 패망의 길을 갔기 때문에 지금은 공백지대라고 볼 수 있지. 죽은 족장의 이름이 무엇이더라?"

김종서가 홍득희를 돌아보며 물었다.

"오도리 추장 말씀이군요. 원래 아목하는 올량합과 오도리 추장이 동족을 거느리고 살았는데, 지난여름 우디거가 쳐들어가 오도리 부자를 죽이고 아목하를 차지했습니다. 하지만 우디거 일족도 오도리의 잔당에게 견디지 못해 그 곳을 떠난 상태입니다."

"홍 대장은 정말 북방 오랑캐에 대해서는 모르는 것이 없군. 우리 군의 보물이야."

"과찬이십니다. 그들과 함께 자라다보니 조금 알게 된 것이지요. 그런데 나으리, 오랑캐란 말씀은 좀 그렇네요. 우리도 오랑캐인데……."

홍득희가 웃으며 조심스럽게 말했다.

"우리가 왜 오랑캐인가?"

"중국에서 동쪽 오랑캐라고 하지 않습니까?"

"하하하. 그러고 보니 그렇구려. 오랑캐가 오랑캐보고 오랑캐라고 하다니."

"송구합니다."

"어쨌든 아목하를 빠른 시일 안에 우리 손에 넣어야겠다."

김종서는 아목하를 공격하기 전 경원부를 더 북쪽인 회질가(會叱家)로 옮겨 상설 방위군 2백 명을 두고 민가 3백 호를 이주시켰다. 후방을 튼튼하게 다진 김종서 군은 다시 아목하 토벌에 나섰다.

"겨울 혹한이 오기 전에 아목하를 점령해야 한다."

김종서는 진군을 독촉하여 아목하로 향했다. 언제나처럼 홍득희 별동대가 탐후를 맡아 선두에서 행군로를 개척했다.

진군을 시작한지 열흘쯤 지나서였다. 홍득희 별동대는 전방을 가로 막는 야인의 무리와 마주쳤다. 2백 명은 훨씬 넘어 보였다.

야인들은 모두 활과 창을 들고 있었으나 싸우려고 하지는 않았다.

부녀자와 어린아이도 뒤에 보였다. 그 중에 두목인 듯한 자가 앞으로 나왔다.

"댁들은 조선 군사요?"

"그렇다."

박무가 대답했다. 뜻밖에 그가 조선말을 하고 있었기 때문이다.

"김종서 장군의 휘하에 있습니까?"

"그렇다. 그런데 너희들은 누구냐?"

두목인 듯한 자가 갑자기 땅바닥에 엎드려 대답했다.

"저희들은 오도리 장군의 부하입니다. 우디거가 우리 추장 가족을 다 죽이는 바람에 쫓겨 다니고 있습니다. 김종서 장군이 아목하를 간다는 풍문을 들었습니다. 저희들을 장군의 백성으로 거두어 주십시오."

듣고 있던 홍득희가 앞으로 나갔다.

"그러면 너희들은 조선 땅인 아목하에서 조선 백성이 되어 우리 임금을 섬기고 농사지으며 살겠다는 뜻인가?"

"은혜를 베풀어 주시어 우리들 목숨을 보장해 주신다면 조선 임금을 섬기며 살겠습니다."

홍득희는 귀순해온 오도리족 백여 명을 김종서 장군에게 인계했다.

"여진인은 나리가 토벌에 나섰다는 것을 모두 알고 싸우려 하지 않기 때문에 쉽게 아목하를 얻을 수 있을 것 같습니다."

하경복이 말했다.

"군사의 일이란 그렇게 낙관하다가는 언제나 낭패를 당하는 법이오. 그럴수록 더욱 경계를 늦추지 말아야 할 것이오."

김종서의 우려가 맞았다. 아목하로 가는 동안 김종서 군은 여섯 차례 싸움을 치러야 했다. 토벌에 나선 지 근 한 달이나 걸려 김종서 군은 목적지에 도착했다. 아목하에는 아직도 천여 호의 백성들이 살고 있었다. 여러 강한 부족들이 넘보던 곳이라 살육이 끊이지 않는 전쟁의 와중에 놓인 마을이었다. 함길도에서는 보기 드문 평야가 펼쳐져 있었다.

김종서는 우선 그 곳에 임시 본영을 정하고 아목하 일대를 탐색하기 시작했다. 아목하 정비가 한창 진행되던 눈보라 치는 어느 날 오후, 김종서가 홍득희를 영내로 불렀다.

"홍 대장, 어서 오시게."

김종서는 매서운 날씨임에도 창문을 열어놓고 멀리 북쪽 두만강 건너 옛 고려 땅을 바라보고 있었다. 나뭇가지마다 눈이 얼어붙어 마치 흰 꽃이 핀 것처럼 보였다.

"내가 울적해서 시 한 수 썼는데 한번 보게나."

김종서가 금방 붓을 놓은 듯 먹물이 채 마르지 않은 종이를 내밀었다. 홍득희는 머뭇거렸다. 글을 모르기 때문이었다.

"아하. 내가 실수했네."

김종서가 얼버무리며 말을 이었다.

"그러면 한 번 읽어 줄까?"

"소인의 귀에 시가 당합니까? 하오나 풀어서 한번 들려주시지요."

홍득희가 웃으며 말했다.

"그럼 한번 읊어 보리다. 어험!"

김종서는 목청을 가다듬고 시를 읊었다.

삭풍은 나무 끝에 불고
명월은 눈 속에 찬데
만리변성 일장검 짚고 서서
긴 바람 한 소리에 거칠 것이 없어라.

"어떤가?"

김종서가 멋쩍게 물었다.

"별호대로 대호(大虎) 답습니다."

"하하하. 나를 모두 대호라고 부른다면서?"

김종서가 유쾌하게 웃었다.

"이 곳을 옛 지명을 따서 회령진(會寧鎭)이라고 해야겠네. 그리고 성을 쌓아서 만대에 안정을 누리도록 해야겠네. 그래야 대호가 되는 것 아닌가?"

음탕한 왕자

상참이 끝나고 대신들이 다 나간 뒤 우의정 허조가 임금에게 아뢰었다.

"어제 소신이 성균관 근방 어느 민가에 갔다가 천재 아이를 만났습니다."

"어떤 아이이기에 우의정이 그렇게 말씀을 하오? 말해 보시오."

세종이 잔뜩 호기심을 보이며 되물었다.

"강릉 김 공의 아들 시습은 이제 겨우 다섯 살입니다. 학문이 깊어 소신과 시 문답을 척척 했습니다."

임금이 흥미를 느끼고 시 문답 내용에 대해서 물었다.

"아이가 소신을 보고 늙은 정승이라고 하기에 그럼 소신이 늙을 노(老)자를 넣어서 시를 지어 보라고 했더니 즉석에서 '노목에 꽃이 피었으니 마음은 늙지 않았도다.' 하고 써 올렸습니다."

"하하하. 정말 신동이구나. 그 아이가 다섯 살이라고?"

"예. 세 살 때 한시를 지었는데 맷돌로 콩을 가는 모습을 보고 '비도 오지 않는데 천둥소리 어디서 나는가. 누런 구름 조각 사방으로 흩어지네.' 라고 지었답니다. 그뿐 아니라 다섯 살이 되자 중용, 대학을 다 마쳤다 합니다."

"허 정승 말이 믿기 어렵구먼. 한번 데리고 와서 직접 보여 주시오."

이튿날 허조가 김시습을 안고 사정전으로 왔다. 김시습은 비록 정승에게 안겨 들어왔으나 임금에 대한 예의를 다 갖추었다. 눈망울이 또록또록하여 신동의 기품을 풍겼다.

"저 아이를 한번 시험해 보게."

임금이 그 자리에 있던 승지 박이창을 시켜 신동을 시험해 보라고 했다.

박이창이 시를 하나 지어 보이고 대귀를 지어 보라고 했다.

동자의 학문은
하얀 학이 푸른 소나무 끝에서 춤추는 것 같도다.

이 시에 대해 김시습이 즉각 대귀를 지었다.

임금의 큰 덕은
푸른 바다 가운데 황룡 같도다.

임금이 감동했다.

"과연 신동이로구나."

임금이 김시습을 덥석 안았다.

임금은 벽에 걸려 있는 삼각산 그림을 보고 또 시를 짓게 했다. 신동은 놀라운 재주를 여지없이 발휘했다.

"여기 있는 세자는 장차 너의 임금이 될 사람이다. 자라거든 잘 보필하여라."

임금은 신동 김시습에게 상으로 명주 비단 50필을 주었다.

"네가 이것을 어떻게 가지고 가겠느냐?"

임금이 장난삼아 물어 보았다.

"제 힘으로 가지고 가겠습니다."

모두가 놀라 시습이 하는 모습을 지켜보았다.

김시습은 명주 50필을 모두 끝을 묶어 연결하였다. 그리고 한쪽 끝을 잡고 경복궁을 나가자 명주 50필이 모두 끌려 나갔다.

사람들이 그 모양을 보며 다섯 살짜리 신동이란 뜻으로 '신동 김오세'라 부르며 모두 혀를 내둘렀다.

그러나 그 무렵 임금에게는 이러한 유쾌한 일만 있는 것은 아니었다. '가지 많은 나무 바람 잘날 없다'고 많은 왕자들이 자라나 어른이 되자 말썽을 자주 부렸다. 임금을 제일 많이 신경 쓰이게 한 왕자는 넷째인 임영대군 구였다.

임영대군의 처 남씨는 병이 있었다. 홍득희의 동생 홍석이가 치료하여 상당히 호전되기는 했으나 완치가 되지 않아 결국 사가로 돌려보냈다. 이후 봉례 최승녕의 딸을 재취로 맞이했으나 처 한 사람만으로 만족하지 않고 계속 다른 여자를 탐하였다.

"전하, 임영대군 구가 또 여색으로 문제를 일으킨 것 같습니다."

소헌왕후가 임금을 보고 근심이 가득한 얼굴로 말했다.

"이번에는 어떤 여인이오?"

임금의 목소리에 한숨이 섞여 나왔다.

"신빈이 낮에 소첩에게 한 말인데 금강매라는 기생 아이와 관계를 가지고 있다 합니다. 금강매는 악공 이생(李生)의 딸입니다."

"그 아이는 처녀인가?"

"신빈의 말이 그렇다고 합니다."

소헌왕후가 힘없이 대답했다.

"신빈은 모르는 게 없군. 서로 진심으로 좋아한다면 그냥 눈감아 주는 수밖에 없지 않겠소?"

임금이 뜻밖에 관대하게 얘기했다. 첫 번째 며느리 남씨를 돌려보낸 것이 마음에 걸렸던 것이다.

"전하의 생각이 그러하시다면 버려 둘 수 없는 일이지요. 첩으로 들이게 할 밖에요."

"그렇게 하시지요."

그러나 그 일이 탈 없이 넘어가지 않았다. 시강을 끝낸 승지 허후가 임금에게 아뢰었다.

"듣자 하니 어느 대군께서 창기를 첩으로 들인 일이 있다고 합니다."

"그렇다. 모든 일은 나에게 반드시 알리고 하라고 대군들에게 이른 바가 있었네. 그런데 임영대군이 '기녀를 첩으로 삼아도 좋습니까' 하고 묻기에 그 정직함이 기특하여 허락하였네."

허후가 그 말을 듣고 다시 아뢰었다.

"말씀 여쭙기 황송하오나 옛사람이 이르기를 자식을 올바로 가르쳐 불의에 빠지지 않게 하라 하셨습니다. 음란한 행동을 하는 것은 불의를 저지르는 일입니다. 전하께서 사전에 아뢰라고 하신 것은 불의를 막기 위한 것이 아니었습니까. 그런데 대군은 정직한 척하며 전하의 혜안을 흐리게 했습니다. 창기를 간통하고도 두려워하거나 꺼리는 기색이 조금도 없습니다. 윤허하시면 아니 되옵니다."

"비록 창기이기는 하나 시집가지 않은 처녀인데 무엇이 불가한가. 이 역시 후사(後嗣)를 넓히는 한 방법이기도 하다."

임금의 말을 듣고 나서도 승지는 굽히지 않았다.

"정녕 후사를 넓히시려면 양가의 처녀를 택하시는 게 옳은 일입니다."

임금이 언성을 높였다.

"그러면 종친들의 기첩을 모두 쫓아내란 말이냐!"

임금이 종친이라고 한 것은 태종의 왕자인 함녕군, 강녕군 등을 두고 한 말이다.

"다 내쫓는다고 해서 무엇이 해롭겠습니까? 대저 기첩을 둔다는 것은 호기를 부리고 향락을 즐기려는 것입니다. 대군들은 나이 젊고 학문에 힘쓸 때이지 여색에 힘쓸 때가 아닙니다."

임금이 다시 말했다.

"임영대군만은 학문을 싫어하고 놀기를 좋아하는 성품을 어찌할 수가 없네. 내 이미 허락한 것을 차마 다시 안 된다고 할 수 없네."

더 이상 허후 승지는 말하지 않았다.

그러나 임영대군의 사통은 그것으로 끝나지 않았다.

임금이 신빈 김씨의 별궁에 들렀을 때였다.

"전하, 너무하십니다. 소첩이 꼭 드릴 말씀이 있는데 달포 만에 오셨군요."

신빈이 애교인지 앙탈인지 모를 말을 했다.

"하하하. 그렇게 세월이 흘렀나? 무슨 할 말이 있어서 그렇게 오매불망하였는고?"

임금이 웃으면서 말했다.

"중전마마의 시비 막비를 아시는지요?"

"막비, 아는 것 같기도 한데. 왜?"

"임영대군이 막비와 통하였다 하옵니다."

"무엇이?"

임금이 놀랐다.

"막비라면 덕수궁 방자의 딸 아닌가? 전에 내자시(內資寺)에 있던 아이인줄 아는데."

"그러하옵니다. 임영대군은 덕수궁에 어미 따라 자주 오는 막비와 눈이 맞아 통하였는데, 막비가 중전마마 처소로 온 뒤로도 계속 통하고 있다고 합니다. 대군께서 아주 반한 모양입니다."

덕수궁은 태상왕 정종의 처소였다. 임영대군은 정종이 정비와의 소생이 없어 양자로 들어갔다. 그 때문에 덕수궁에 자주 출입했다. 거기서 덕수궁 방자 어미를 따라온 막비와 만나 궁내의 빈 방에서 정을 통하기를 일삼아왔다는 것이었다.

"허허, 그 아이는 말릴 수가 없구나."

임금이 탄식을 했다.

"그뿐이 아니옵니다."

신빈이 탈기하는 임금을 보고 더 약이라도 올릴 듯이 말했다.

"또 무엇이오?"

"중전마마께서 이 사실을 알고 임영대군을 부르셨답니다."

"중전이?"

"예. 중전이 눈물을 보이면서 타일렀답니다. 제발 잡색에 빠지지 말고 학문에 힘쓰라고. 그랬더니……."

"그랬더니?"

"죽어도 학문은 할 수 없으니 내버려두라고 하셨답니다."

"허허, 이럴 수가 있느냐."

임금은 기생첩을 허락해 준 것을 후회했다. 다음날 소헌왕후는 더 기막힌 이야기를 전했다.

"전하, 임영대군 구가 일을 저질렀습니다."

왕후는 얼마나 고심했는지 얼굴이 반쪽이 되어 있었다.

"또 무슨 일을 저질렀소?"

임금도 임영대군 일이라면 깜짝깜짝 놀랄 판이었다.

"상의원 침전비로 가야지라는 아이가 있었습니다."

"그래서요? 또 그 아이와 사통하였소?"

"그것만이 아닙니다. 아이를 가졌다고 합니다."

왕후가 임금에게 자세히 이야기를 했다.

가야지는 원래 내자시 노비로 있었다. 얼굴이 예쁘고 솜씨가 좋아 왕실의 옷가지를 만드는 상의원으로 불려가 바느질하는 침선비로 일했다. 임영대군과 사통하고 아이를 배었다는 이야기를 대군의 유모로부터 들은 왕후가 가야지를 불렀다.

"네가 임영대군을 시침했다는 것이 사실이냐?"

"죽여주십시오."

가야지가 파랗게 질려 손을 가늘게 떨었다.

"언제부터였느냐?"

가야지는 그냥 떨고만 있었다.

"네 이년! 바른대로 여쭙지 않으면 형틀에 묶고 곤장을 칠 것이다."

곁에 있던 제조상궁이 엄포를 놓았다.

"아이고 살려주십시오. 모두 아뢰겠습니다."

가야지는 부들부들 떨기 시작했다.

"제조상궁은 나가 있게."

왕후가 상궁을 내보내 단둘이 있게 한 것은 가야지가 모두 털어 놓도록 하기 위해서였다.

"쇤네가 처음 내자시에 있을 때 대군마마 처소에 물건을 가져다 드리는 심부름을 하러 갔습니다. 지게문을 나서는데 대군마마께서 쇤네를 불러 세웠습니다."

"그래서?"

"이름이 무엇이냐고 묻더니 쇤네 손목을 잡았습니다. 깜짝 놀라 뿌리치니까 그냥 놓아주면서 밤에 처소로 오라고 했습니다."

"그래서 갔느냐?"

"가지 않았습니다. 그 뒤 대군마마의 눈길을 피해 다니다가 상의원으로 가게 되었습니다."

가야지가 눈물을 주르륵 흘리면서 말을 계속했다.

"상의원으로 옮긴 뒤 대군마마께서 새로 맞출 옷의 품을 재러 갔었습니다."

"혼자 갔느냐?"

"예. 조 별좌 나리가 시키는 대로 혼자 갔습니다."

"그리고?"

"옷의 품을 재는데 갑자기 저를 끌어안고 입을 맞추었습니다. 놀라서 어쩔 줄을 모르고 있는데 대군마마께서……."

가야지가 벌어진 일을 설명하는 동안 소헌왕후는 누가 들을세라 사방을 둘러보았다. 단 두 사람뿐이었다.

"그 때 대군은 무엇이라고 하던가."

"이제 잉첩으로 들일 터이니 안심하라고 했습니다."

이 무렵 소헌왕후는 두 사람의 사이가 심상치 않다는 것을 눈치 채고 가야지를 소용의 시비로 옮겨주었다.

"소용의 처소로 가서도 계속 만났느냐?"

"예. 밤이나 낮이나 대군께서 틈만 나면 비밀한 곳으로 저를 불러내 잠깐씩 만났습니다."

"전에 다른 남자를 본 일은 없느냐?"

"절대로 그런 일은 없었습니다."

"정말이렷다."

"어느 안전이라고 거짓을 아뢰겠습니다. 남자라면 손목 한 번 잡아본 일이 없습니다."

"애기를 가진 지는 얼마나 되느냐?"

"넉 달째입니다."

"그러면 상의원에 있을 때 잉태했단 말이냐?"

"그러하옵니다. 쇤네 죽어 마땅합니다."

소헌왕후는 한숨을 크게 쉰 뒤 말했다.

"내가 전하께 여쭈어 처분을 청할 테니 가서 근신하고 기다려라. 지금 일을 다른 사람에게 발설하면 살아남지 못하리라."

소헌왕후가 이야기를 마치고 임금에게 말했다.

"구가 그 아이를 보는 눈이 이상해서 그 아이를 소용의 처소로 보냈던 것입니다. 그런데 이미 늦었습니다."

"참으로 부끄러운 자식이오."

"잉태한 지가 넉 달이나 되었으니 이를 어찌하면 좋겠습니까? 엄히 감시를 했는데도 어느새 어디서 번개같이 사통을 하는지 도저히 말릴 수가 없사옵니다."

임금은 너무 어이가 없어 한참 동안 말을 잊었다.

"중전, 너무 근심하지 마오. 그 아이가 첫 혼인에 실패해서 그런 것이니 우리에게도 책임은 있소."

"다른 자식들이 본받을까 봐 겁이 납니다."

"내 다른 왕자를 위해서도 이번은 그냥두지 않을 것이오."

임금은 길게 한숨을 내 쉬었다.

며칠 뒤 임금은 조회와 대신들의 윤대(輪對)가 끝난 다음 도승지 김돈을 불렀다.

"임영대군 구가 음란한 짓을 계속하고 있으니 과인의 다른 아들을 위해서도 그냥 둘 수가 없네. 그래서 대신들과 의논하여 결심한 바가 있으니 도승지는 적어서 실행하시오."

"분부대로 하겠습니다."

"임영대군의 직첩을 거두고 말과 마부를 궐내에 가두어 빈객을 통하지 못하게 하라. 그 추종자들은 군역을 치르게 하라. 대군을 바로 보살피지 못한 내관 김전을은 매를 쳐서 군대의 보충병으로 보내라."

"막비는 잉태하였는데 어찌하옵니까?"

도승지가 물었다.

"계집종 막비는 원래 하던 일을 하게 하되 소문이 밖으로 나가지 않게 하여라."

임금은 명을 내리고는 긴 한숨을 쉬었다.

그러나 임영대군의 바람기는 그것으로 끝나지 않았다. 백부인 양녕대군을 빰칠 정도였다.

이번에는 인수부(仁壽府)의 여종 금질지에 눈독을 들였다. 인수부란 세자에게 시강을 하는 부서로서 영의정이 제조를 겸하고 있는 부처이다.

"요즘 임영대군이 인수부를 자주 기웃거리는데 또 무슨 일을 저지르는지 잘 알아보아라."

임금이 이런 일에 밝은 신빈 김씨에게 일러 놓았다. 신빈이 시비를 시켜 은밀하게 인수부 주변을 감시하게 하였다. 시비는 금질지라는 여종과 임영대군이 수상한 눈짓을 주고받는다는 보고를 해왔다.

궐에 가서 금질지와 짝이 되어 사는 시비가 있을 테니 알아보라고 지시했다. 시비가 찾아낸 금질지의 짝인 여종은 놀라운 이야기를 들려주었다.

"내 짝인 금질지는 아주 몹쓸 년이야. 밤에 자러 잘 들어오지도 않고 부쩍 거만하게 굴어서 수상하다고 생각했지."

"나와 대판 싸우고 나서 한다는 말이 '나는 곧 임영대군의 잉첩으로 가는데 네까짓 년하고 같은 줄 아느냐?' 이렇게 떠들었어. 자세히 알아보았더니 밤마다 거의 하루도 빼지 않고 임영대군과 잠자리를 한대. 밤에 못 만날 때는 낮에도 만나나봐."

신빈은 곧 임금에게 사실을 여쭈었다. 임금은 며칠 동안 고민하다가 영의정 황희와 우의정 허조를 불러 상의하였다.

"임영대군의 버릇은 도저히 바로잡을 수가 없구려. 어떻게 했으면 좋을지 경들의 의견을 듣고 싶소."

임금이 고민하던 일을 꺼냈다.

"한 번 더 엄히 타일러야 할 것입니다. 자식을 아는 데는 아버지만 한 사람이 없다고 하지 않습니까?"

황희가 먼저 말했다.

"벌써 여러 번 타일렀으나 되지 않았어요. 행동을 제한하고 주변 사람들을 엄벌했으나 아무런 소용이 없어요."

임금이 한숨을 쉬었다. 허조가 의견을 내놓았다.

"더 엄한 벌을 내려야 할 것입니다. 금강매는 고향으로 보내고 막비와 금질지는 본역에 매어두십시오. 내시 김전을은 목을 베고 대군의 탈선을 도운 악공 안막동과 사냥매를 다루는 김홍은 직첩을 빼앗고 장으로 다스리옵소서."

그러나 황희는 너무 엄히 다스릴 수는 없는 일이라고 말했다.

임금은 며칠을 더 생각하고 소헌왕후와 신빈과 의논을 한 끝에 김돈 도승지를 불러 교지를 내렸다.

"이구의 직첩을 빼앗고 먼 곳으로 안치하여라. 김전을은 장 1백대를 치고 음란한 일을 도운 악공 안막동의 고신을 빼앗고 몹시 힘든 일을 시켜라. 매를 다루어 임영대군을 놀이에만 빠뜨린 김홍도 고신을 빼앗고 충군하게 하라. 임영대군에 딸린 수행 구사들은 모두 거두어 들여라."

그러나 왕자들의 음란한 행위는 이것으로 끝나지 않고 계속 임금과 소헌왕후를 괴롭혔다.

안평대군의 실연

안평대군 이용(瑢)이 어느 날 동생인 다섯째 왕자 광평대군 이여(璵)의 집에 갔다. 광평대군은 건춘문 밖에서 살고 있었다.

"형님, 어서 오십시오."

마음씨 착한 광평대군이 반갑게 맞이했다.

"동생과 술이나 한잔 하려고 하네."

안평대군은 인왕산 밑 경치 좋은 곳에 별장 같은 집을 짓고 살고 있었다. 술과 그림과 시를 좋아하고 가야금을 잘 타는 안평은 권력이나 정치에는 관심이 없는 것 같았다.

"저하고 술 한잔 하고 그림이나 한 점 남기고 가시지요."

안평대군은 글씨 잘 쓰고 그림 잘 그리기로 이름이 나 있었다.

곧 술상이 들어왔다. 키가 아담하고 얼굴이 갸름하며 피부가 맑은 여종이 상을 들고 들어왔다. 남자들의 눈에 확 들어오는 그런 아이였다.

안평대군은 그 여종을 유심히 보았다. 금방 눈빛이 달라졌다.

"얘야, 너 이름이 무엇이냐?"

갑작스럽게 질문을 받은 여종이 당황했다.

"저 말씀입니까?"

"그렇다."

"부전(浮典)이라고 합니다. 대군마마."

안평대군은 부전이에게서 눈을 떼지 못했다.

부전이가 나가고 난 뒤에 안평대군이 광평대군을 보고 은근히 말했다.

"동생."

"예, 형님."

"부전이라는 아이 말일세."

"예, 형님 마음에 드십니까?"

광평대군은 심상치 않은 안평대군의 눈빛을 벌써 알아차렸다.

"혹시 동생이 데리고 자지는 않았나?"

안평대군이 의뭉스러운 눈으로 물었다.

"아이고, 형님도. 저는 종년들의 손목은 잡지도 않습니다."

광평대군이 펄쩍 뛰었다.

"음, 그래?"

"형님, 술이나 받으셔요."

광평대군이 화제를 딴 데로 바꾸려는 듯 안평대군에게 계속 술을 권했다. 홀짝 홀짝 술을 마시던 안평대군이 밖을 향해 소리쳤다.

"부전아, 술 더 가져오너라."

아무리 형이라도 주인을 제치고 종을 부를 수는 없는 일이었다. 부전이 술병을 들고 들어오자 안평대군은 노골적으로 나왔다.

"부전아, 자리에 앉아 내 잔에 술 한 잔 따라라."

난처해진 부전이 주인인 광평대군의 눈치만 보았다. 광평대군이 눈을 껌벅이자 부전이 앉아 술을 따랐다.

"술과 미인이 있는데 노래가 없을소냐. 가야금을 가져 오너라."

풍류 왕자로 이름난 안평대군이었다.

안평대군은 부전을 앞에 앉혀놓고 가야금을 뜯으며 시를 읊었다.

"내 너를 비해당 뜰에 세우고 꽃에 비유하여 시를 한 수 읊으면 참 흥이 나겠는데……. 유감이로구나."

인왕산 수성동에 있는 안평대군의 집 당호가 비해당(匪懈堂)이다. 이 당호는 임금이 지어주었다.

안평대군은 세종 10년(1428), 12살 좌부대언 정연의 딸과 결혼했다. 그 후 집을 마련하여 살림을 나가면서 임금에게 인사를 하러 사정전에 들렀을 때였다.

"사는 집의 당호는 지었느냐?"

"아직……."

안평대군은 어물어물 대답했다.

"비해당이라고 하는 것이 좋겠다."

'비해(匪懈)'라는 말은 시경의 증민편에 나오는 말을 인용한 것이었다. 노나라의 헌왕 둘째 아들 중산보가 제나라로 성을 쌓으러 떠나며 왕에게 하직 인사할 때 윤길보라는 사람이 전송하며 지어준 시에서 유래한다.

새벽부터 밤늦게까지
게을리 하지 않는 것은
한 임금을 섬기기 위한 것이다.'
(夙夜匪懈 以事一人)

비해란 게을리 하지 말라는 뜻이지만 그 진짜 숨은 뜻은 훗날 풍파가 닥칠 때 한 임금을 지켜 배신하지 말라는 것이었다.

안평대군이 새로 차린 살림집은 인왕산 기슭에 있어서 경치가 뛰어나게 아름다웠다. 안평대군은 청아한 산수에 묻혀 살면서 시와 그림과 음률을 즐겼다. 손수 악기를 만들어 연주하기도 했다. 평생을 풍류 인생으로 즐기고자 했다.

어느 날 밤 박팽년과 함께 인왕산 골짜기 오솔길을 한가로이 걸어

갔다. 사방에 복사꽃이 흐드러지게 피어 바위틈의 맑은 물을 붉게 물들였다.

"이곳이 무릉도원이구나!"

안평대군은 경치에 취해 정신이 혼미할 지경이었다.

"이곳에 천년만년 살고지고."

눈을 떠보니 꿈이었다.

안평대군은 그 꿈을 잊지 못하여 오랫동안 생각했다. 마침내 어느 날 박팽년과 당대 제일가는 화백 안견을 비해당으로 초청하여 꿈에 본 무릉도원을 그려 달라고 청했다.

안견은 3일 동안 술과 경치에 취하며 꿈에 본 무릉도원도를 완성했다. 안평대군은 '몽유도원도'라 이름 짓고 글을 붙여 그림을 더 돋보이게 했다. 그리고 사는 곳을 무릉도원 계곡이라는 뜻으로 '무계동(武溪洞)'이라 하였다.

"부전이를 무계동 비해당 정자 위에 앉히고 산수와 미인을 함께 바라보며 술 한 잔을 마신다면 이 어찌 풍류객의 멋이 아니겠는가?"

안평대군은 가야금으로 흥을 한껏 돋운 뒤에 부전이를 일으켜 세워 춤을 추었다. 춤추다가 끌어안기도 했다.

"동생, 부전이를 우리 집에 보내 줄 수 없겠느냐?"

"형님, 술이 과하셨습니다."

광평대군은 난처해서 이러지도 저러지도 못했다.

밤새 그렇게 노는 것을 보고 놀란 사람은 광평대군의 늙은 유모였다. 유모는 이튿날 소헌왕후를 찾아갔다.

"쇤네 문후 올립니다."

"자네인가. 대군은 별고 없는가?"

소헌왕후가 웃는 얼굴로 유모를 맞이했다.

"예."

유모는 얼른 말을 꺼내지 않고 뜸을 들였다. 여쭈어야 할 사항이라 생각하고 왔으나 막상 중전을 뵈니 조금 망설여졌다.

"무슨 할 말이 있어서 입궁한 것 아닌가?"

소헌왕후가 독촉을 하자 그제야 유모는 입을 열었다.

"이런 말씀을 올려야할지 말아야할지 망설여집니다."

"염려 말고 말해보게."

"실은 안평대군마마께서 어젯밤에 들르셨습니다."

"오, 그랬던가. 용이가 다섯째하고 사이가 썩 좋은 편이지. 그래서?"

"광평대군마마를 모시고 있는 아이 중에 부전이라는 여종이 있습니다."

"키가 좀 작고 얼굴이 예쁘게 생긴 아이 말이지."

"안평대군마마께서 그 아이를 좋아하여 데려가고 싶어하십니다."

소헌왕후가 무슨 뜻인지 확실히 몰라 유모의 얼굴을 내려다보았다.

"잉첩으로 삼으려는……."

"뭐라고? 계집종을 잉첩으로 삼는다고!"

소헌왕후가 놀라서 눈이 동그래졌다.

"광평대군은 무엇이라고 하던가?"

"아무런 대답도 드리지 않았습니다. 아마도 중전마마께 말씀을 드리려고 생각했을 것입니다."

"그 아이가 남자를 미혹하게 생겼더라. 그 동안 다른 남자와 말썽이 있었던 것은 아니었느냐?"

"정숙한 태도는 아니었으나 특별히 드러난 말썽은 없었습니다."

"알았네. 내가 전하께 말씀드려 지시가 내려올 때까지 입을 다물고 있게나."

"명심하겠습니다."

그날 밤 소헌왕후는 마침 내전에 들른 임금에게 낮에 들은 대로 안평대군 이야기를 했다.

"동생의 집 계집종이고 또 처녀라면 꼭 안 된다고 할 수만은 없겠는데."

임금이 윤허를 할 것처럼 이야기했다. 그러나 소헌왕후는 아이가 내심 마음에 들지 않았다.

"처녀가 확실한가?"

임금이 다시 물었다.

"겉으로는 그러합니다만 좀 더 알아보도록 하겠습니다."

"그렇게 하시오. 중전이 좋다고 하면 허락하지 못할 것도 없긴 하지요."

며칠 뒤 소헌왕후는 곰곰이 생각하다가 신빈 김씨를 불렀다.

"중전마마께서 웬일로 소첩을 찾으십니까?"

"내전에 와본 것이 까마득하겠네."

"작첩을 제수할 때 이후 처음입니다."

"너무 적조했구먼. 내 잘못도 크지요. 오늘 보자고 한 것은……."

소헌왕후가 뜸을 들인 뒤 말했다.

"광평대군 집에 있는 부전이를 아는가?"

"예. 깜찍하게 생겨 사내깨나 홀리겠더군요."

신빈은 말을 해놓고는 중전 앞에서 함부로 입을 놀렸다고 생각한 모양이다.

"마마, 죄송합니다. 이년의 입이 탈입니다."

"그 아이에 대해 좀 자세히 알아봤으면 하네. 이런 일이야 신빈이 제일 아닌가."

"황공하옵니다. 그런데 임영대군이……."

신빈은 말을 하다가 입을 다물었다. 그리고 며칠 후, 신빈이 소헌왕후를 찾아왔다.

"그래 좀 알아보았는가?"

"예, 중전마마. 그 아이가 깜찍하더니만 얼굴값을 하네요."

"얼굴값?"

"마마, 죄송합니다."

"그래 말해 보게."

"고년이 글쎄 감창(疳瘡)을 앓고 있답니다. 감창이 아무나 걸리는 병입니까?"

"뭐야? 감창을 앓는다고?"

소헌왕후는 머리가 아픈 듯 이마를 손으로 짚었다.

감창이란 성병이었다. 주로 피부에 부스럼 같은 것이 나고 남녀의 성기가 헐거나 종기가 돋는데, 주로 남녀 접촉에 의해 번지는 병이었다.

"얼굴값 하느라 남자를 가리지 않으면 몹쓸 병에 걸리지요."

"감창이라고 해서 꼭 그런 병만 있는 것은 아니다. 그러나 낫기 힘든 병임에는 틀림없네."

소헌왕후로부터 부전이에 대한 이야기를 들은 임금은 안평대군을 불러 단념하라고 말했다.

"병이 있으면 소자가 고쳐서 데리고 오겠습니다."

안평대군은 포기할 수 없다는 의사를 분명히 밝혔다.

"그 아이를 그렇게 못 잊겠느냐?"

"소자를 불쌍하게 생각하여 주십시오."

임금은 안평대군이 괘씸하기보다는 정말 안타까웠다.

"병이 나은 뒤에 생각해보자."

임금은 차마 끊으라고 하지 못해 얼버무렸다.

그러나 소헌왕후가 오히려 강력하게 안평대군을 압박했다. 부전이의 사람됨됨이 보다는 병을 이유로 삼았다. 그러는 사이 부전이의 병은 중병으로 변해갔다. 부전이가 폐인이 되다시피 한 뒤에야 안평은 포기했다. 안평은 실연의 아픔을 달래며 산수를 돌아본다는 핑계로 한때 이곳저곳을 떠돌아다녔다.

왕자들의 바람은 그것으로 잠잠해지지 않았다. 사면을 받아 직첩을 돌려받은 임영대군은 또다시 말썽을 일으켰다. 윗대의 양녕대군과 꼭 닮았다.

"여보시오. 거기 도롱이 입은 두 사람 좀 봅시다."

저녁 무렵 경복궁 정문인 광화문이 닫히기 직전 도롱이를 입고 삿갓을 쓴 남자 두 명과 왕자 화의군의 노비가 군관의 인솔로 입궁하고 있었다. 그러나 문을 지키던 갑사가 도롱이 입은 두 사람을 불러세웠다.

"이 사람들아. 날세, 나. 삼군진무소 사정(司正) 박지(朴枝)일세."

진무소 사정은 종 7품 벼슬로 갑사들보다는 훨씬 높은 자리였다.

"하지만 저 사람들이 누군지 확인하지 않으면 저희들이 혼납니다."

"아니, 이 사람들 여자 아냐? 여자가 남장을 하고 대궐에 오다니."

도롱이 입은 사람을 살피던 다른 갑사가 떠들었다.

네 사람은 모두 내금위로 끌려갔다.

"진무소 사정 박지는 바른 대로 일러라. 누구의 지시를 받고 여자들을 몰래 금궁으로 잠입시키려고 하였느냐? 바른대로 대지 않으면 역신으로 다스릴 것이다."

내금위 직숙 군관이 문초를 했다.

"임영대군과 화의군의 명입니다. 저 사람은 임영대군의 노비 매읍금(每邑金)입니다."

사건의 진상은 임영대군이 이복형인 영빈 강씨 소생 화의군 영을 꼬드겨 창기 두 명을 변장시켜 궁 안으로 들어오게 하려다가 들통이 난 것이다. 두 왕자는 궁 안에 술과 악기를 준비하고 여자들을 불러 신나게 한바탕 놀고, 음탕한 하룻밤을 즐길 생각이었다.

화의군 이영은 어머니인 영빈 강씨 앞에 불려갔다. 강씨는 세종의 후궁 중에는 서열이 제일 높고 강직하고 절도 있기로 이름난 여자였다. 화의군 또한 왕자들 중에 가장 연장자였다.

"비록 대군일지라도 모두 너의 동생들인데, 가르치지는 못할망정 무슨 그런 망측한 짓을 저질렀느냐? 내가 창피해서 중전마마와 상감마마를 뵈올 낯이 없구나."

영빈은 크게 노하여 며칠 동안 밥을 먹지 않았다.

임영대군과 화의군의 창기 잠입 사건의 경위를 들은 세종은 고개를 설레설레 흔들었다.

"개 꼬리 삼 년 묻어 두어도 황모 안 된다더니, 구는 어찌할 수가 없구나."

임금은 도승지를 불러 지시했다.

"이구와 이영은 법으로 어찌할 수 없구나. 다만 직첩과 과전을 거두어라. 노복은 궐 안에 두고 다른 곳에 가지 못하게 하여라. 부득이

할 때는 본가에 다녀올 시간만 주어라. 여자 두 명은 장 백 대씩을 치고 제주로 보내 관비로 삼아라. 여자일지라도 장을 칠 때는 옷을 벗기고 쳐라. 매읍금과 박지도 장 백 대를 쳐라. 박지는 직첩을 거두고 도형 2년, 매읍금은 사노이므로 유형 3천 리에 처하라."

종실이나 궁정에 관계된 사통 사건은 끝이 없이 일어났다. 양녕대군이 통정을 일삼아 세종을 괴롭혔는데 이제 아들이 대를 이어 사통 사건으로 종실을 어지럽혔다.

황희 정승이 사정전으로 와서 근심스럽게 아뢰었다.

"중추원부사 이명덕 대감에게 아들 둘이 있습니다."

"그래서요?"

임금은 황희의 어두운 얼굴을 보면서 좋지 않은 일이 일어났으리라고 짐작했다.

"형인 이정근은 금성대군의 첩을 간음하고 동생 이영근은 임영대군의 첩과 사통하였습니다."

"정말이오?"

"종부시와 사헌부에서 확인하였다 합니다."

"이명덕 대감은 알고 있소?"

"그러하옵니다."

"금성대군은 강직하고 형제들 중에도 모범을 보이는 아이요. 효성도 가장 뛰어난 아이가 아니오."

임금은 안타까운 듯 말했다.

"어떻게 했으면 좋겠소?"

"첩에 대한 처분은 본인에게 맡기심이 좋을 듯합니다."

"이명덕의 아들은 어떻게 해야 하겠소?"

"형률에 따라야 할 것으로 보입니다."

"형률에 비추어 보았소?"

"그런 경우는 각각 곤장 백 대에 해당합니다."

임금은 조금 생각하다가 명을 내렸다.

"그렇게 하시오."

또 승정원에서 보고하기를 안평대군 이용이 청탁을 받고 관원들의 간통 사건에 개입하여 원성이 자자하다고 했다. 임금은 도승지 김돈을 불러 자세히 물어 보았다.

이조정랑 이영서가 기생 소양비(笑楊妃)와 간통하였다. 그런데 이 기생은 사정(司正) 민서의 여자였다. 화가 난 민서가 동생인 민발과 조카 민효원을 거느리고 이영서의 집에 돌입하여 옷을 벗기고 머리털을 박박 밀어버렸다. 그리고 몽둥이로 흠씬 두들겨 팬 뒤 이영서를 결박하고 형조로 끌고 갔다. 길에서 이영서를 잘 아는 관리가 말에서 내려 용서해주라고 사정했다.

"남의 일에 관여하면 너도 이 모양이 될 것이다."

민서가 눈을 부라리며 윽박지르자 관원은 그냥 가버렸다. 형조에서는 기생 소양비를 가두고 이영서는 돌려보냈는데 이영서는 들것에 실려 가야 했다. 죽음 직전에 이른 이영서는 이 간통사건이 세상에 알려지지 않도록 해 달라고 안평대군에게 부탁했다. 이에 안평대군은 민서를 불러 입을 다물어 달라고 부탁했으나 민서는 대군의 부탁을 들어주지 않았다.

사건의 경위를 보고 받은 임금이 승지에게 물었다.

"너희는 이 사건을 어떻게 생각하느냐?"

승지 조서안이 대답했다.

"이영서가 술이 취해 기생방에 들어간 것이고 현장에서 잡은 것은 아닙니다. 비록 간통했다고 하더라도 현장에서 잡지 않았으면 처벌할 수 없습니다. 함부로 구타한 것은 죄가 됩니다."

"민서와 민발의 직첩을 빼앗고 민효원도 구속하라. 만약 이영서가 죽는다면 마땅히 살인으로 다루어야 할 것이다."

이영서는 지난해에도 간통으로 머리가 깎인 일이 있었다. 이번에 또 깎이자 동료들은 "자네 머리털은 부추일세. 깎으면 또 자라고……."라면서 놀렸다.

왕자를 비롯한 종친의 기강이 문란해지자 임금이 승정원을 통해 엄중한 교지를 내렸다.

"중국의 종친은 우리나라와 같지 아니하여 모두가 땅을 나누어 제후로 봉하였다. 사사로이 생활을 경영하는 일은 없다. 단 당나라 현종은 여러 동생에게 우애가 두터워 한 이불 아래 같이 자기도 했으나 안록산의 난에 모두 죽었다. 송나라에서는 형제간의 친목이 지극하여 시기와 모함도 있었다. 우리나라에서는 태종 때 회안공 방간이 형에게 칼을 겨눈 일도 있었다. 우애가 간 곳 없었다.

근자에는 효령대군의 종과 금성대군의 노예가 길거리서 다투었으나 주인은 알지 못했다. 임영대군과 광평대군의 종들도 길에서 싸웠으나 주인이 알지 못했다. 이제 기강을 세우기 위해 종부시에서 모든 일의 옳고 그름을 가리게 하겠다. 다른 관아에서 종친의 과실을 듣거든 모두 종부시로 이문하게 하라."

도승지 김돈이 교지를 의정부에 보내 법으로 만들겠다고 보고했다.

비극의 씨앗

세종대왕

"중전마마 납십니다."

세자빈 권씨의 방에 소헌왕후가 왔다. 만삭이 되어 누워 있던 세자빈이 놀라 무거운 몸을 일으켜 밖으로 나왔다.

"내가 번거롭게 했나보다. 들어가서 편히 앉아라."

"어마마마께서 여기까지 납시니 몸 둘 바를 모르겠습니다."

왕비와 세자빈은 나란히 안방으로 들어가 마주 앉았다.

"이제 산월이 가까워졌는데 각별히 몸을 조심해야 하느니라."

소헌왕후는 태산같이 부른 세자빈의 배를 눈여겨보며 다정하게 말했다.

"다음 달이 산월이라 각별히 조심하고 있습니다."

"전하는 말할 것도 없고 왕실의 모든 종친과 백성들이 원손 낳기를 기원하고 있으니 반드시 경사가 있을 것이오."

"황공하나이다."

소헌왕후는 세자빈 곁으로 다가앉아 불룩한 배를 곱게 쓰다듬었다.

"떡두꺼비 같은 왕손 하나 쑥 나올 것이오."

소헌왕후는 정이 담뿍 담긴 눈으로 세자빈의 얼굴을 바라보았다. 그 모습이 더없이 다정해 보였다.

"내가 순산하라고 조금 준비한 것이 있으니 유용하게 쓰게."

소헌왕후가 손짓하자 상궁이 보자기로 싼 물건을 여러 개 들고 들어왔다.

"이것은 전하께서 특별히 명나라에 주문해서 가지고 온 탕약일세. 사흘에 한 번씩 오던 의녀와 전의를 오늘부터는 매일 오도록 일러 놓았네."

"성은이 망극하옵니다."

"그리고 이것은 의차(衣次, 옷감)일세. 가례 때에는 새로운 준비를 하겠지만 우선 소용 닿는 데 쓰도록 하게."

소헌왕후는 보자기를 일일이 풀어 보이며 설명했다.

"이것은 명나라에서 가져온 비단이라네. 그리고 이것은 직금(織金)인데 당의를 만드는데 쓰게. 아기의 옷감으로 쓸 수도 있네."

세자빈은 왕후의 자상함에 눈시울이 붉어졌다. 직금은 용포나 왕후의 옷에 사용하는 최고급 비단이었다.

"여자가 생산을 하고 나면 발이 따뜻해야 하느니, 이 비단으로는 신발을 만들게."

왕후가 따로 두터운 금단 한 필을 내놓았다.

세자빈은 빈으로 책봉된 지가 벌써 4년이나 지났으나 아직 정식 가례는 올리지 않았다.

가례가 늦어진 이유는 앞서 세자빈이 둘씩이나 폐빈되었기 때문에 신중을 기했기 때문이었다. 그러나 권씨가 이미 여아를 생산하였고 이제 다시 두 번째 생산을 앞두고 있기 때문에 이번 출산 다음에 가례를 올리도록 임금이 교지를 내려놓았다. 세자에게는 후궁 두 명이 있었다. 귀인 홍씨와 사칙 양씨였다. 귀인 홍씨는 세자빈이 간택될 때 겨루던 후궁이었다. 그러나 아직 생산이 없었다.

"소첩은 마마의 성은에 감읍할 뿐입니다. 배 속의 아기씨를 목숨 걸고 순산하여 종실의 보존에 미력을 다하겠습니다."

세자빈이 마침내 뜨거운 눈물을 주르륵 흘렸다.

"사가에서 아모(阿母)될 사람은 구해 놓았겠지."

왕후가 물었다. 아모란 아지씨라고도 하는데 유모를 말한다.

"예. 홍주 사가에서 뽑아 보냈습니다."

소헌왕후는 임금에게 세자빈 출산이 임박했다는 것을 알리고 산실청 설치를 권했다.

임금은 동궁의 자선당에 산실청을 설치하라는 교지를 내리고 예조참판 윤형을 산실청 제조(提調)로 임명하는 등 관련된 관료들을 지명했다. 궁중의 법도로는 왕비나 후궁, 세자빈 외에는 궁내에서 출산이 금지되어있다. 내명부 직첩을 받은 다른 임산부가 출산할 때는 사가로 나가야 하는 것이 궁중 법도였다.

산실청에는 필요한 유관기관의 관료들이 파견되어 산실 근처에서 번을 들며 밤낮으로 숙직한다. 세자빈의 친정어머니 부부인 최씨가 동궁으로 들어왔다. 최씨는 산전 산후 산모의 곁에서 모든 일을 주관한다.

출산이 더 임박해지자 산실청을 꾸미기 시작했다. 산실청을 꾸미는 것은 아무 날이나 하는 게 아니었다. 서운관에서 일진을 따져 길일을 잡아 산실청 제조에게 통고한다. 날이 잡히면 이날은 아침부터 궁 안이 전부 긴장하고 궂은 일은 피해야 한다.

세자빈의 산실청 설치 날짜가 정해진 날 소헌왕후는 아침부터 산실청 꾸미는 일을 직접 살폈다. 산실 꾸미는 일은 날짜만 정하는 것이 아니라 시작하는 시까지도 정했다.

"중전마마, 지금이 산실청 개설 정시인 진시이옵니다."

산실청 제조참판 윤형이 소헌왕후에게 알렸다. 자선당 앞에는 3개 관련 관아의 제조를 비롯해 대령의관, 별장무관, 찬관 등이 도열했다.

산실청 설치는 의식의 순서에 따라 엄숙하게 천천히 진행되었다.

홀기(笏記: 의식의 순서를 적은 글)를 든 집사가 들어왔다.

"방위도 부착."

집사가 홀기를 읽었다.

먼저 방위신을 맡은 관리들이 실내로 들어와 이십사 부적을 사방 벽에 붙였다. 사방에서 장차 이 방에서 일어나는 일을 지키라는 뜻이었다.

"당일도(當日圖), 차지부(借地符) 부착."

홀기를 읽자 다른 관원 두 사람이 붉은 주사로 그린 부적을 들고 들어와 당일도와 차지부를 양쪽 벽에 붙였다. 당일도는 출산하는 시간을 점지하는 신의 가호를 바라는 것이고 차지도는 출산 장소를 지키는 신의 가호를 바라는 부적이다.

"산석(産席) 부설."

다음은 가장 정성을 쏟는 산석을 부설하는 일이다. 산석이란 산모가 아기를 낳는 자리를 말한다. 서운관 제조가 길한 방위를 보아 정해 주었다. 이날은 자선당의 동쪽 방향이 길방으로 선정되었다.

산석에는 제일 먼저 곱게 짠 짚자리를 깔았다. 그 위에 백문석을 깔았다. 그 위에 다시 양털로 짠 두툼한 자리를 깔았다. 또 그 위에는 양수와 하혈을 받아낼 기름종이를 깔았다. 허리 위쪽 자리에는 백마 가죽을 깔았다. 다시 그 위에는 부드러운 짚자리를 깔았다.

산모의 머리가 닿는 위쪽에는 말가죽을 깔고 그 위에 다시 족제비 가죽을 깔았다. 족제비 가죽은 남아 낳기를 기원하는 주술을 가지고 있다는 속설을 따른 것이다.

"두상부적."

산석의 머리맡에는 붉은 글씨로 쓴 부적을 붙였다.

"태의(胎衣) 부적 부착."

태의를 놓아둘 장소에도 붉은 주사로 쓴 커다란 부적을 붙였다. 아주 특이하게 생긴 부적을 보고 곁에서 지켜보고 있던 소헌왕후가 물었다.

"저것은 무슨 부적이냐?"

서운관 제조가 대답했다.

"저것은 최산부(催産符)인데 빨리 출산하여 산모의 고생을 덜어주기 위한 것입니다."

소헌왕후가 고개를 끄덕였다.

"차지법 삼차 봉독."

다음에 전의시의 제조가 차지법이란 축문을 세 번 읽었다. 차지법이란 말 그대로 아기 낳을 장소를 지신으로부터 빌린다는 뜻이다.

"견마승 부착."

다음에 산모가 산통을 겪을 때 손으로 잡고 힘을 쓰기 위한 줄을 머리 쪽 벽에 단단히 걸어 늘어뜨렸다.

"저것은 말고삐가 아니냐. 내가 세자를 낳을 때 저 말고삐가 터지는 바람에 깜짝 놀랐지. 이십여 년 전 일이구나."

소헌왕후가 산실이 되어가는 모양을 흐뭇하게 바라보며 말했다.

산실 내부의 장치가 모두 끝났다.

산실 밖에서도 설치가 계속되었다. 문 밖 벽에 세 치가 넘는 못 두 개를 단단히 박았다. 산후에 현초(懸草)를 걸기 위해서였다. 현초란 출산할 때 깔았던 자리를 말한다. 현초를 걸 때도 엄숙한 절차에 의해서 하게 된다.

"동령(銅鈴) 게."

의식의 마지막 순서였다.

문밖 벽에 구리 방울이 걸렸다. 위급할 때 이 방울을 흔들어 의관을 부르기 위해서였다.

"상감마마 납시오."

산실 꾸미기가 거의 끝날 무렵 내관의 목소리가 자선당 입구에서 들렸다. 모두 놀라 일을 멈추고 황급히 머리를 조아렸다. 전혀 예상하지 못한 일이었다. 며느리 산실청 꾸미는데 양 전하가 모두 보러 온다는 것은 전대에 없던 일이었다.

방안에 있던 세자빈이 놀라 뛰어 나왔다.

"아니다. 아니다. 세자빈은 들어가거라."

임금이 손을 내저었다.

"내가 산실청이 제대로 되었나 제조 대신 좀 보려는 것이다. 세자빈은 다른 방으로 데려가 편히 쉬게 하여라."

임금은 기어이 세자빈을 들여보내고 산실청으로 들어갔다.

"집사는 들어와서 처음 설치할 때처럼 홀기를 불러라. 과인이 순서가 제대로 되었나 좀 볼 것이야."

모두가 임금의 말에 놀랐다. 산모에 대한 임금의 관심이 그만큼 높았기 때문이었다.

산실청을 다 둘러 본 뒤 임금이 말했다.

"정성들여 아주 잘 꾸몄다. 그런데 이런 중요한 날 세자는 어디에 갔느냐?"

"진양대군, 안평대군과 함께 강독하러 갔습니다."

소헌왕후가 말했다.

얼마 전 세종은 왕자들이 학문을 게을리 한다며 특명을 내렸다.

"왕자들이 금중에서 강독하게 하되 집현전 관원으로 하여금 가르치게 하라. 날마다 읽은 것은 반드시 외우게 하라. 일 년에 스무 차례 시험을 보게 할 것이다. 닷새마다 전에 배운 것을 다 알고 있는지 복습하라. 그리고 매월 말에 그 성과를 보고하라."

임금이 이렇게 엄명을 내려서 이 날도 세자는 강원에 가고 없었다.

이날부터 동궁의 자선당 근처에는 직숙자가 지키게 되었다. 임금과 중전이 관심을 가지고 드나들게 되자 많은 궁내 관원들이 동궁을 드나들었다.

의관들은 매일 와서 진맥을 했다. 여의관이 왔을 때는 방안에 들어와 세자빈의 손목을 잡고 직접 진맥을 하지만 전의시에서 의관이 왔을 때는 그렇지 않다. 남녀유별의 법칙을 철저히 지켜야 한다. 세자빈은 발을 친 방안에 있고 의관은 방 밖에서 세자빈의 손목을 묶은 명주실을 쥐고 진맥해야 했다.

긴장된 나날이 흘렀다. 그러던 어느 날이었다.

"중전마마! 중전마마!"

제조상궁 한씨가 다급한 목소리로 중전을 부르며 내전으로 뛰어 들어왔다.

"웬 호들갑이냐."

소헌왕후가 나무랐다.

"중전마마, 세자빈께서, 세자빈께서……."

"뭐라고?"

소헌왕후가 놀라 벌떡 일어섰다.

"세자빈께서 진통을 시작하셨답니다."

"그러냐? 빨리 가자. 앞장서라. 전하께도 아뢰어라."

소헌왕후가 황급히 동궁으로 갔다.

부부인 최씨가 세자빈을 지키고 있었다. 산실 안팎의 관원, 의관들이 잔뜩 긴장했다. 세자빈은 고통으로 얼굴이 일그러졌으면서도 소헌왕후를 보자 일어나려고 했다.

"괜찮다. 얼마나 고생이 자심(滋甚)하냐."

왕후는 곁에 있는 친정어머니 부부인 최씨를 보고도 인사를 잊지 않았다. 여의관들은 산실 안에 들어가 있고 전의시의 의관들은 방 밖에서 기다리고 있었다. 부부인과 아모가 산모의 양쪽에서 지키고 있고 의녀들이 발치에 앉아 있었다. 산모는 고통을 참느라 이마에서 땀을 줄줄 흘렸다.

"이것을 물어요, 마마."

아모가 수건을 세자빈의 입에 물려주었다.

"으으음……."

세자빈은 신음을 삼키며 죽을힘을 다하고 있었다.

아침부터 시작된 산통은 저녁때가 되어도 멎지 않았다. 세자빈은 기진맥진하여 신음소리도 제대로 내지 못했다.

"전의감 어디 있소?"

소헌왕후의 명을 듣고 전의감 노중례 대감이 달려왔다.

"중국에서 가져온 해마(海馬)나 석연(石燕) 남은 것 없소?"

해마와 석연은 민간 약제로 난산일 때 쓰는 약이었다.

"있기는 있습니다만……."

노중례가 꺼린 것은 그것의 약효가 주술적일 뿐 아니라 위험하기 때문이었다.

"그냥 두었다가는 큰일 나겠소. 좀 써 보는 것이 어떻겠소?"

"알겠습니다. 중전마마."

하루 종일 굶은 세자빈에게 새로운 약을 먹게 했다. 그러나 출산의 기미는 전혀 보이지 않았다. 세자빈은 기운이 쇠진해서 몇 번이나 혼절했다. 모든 산실 관원들이 극도로 긴장했다.

엄자치가 산실청으로 달려왔다.

"엄 내관이 어인 일이오?"

왕후가 물었다.

"전하께서 대전 어탑에 앉아 계십니다."

"밤이 야심한데……."

"산실청의 기쁜 소식을 듣기 전에는 침소에 들지 않겠다고 하십니다. 소신은 여기 지키고 있다가 아기씨가 탄생하면 즉시 달려가 알리려고 왔습니다."

왕후는 산실청 안으로 다시 들어가 보았다. 세자빈은 기진하여 눈앞의 사람도 알아보지 못했다.

"큰일 났다. 스님과 무격을 불러 기도하고 주문을 외우게 하여라."

흥천사 스님들이 달려와 동궁 마당에서 염불을 시작했다. 무격들도 와서 주문을 외우고 춤을 추었다. 한밤중에 동궁에서는 엄청난 소동이 일어났다.

새벽녘이 되어서야 세자빈은 출산을 시작했다.

"아기씨가 나옵니다."

아기를 받는 의녀가 소리쳤다. 모두 숨을 죽였다.

"으앙!"

마침내 탄생의 순간이 왔다.

"원자 아기가 탄생했습니다. 남자 아기씨입니다. 빨리 세자께서는 동령을 흔드십시오."

아들을 낳으면 그 아버지가 문 밖에 달린 구리 방울을 흔들어 알리는 것이 습속이었다. 세자가 방울을 크게 흔들었다.

"세자 저하, 감축드리옵니다."

사방에서 일제히 환호성을 올렸다. 대전에 앉아 밤을 새운 임금은 엄 내관으로부터 기쁜 소식을 듣고는 만면에 웃음을 띠우고 강녕전으로 들어갔다. 세종 23년(1441) 7월 23일에 있었던 일이었다.

세자빈의 출산은 엄청난 난산이었다. 산모는 출산 후에도 정신을 가다듬지 못했다.

"현초를 내어 주십시오."

산실청 제조 윤형이 산실청을 향해 말했다. 산모가 쓰던 자리를 의녀가 둘둘 말아 가지고 나왔다. 미리 못을 박아놓은 현초 걸이에 걸고 붉은 실을 두 줄 늘어뜨렸다. 그리고 간단한 상을 차리고 축문을 읽었다. 현초는 민간에서 사용하는 금줄과 같은 역할을 하는 것이었다.

원손이 태어나자 조정과 궁중은 경축 분위기로 가득 찼다.

"크게 경축할 일이지요. 대사면령을 내려야 하지 않겠소?"

이튿날 조회에 나온 임금이 용안에 웃음을 감추지 못한 채 말을 꺼냈다.

"사면령에 대한 상계를 낭독하겠습니다."

도승지 김돈이 대사면 교지를 읽었다.

"과인이 부덕한 몸으로 외람되게 대통을 계승하여 그 자리의 지중함을 생각하고 조상의 뜻한 바를 어찌 잊을 수 있으랴.

세자의 나이 거의 30이 되었는데 아직도 원손을 얻지 못하여 근심하였더니 이제 세자빈이 7월 23일에 적손을 낳았다. 이것은 조종께서 덕과 인을 쌓으심이 깊으셨고, 하늘의 보우하심이 두텁기 때문이다. 신과 사람이 다함께 기뻐할 바이오, 신하와 백성이 또한 기뻐할 일이다. 정통 6년 7월 23일 새벽 이전에 대역을 모반한 일, 자손이 조부모나 부모를 모살한 일, 부모를 때리고 욕한 일, 처첩이 남편을 모살한 일, 노비가 상전을 모살한 일, 독약이나 저주로 살인한 일, 강도를 범한 것 외에는 발각되었거나, 이미 결정되었거나를 막론하고 용서한다. 이를 고하고 말하는 자는 죄줄 것이다. 관대한 은전으로 종실의 경사를 크게 넓힐 것이다."

그런데 교지 낭독이 끝난 순간 불도 켜 놓지 않은 황촉대가 갑자기 넘어져 땅바닥에 떨어졌다. 모두 섬뜩한 생각이 들었으나 입을 열지는 않았다.

"온 나라에 원자 탄생의 기쁜 교지를 알리겠습니다."

황희 정승이 어색한 분위기를 바꾸었다.

영의정 황희는 조회가 끝난 뒤 모든 대신들을 거느리고 동궁을 찾아가 경하의 글을 올리고 선물 방물을 올렸다.

소헌왕후도 오방수주머니를 비롯한 수십 점의 방물을 선물로 내렸다. 영빈 강씨, 선빈 김씨, 혜빈 양씨, 숙원 이씨, 상침 송씨 등 세종의 후궁들도 모두 축하 선물을 보냈다.

온 조정이 경축 분위기로 들끓었으나 주인공인 세자빈은 그 순간 죽음과 싸우고 있었다.

산후 정신을 놓고 있던 세자빈은 소헌왕후를 보고 겨우 눈을 떴다.

"어마마마 죄송합니다."

"세자빈, 큰일 했소. 어서 정신 좀 차리게."

"원자를 부탁합니다."

왕후가 세자빈의 손을 꽉 잡았다. 그러나 세자빈의 손에서는 힘이 빠져나갔다. 눈을 스르르 감은 세자빈은 그길로 다시는 눈을 뜨지 못했다.

원자를 낳은 다음날 세자빈은 산고의 후유증을 못 이겨 세상을 떠났다. 춘추 겨우 스물셋이었다. 온 궁정이 울음바다가 되었다. 6백여 궁녀 중 울지 않는 사람이 없었다. 여섯 승지와 예조판서 민의생, 예조참판 윤형, 예조참의 권극화, 주중추원사 정인지, 호조판서 남지 등이 글을 올려 세자빈을 기렸다.

"세자빈은 아름다운 덕이 있어 베풂과 태도나 차림새에 모두 예법이 있었으므로 양궁의 총애가 두터웠습니다."

임금은 세자빈의 운명에 크게 낙심하였다. 비탄의 심정은 형언하기 어려웠다.

"장자의 며느리를 세 번이나 잃다니 하늘이 나를 버린 것인가?"

임금은 세자빈의 재궁(梓宮, 왕실 사람의 시신을 넣는 관)을 창덕궁 의정부청으로 옮기라고 했다. 빈청은 길에서도 잘 보이기 때문에 그 앞을 지나는 백성들이 모두 눈물을 흘렸다.

임금은 우부승지 강석덕에게 당부했다.

"빈에게 장성한 아들이 없으니 진실로 불쌍하다. 경이 마땅히 빈궁을 지켜 후회가 없게 하라."

소헌왕후는 슬퍼하는 임금을 그냥 보기가 어려웠다. 그러나 왕후는 누구보다 더 마음 아파하는 사람이 세자일 것이라고 생각하고 세자를 위로하기에 바빴다.

"아들을 내려주기 위해 하늘이 어미를 빼앗아간 것이다. 너무 상심하지 말라. 너는 처음부터 세자빈을 좋아하여 마침내 세자빈의 자리에까지 올려놓았지 않았느냐. 원자를 잘 키워 놓아야 다음 세상에서 세자빈에게 할 말이 있을 것이다."

"어마마마, 소자는 왜 이렇게 처의 복이 없는 것입니까."

세자는 왕후의 손을 잡고 눈물을 흘렸다.

"불쌍한 세자."

임금은 이틀 동안 물 한 모금 마시지 않았다. 하염없이 하늘만 쳐다보았다.

"전하, 옥체를 돌보시옵소서."

도승지 김돈이 권했으나 임금은 들은 척도 하지 않았다. 황희 정승과 원로 대신들이 모두 강녕전으로 몰려가 임금을 위로하였다. 사흘만에 겨우 미음을 들게 된 임금은 몹시 기운이 쇠하여 견디기 힘들어했다. 그러나 정신을 차린 임금은 세자빈의 아버지 권진을 불러 위로했다.

"대저 며느리가 시부모의 사랑을 받기란 어려운 일이오. 그러나

빈은 나와 중궁의 사랑을 받다가 이렇게 되었소. 다만 원손의 탄생이 내 마음을 달래주었소. 명이 짧고 긴 것은 모두 운명이 아니겠소. 사람의 힘으로 어찌할 수 없는 것이니 경은 너무 슬퍼 마오."

빈의 친정아버지 권진 공도 넉 달 후에 세상을 하직했다.

문자와의 전쟁

세종은 지방에서 일어난 사건의 상계를 받을 때마다 그 내용이 진실일까 하는 의구심을 가졌다. 과연 글을 모르는 백성이 자기의 결백을 얼마나 증명했을까 하는 안타까움을 금할 수 없었다.

이들을 조금이라도 도와주는 것이 쉽게 상용할 수 있는 문자를 만드는 일이라고 임금은 생각했다. 보위에 오른 날부터 쉬운 문자 만드는 일을 잠시라도 잊어버리지 않았다. 한자의 어려움을 극복한 문자는 이두를 필두로, 범어, 몽고 문자, 여진 문자, 서하 문자, 왜국 문자 등 많았다. 이 모든 문자에 대해 꾸준히 관심을 갖고 연구했다. 특히 음운 구조와 발성법에 대해 깊은 이해를 하고 있었다.

그러나 문자 원리에 대한 결정적 지식이 부족했기 때문에 아직 머리에 있는 구상을 내놓지는 않았다.

'이제 내 나이가 기울어지는 세월에 도달했구나. 병이 여러 곳에 침노하여 쓰러지기 전에 새 글자를 만들자.'

임금은 이렇게 결심하고 나라 일을 덜기 위해 세자를 상참에 참여시키려 했다. 그러나 중신들이 모두 일어나 반대하는 바람에 뜻을 이루지 못했다.

한편 북변에서 회령진 구축을 위해 땀을 흘리고 있는 김종서 도절제사에게 세자빈이 원손을 낳았다는 길보가 도착했다.

"전하와 세자 저하께 감축의 뜻을 우리도 전해야겠지?"

탐후를 마치고 돌아오는 홍득희를 보고 김종서가 말했다.

"지당합니다. 이번에도 쇤네가 다녀오겠습니다."

홍득희는 김종서의 속내를 이제 말하지 않아도 다 알았다.

"축하 방물은 무엇이 좋을까?"

"이곳 특산물인 표범 가죽과 노루 가죽, 그리고 녹용이 어떨까 합니다."

"썩 좋은 품목이군, 내가 준비해 놓을 테니 내일 오시쯤 떠나기로 하지."

"이번엔 이적합을 데리고 갔으면 합니다. 허락해 주십시오."

"말 잘 타는 수하도 많은데 왜 이적합인가?"

"이적합이 글을 알기 때문에……."

홍득희가 갑자기 말을 더듬으며 얼굴에 홍조를 띠었다.

홍득희는 김 도절제사의 선물을 가지고 이적합과 함께 회령진을 떠났다. 두 사람이 함흥에 도착했을 때 세자빈이 세상을 떠났다는 이야기를 들었다.

"경축 사절이 조문 사절이 되었네."

홍득희가 이적합을 보고 말했다. 한성으로 계속 가겠다는 뜻이었다. 두 사람은 한시도 쉬지 않고 말을 달렸다.

사흘 반 만에 홍득희는 한성에 도착했다.

홍득희는 승정원에 들러 김종서의 세손 축하 방물을 전하고 임금 알현을 청했다. 한참 기다린 홍득희는 도승지를 따라 임금의 일상 거처인 강녕전으로 갔다.

홍득희는 절을 네 번 하고 부복했다.

"상감마마, 기체후일향만강하옵신지요?"

치마저고리 차림으로 다소곳이 앉은 홍득희의 모습은 단아하고 아름다웠다.

"홍 대장, 먼 곳에서 오느라 고생이 많았구려."

세종이 오랜만에 얼굴을 활짝 폈다.

"원손 아기씨 탄생을 경하 드린다고 김종서 병마도절제사께서 여쭈라 하셨습니다."

"이제 종실은 근심을 덜었지만 부모된 과인은 가슴이 아프다네."

세자빈의 일을 말하는 것이었다.

"망극하옵니다."

임금은 이어서 동북 지방의 토벌 상황을 여러모로 자세히 물어 보았다. 이야기 중에 여진족 이야기가 나오자 임금이 생각난 듯 물었다.

"홍 대장은 여진 문자를 알아서 과인한테 도움이 되었네. 그런데 몽고에도 문자가 있다는데 거기 대해서 들은 바가 없는가?"

"송하강 지역에 간혹 원나라 고관의 먼 후예가 와서 산 일이 있습니다."

"그 사람들이 쓰는 문자를 본 일이 없는가?"

"소인은 잘 모르지만 소인과 같이 온 이적합이 좀 알 것 같습니다."

"이적합은 지금 어디 있는가?"

임금이 도승지 쪽으로 고개를 돌려 물었다.

"승정원에서 홍 대장을 기다리고 있습니다."

도승지가 대답했다.

"지금 좀 데리고 오게."

조금 있다가 이적합이 영문도 모르고 불려와 임금에게 여러 번 절만 했다.

"그대가 여진인에서 귀화하여 조선인이 된 이적합인가?"

"그러하옵니다."

"북변에 살면서 혹 몽고인을 본 일이 있는가?"

"저의 외조부가 원나라 말년에 벼슬을 했습니다."

홍득희도 처음 듣는 뜻밖의 말이었다.

"호오, 그랬구나. 그렇다면 혹시 몽고의 문자에 대해 들어본 일이 있는가?"

"팔사파(八思巴, 파스파) 문자를 말씀하시는지요?"

"아니, 그대가 팔사파 문자를 안단 말인가?"

"원이 망한 지 이미 80년이 가까워 오는지라 알지는 못하옵니다. 다만 그 구조가 한자와 아주 달라 배우기 쉽다고 합니다."

"음절문자로 되어 있다고 하는데 실제로 그 문자를 잘 아는 사람을 만날 수는 없을까?"

"중국을 통일한 원나라 세조 홀필렬(쿠빌라이 칸)은 중국 문자를 쓰다가 보니까 자기 나라 말인 몽고 말과 달라 불편한 점이 너무 많았다고 합니다. 몽고인이 쓰던 말은 회골어였습니다. 이 말을 표현하는데 적당한 글을 만든 것이 팔사파입니다. 세조가 주장하고 팔사파가 만들었다고 합니다. 팔사파 문자는 한자를 발음대로 쓰는 것은 물론이고 새소리, 짐승소리도 표현할 수 있다고 합니다."

"몽고를 오랑캐라고만 보지 말아야 할 것이야."

임금이 이적합의 얼굴을 다시 보았다.

"원래 팔사파 문자는 만든 글자라 널리 퍼지지 못했다고 합니다. 모양은 한자와 전혀 다르고 간단한 네모 모양의 선으로 되어 있습니다. 쇤네의 기억으로는 중국에서 그 뒤에 연구하여 성리대전 같은 책에 그 음운의 원리가 쓰여 있다고도 했습니다."

"성리대전의 《홍무정운(洪武正韻)》편은 나도 찾아서 읽어 보았는데 팔사파의 음운 논리에 관해서는 자세한 것이 없었다네."

임금은 음운 이야기가 나오자 신이 나서 홍무정운의 이야기를 계속했다. 이는 중국문자의 음운 기본이 되는 사성(四聲)에 관해서 주로 써 놓은 책이었다. 세종이 훈민정음을 창제하는 데 이론적인 바탕이 되었다.

양나라의 학자 심약(沈約)이 모든 한자의 발성법을 정한, 사성을 제정했다. 평성, 상성, 거성, 입성으로 나누어 그 발음 방법을 정한 것이다. 8백년 뒤 명의 태조 고황제의 명을 받아 악소봉과 송렴이라는 학자가 사성을 고쳐 읽게 만든 것이 홍무정운이었다. 명나라에서 발간된 지도 이미 50년 가까운 세월이 흘렀다.

"북변에 돌아가거든 두 사람은 팔사파 문자나 여진 문자를 잘 아는 사람이 있나 찾아보도록 하게."

"명심하여 거행하겠습니다."

"홍 대장은 대장이라면 9품 벼슬인데 공로도 많으니 승차시키는 게 어떠한가?"

임금이 김돈 도승지를 보고 은근히 동의를 구했다.

"전하, 아뢰옵기 황송하오나 여자에게 군사의 벼슬을 준 전례가 없사옵니다."

"그것은 사람 나름이 아니겠는가. 군적에 올리지 못한다면 명칭만 승차해서 부르도록 하지. 김종서 장군의 비장 노릇을 하고 있으니 앞으로 편장이라고 부르도록 하라. 홍 편장. 하하하. 괜찮구먼."

편장은 장수의 비장으로 중요한 참모역할을 하는 장수를 말한다.

"황공하옵니다."

뜻밖에 큰 감투를 쓴 홍득희는 그길로 되돌아서 회령성으로 달려갔다.

세종은 집현전 서고에서 홍무정운을 가져다가 다시 정독했다. 궁금한 점이 많았다. 악소봉과 송렴을 직접 만나 물어보고 싶었다. 새 문자를 만드는 데, 음운학적 이론이 꼭 있어야 한다고 생각했다.

임금은 집현전 학자 중 가장 학문 탐구력이 강한 부수찬 신숙주와 성균관 주부 성삼문을 불렀다.

"과인이 생각하고 있는 새로운 문자는 아무래도 팔사파의 음운을 깊이 알아야 할 것 같아. 경들이 중국에 가서 홍무정운을 쓴 악소봉과 송렴을 만나서 음운에 관한 자세한 학문을 익혀오기 바라네."

신숙주와 성삼문은 난감한 표정을 지었다. 홍무정운이 발간된 지도 50여 년이 지났는데 그 두 사람이 이 세상에 살아 있겠느냐 하는 걱정 때문이었다.

"일단 연경에 가서 찾아보기는 하겠습니다만 쉬운 일은 아닌 것 같습니다."

"사람을 못 만나면 새로운 저서가 있는지 훑어보고 새로운 음운 서적이 있으면 반드시 구해 와야 하네."

신숙주와 성삼문은 연경으로 떠난 지 수개월이 지나서야 한성으로 돌아왔다.

"그래, 그 사람들을 찾았느냐?"

임금이 잔뜩 기대에 찬 얼굴로 신숙주와 성삼문을 맞이했다.

"음운에 관한 서적 20권을 가지고 왔습니다."

"악소봉을 만났느냐 묻지 않느냐?"

"황송합니다. 악소봉도 송렴도 20여 년 전에 죽었다고 하여 만나지 못했습니다. 대신 명나라에 있는 음운에 관한 책은 모두 구해 왔습니다."

"그 학자들이 이미 죽고 없다는 말이지. 그러면 학문을 계승한 제자가 있는지 그것은 알아보지 않았느냐?"

"그것까지는 미처 알아보지 못했습니다. 미련한 소신들을 꾸짖어 주소서."

신숙주가 머리를 조아리며 말했다.

"지금 당장 중국으로 다시 가서 악소봉과 송렴의 수제자를 찾아서 꼭 만나보고 오라."

신숙주와 성삼문은 어명으로 다시 중국에 건너갔다. 연경에서 천신만고 끝에 송렴의 수제자가 황찬이라는 것을 알았다. 그러나 황찬은 명나라 조정에 죄를 지어 요동으로 귀양을 가고 없었다.

신숙주와 성삼문은 7백리 길을 걸어서 요동 땅을 헤매었다. 몇 달 만에 마침내 황찬을 만나게 되었다. 황찬은 새 문자에 대한 세종의 열성을 듣고는 감탄했다.

"해동에 그런 군주가 있다니 참으로 고개가 수그러집니다. 내 나이 올해 칠순을 넘겼는데 조금만 젊었더라면 조선에 가서 경들의 군주를 알현했을 것이오."

황찬은 비록 귀양지에 있었으나 기개가 넘치고 혜안이 돋보였다.

"한자 이외의 문자를 논한다면 팔사파 문자만한 것이 없을 것이오. 대저 문자라는 것은 오랜 세월에 걸쳐 자연히 만들어지는 것인데 사람이 일정한 시한을 정하고 만든다면 그 우수성이 뛰어나게 되지요. 그러한 글자의 대표적인 것이 팔사파 문자입니다."

"어째서 시한을 두고 만드는 글자가 우수합니까?"

성삼문이 물었다.

"사람이 문자를 만든다면 규칙을 정하게 되고, 규칙만 알면 배우기 쉽게 되기 때문이오."

"팔사파 문자가 그러한 것입니까?"

"그렇지요. 한자는 모든 형상을 글자 한 자씩으로 정했기 때문에 자수가 5만 자가 넘지요. 하지만 팔사파 문자는 음절이 기본으로 되어 있기 때문에 1천 자도 안 되지만 모든 소리를 다 적을 수 있지요."

"어떤 이치로 그것이 가능합니까?"

"음을 네 가지로 구분하여 모음과 자음이 결합하여 음절을 이루기 때문이오. 또한 순음, 설음, 후음, 치음, 아음, 반치음, 반순음의 일곱 가지 성음을 자음으로 삼아 여기에 모음을 합쳐서 음절을 이루게 하는 방식이 '만드는 문자'의 기본입니다."

신숙주와 성삼문은 황찬의 설명을 자세히 적어 한성으로 돌아왔다.

"오, 정말 오묘하구나. 어쩌면 과인이 생각하고 있는 것과 이렇게 닮을 수가 있느냐."

세종은 많은 음운책을 공부했기 때문에 이미 당대 제일의 음운학자가 되어 있었다.

"이번에는 황찬에게 가서 이런 것을 좀 물어보고 오게."

문자가 완성되는 동안 성삼문은 요동을 열세 번이나 왕래하며 음운에 대한 세종의 의견을 황찬에게 전하고 의견을 들어 왔다. 성삼문이 머나먼 길을 왕래하며 황찬에게서 배운 음운의 원리는 기본을 한자에 두고 있었다. 즉 4성과 7성음이 모든 소리의 근본을 이룬다는 것이었다.

세종은 한자 이외의 문자에 관한 토론회를 열기 위해 집현전과 성균관, 사역원의 이두 및 오랑캐 문자 전문 학자를 불러 모았다. 여진 문자를 잘 아는 사람을 참여시키기 위해 홍득희도 파발마를 놓아 불러들였다. 홍득희가 한성에 있는 동안 임금은 틈나는 대로 불러서 여진 문자에 대한 구체적인 의견을 주고받았다.

며칠을 계속한 토론에서 임금은 몇 가지 원칙을 찾아냈다. 팔사파 문자나 여진 문자 등은 한자의 4성을 따르려 노력했으나 완벽한 응용은 되지 못했다. 또한 발성은 두 가지 요소로 분리될 수 있다는 것이었다. 즉 자음과 모음이 합쳐 음성의 기본을 이룬다는 것이었다.

4성은 평성, 상성, 거성, 입성(平上去入)을 말하는 것이었다. 7성음이란 입술소리, 혓소리, 목청소리, 잇소리, 어금니 소리, 반잇소리, 반입술 소리를 말한다.

"소리를 일으키는 원리는 하늘과 땅을 이루는 오묘한 우주의 원리와 같다고 생각하는데 홍 편장은 어떻게 생각하오?"

임금이 홍득희에게 느닷없이 물었다. 경서 공부가 얕은 홍득희에게는 가당치 않은 질문이었다. 그러나 세종은 남다른 기개와 사물을 꿰뚫는 예지를 가진 홍득희한테서 무엇인가 다른 답이 나오리라고 생각했다.

"소인이 어찌 그런 어려운 문제에 답을 드릴 수 있겠습니까? 하지만 소인의 생각으로는 우주이건 나라이건 간에 모든 일의 중심은 사람에 있다고 생각합니다."

"사람이라. 그거 참으로 옳은 말이야. 새 글자를 만드는 근본도 사람을 중심으로 해야 해. 하늘과 땅과 사람이라……."

홍득희는 임금이 내리는 하사품으로 가죽 화투와 전립을 받고 다시 회령으로 돌아갔다.

어탑에 앉아서 며칠을 생각에 잠겼던 임금은 근정전 뜰로 나왔다. 북악에는 벌써 단풍이 들어 온 산의 나뭇잎이 붉게 물들어 절경을 이루었다. 임금은 문자에 대한 생각을 떨치지 못한 채 뒷짐을 지고 경회루로 걸어갔다. 마침, 그 곳에는 소헌왕후가 나와 늦가을 햇볕을 쬐고 있었다. 소헌왕후는 몇 달째 병석에 누워 있다가 모처럼 몸을 일으켰다.

"중전, 날씨가 쌀쌀한데 어인 일이시오?"

중전의 병이 호전을 보이지 않아 걱정하던 임금이었다.

"전하께서는 어인 일이십니까? 소첩은 방 안에만 있었더니 가슴이 답답하여 하늘을 좀 보러 나왔습니다."

소헌왕후가 하늘을 쳐다보았다. 임금에게 왕비의 창백한 얼굴과 길어진 목이 가련해 보였다.

"저 하늘에 세자빈이 있을까요?"

왕후가 슬픈 표정으로 말했다. 너무나 선명한 파란색 하늘에 솜털 같은 구름조각이 흐르고 있었다.

"그 아이는 덕이 있고 착하니까 좋은 곳에 있을 것이오."

임금은 골똘하게 생각하던 새 문자 창제의 일을 잠시 잊었다.

"중전은 하늘의 모양이 어떻게 보이오?"

중전이 다시 하늘을 쳐다보고 대답했다.

"커다란 눈물방울처럼 둥글게 보입니다."

"하늘이 둥글게 보인다고? 맞아. 하늘은 둥글다."

임금은 갑자기 위대한 발견이나 한 것처럼 사정전으로 급히 갔다.

"진양대군을 불러라."

곧 진양대군이 달려왔다.

"불러계시옵니까? 아바마마."

진양대군은 언제보아도 불타는 눈을 가졌다. 사물을 예사로 보아

넘기지 않는 관찰력과 야망을 함께 지니고 있었다.

"글자의 초성에 대해 실례를 들 수 있는 한자를 생각해 보았느냐?"

"예, 임금 군 자, 삼킬 탄 자 등 20여자를 골라 놓았습니다."

"하늘이 어떻게 생겼는지 진양은 아느냐?"

"예? 하늘입니까? 경서에서는 하늘이 둥글다고 하지요."

"그렇지. 하늘은 둥글지."

임금은 무릎을 쳤다. 진양대군은 영문을 몰라 멍하니 서있었다.

임금은 화선지와 필묵을 가져오라고 승지에게 일렀다. 승지가 지필묵을 대령하자 임금이 붓으로 화선지에 큰 점 하나를 찍었다. 아주 동그랗게 모양을 다듬었다.

"이것이 하늘 모양이다."

임금은 둥글고 검은 점을 한참 내려다보다가 진양대군에게 말했다.

"입을 이 모양으로 해보아라. 동그랗게 말이야."

진양대군이 무릎을 꿇고 앉아 입술 모양을 동그랗게 해보였다. 마치 제비 새끼가 어미 새한테 먹을 것을 달라고 노란 입을 벌린 것과 같았다.

임금은 진양대군의 입모양을 한참 들여다보았다. 꿇어앉아 얼굴을 내밀고 입을 벌리고 있는 진양대군의 모양을 보고 있던 도승지가 입을 가리고 얼굴을 돌려 키득키득 웃었다. 우습지 않으면 이상한 일이었다.

"옳지. 혀를 바닥에 붙이고 목에서 소리를 내 보아라."

"아—."

진양대군의 목소리는 정확히 말하면 '아-'가 아니었다. 어찌 들으면 '아-'같기도 하고 어찌 들으면 '오-' 같기도 했다.

"바로 그 소리야. 이것을 새 글자의 시작으로 삼아야겠다."

이것이 훈민정음 아래아(•)의 탄생이었다.

세종은 하루 빨리 새 글자를 내놓아야겠다고 결심했다. 이에 전념하기 위해 국정의 대부분을 세자에게 넘기는 교지를 내렸다. 조회에 세자를 참여하게 하고, 세자를 남향하여 앉아 임금과 같은 방향에서 대신들을 내려 보게 하였다. 남쪽은 군주만이 향할 수 있는 방향이었다. 대소 신료들을 동쪽은 문반 서쪽은 무반이 동서로 갈라 마주 앉는 것이 조회 법도였다.

"과인이 풍질 때문에 눈병마저 더욱 심해서 정사를 보기가 심히 어렵도다. 초하루와 보름은 조회만 과인이 참여하고 다른 날은 세자가 서무를 처리하게 하겠노라."

교지가 내려가자 대소 신료가 모두 불가함을 알렸다. 영의정 황희, 우의정 신개, 좌찬성 하연 등이 사정전에 들어가 아뢰었다.

"신 등이 교지를 보고서 황송하고 두려움을 이길 수 없습니다. 지금 전하께서는 춘추가 한창이신데 어찌하여 이러한 법을 갑자기 행하려 하십니까? 신 등이 생각하건대 여러 신하가 세자께 신이라 일컫는 것은 가하나, 세자가 남면하여 여러 신하의 조회를 받는 것은 예전에도 없던 제도이니 불가한 듯합니다."

임금은 다 듣고 난 뒤 단호하게 말했다.

"과인이 교지를 내린 것은 경들에게 가부를 논하라는 것이 아니오. 대신은 원대한 계획을 세우는 것이 중요한 일이지 소인배처럼 논쟁이나 일삼아서는 안 될 일이오."

다시 호조판서 박종무, 공조판서 최부, 이조판서 박안식 등이 불가함을 주청했다.

"큰일을 어찌 의견이 합치된 뒤에 행하겠소. 과인이 마땅히 결정할 수 있어야 할 것이오."

황희와 신개가 다시 불가를 고집했다.

"과인이 들어줄 수 있는 일이라면 의정부에서만 청하였어도 들어주었을 것이오. 들어줄 수 없는 일은 삼성 육조가 다 청하여도 들어줄 수 없는 일이오."

대신들과 임금의 가부 논쟁은 한나절이나 계속됐으나 임금은 뜻을 관철시켰다.

국토의 북쪽 끝에 가다

세종대왕

두만강은 동쪽으로 흐르다가 북쪽으로 치솟는다. 다시 남동쪽으로 휘어져 동해로 들어간다. 두만강이 가장 북쪽으로 올라간 지역이 다온평(多溫平)이다. 국토의 최북단이 되는 셈이다.

홍득희 편장의 별동대는 김종서 명으로 두만강의 최북단인 다온평으로 떠났다. 고려의 윤관 장군이 구성을 개척할 당시에는 조선 국토였으나 그 뒤 여진족이 들어와 살았기 때문에 조선 조정의 힘이 미치지 않는 곳이었다. 김종서는 조선 국토의 경계를 두만강으로 만들기 위해 육진 중, 마지막 토벌지로 다온평을 공략하려는 것이었다.

다온평을 평정하면 남쪽으로 경원, 종성, 회령, 경흥, 부령의 육진이 완성된다. 이곳은 모두 다온평의 남쪽이자 두만강 아래에 있었다.

회령을 떠난 홍득희 별동대 40여 명은 오롱초(吾弄草) 마을에 도착했다. 그곳은 회령도호부 관할로 되어 있기는 했으나 완전히 평정이 안 된 곳이었다. 조선 향토군과 여진족이 번갈아 드나드는 곳이었다.

"여기서 숙영하고 내일 아침에 떠난다. 여기는 언제 야인들이 나타날지 모르니 모두 경계를 늦추면 안 된다. 군장을 풀지 말고 잠을 자야 할 것이다."

홍 편장이 단단히 경계를 시켰다.

그 지역을 관할하는 천호(千戶)가 돼지와 기장을 가지고 왔다. 벼농사는 잘 안 되지만 기장은 잘 되는 곳이었다.

천호는 마을의 빈집을 소개해 주었다. 저녁을 먹은 군졸들은 모두 빈집에 들어가 일찍 잠을 청했다. 홍득희도 비어 있는 너와집 방에 들어가 전복을 입은 채로 잠을 청했다. 활과 칼을 머리맡 손에 잡히는 거리에 두었다. 옆방에는 이적합이 자면서 홍득희를 지키고 있었다.

"적군이다!"

홍득희는 잠결에 고함소리를 듣고 벌떡 일어났다.

"두목, 빨리 나와요."

어느새 이적합이 방문 앞에 서 있었다. 홍득희는 재빨리 일어나 활과 전통, 그리고 칼을 들고 문밖으로 뛰어 나갔다. 희뿌연 새벽이라 사물이 잘 보이지 않았다. 불길이 솟고 있었다.

소리 지른 초병은 벌써 칼을 맞고 쓰러져 있었다.

"모두 말을 타라."

홍득희가 소리쳤다.

자다가 기습을 당한 군졸은 정신을 차리지 못했다. 이곳저곳에서 비명소리와 칼 부딪치는 소리가 어지러웠다. 홍득희는 재빨리 말 위에 올라타 덤벼드는 적들과 칼로 대적했다. 떠드는 소리로 보아 여진족임이 틀림없었다. 시간이 흐르자 아군이 우세해졌다. 적은 얼마 가지 않아 도망가기 시작했다.

"쫓아가서 몇 놈을 잡아라."

홍득희가 소리치며 도망가는 여진 병사 한 명을 쫓아갔다. 생포를 해야 적의 사정을 알 수 있기 때문이었다. 여진 병사는 동구를 빠져나가 산모퉁이로 갔다. 홍득희는 금방 따라가서 병사의 말 앞을 가로막았다.

"거기 서라!"

홍득희가 여진 말로 명령했다. 그때였다.

"와아…!"

산모퉁이서 갑자기 수십 명이 튀어 나오더니 홍득희를 밧줄로 낚아챘다. 홍득희는 말에서 떨어졌다. 땅에 떨어지자마자 여진 병사들이 번개같이 덤벼들어 홍득희를 묶었다.

순식간에 팔다리를 묶인 홍득희는 꼼짝 할 수가 없었다.

"빨리 후퇴하라."

여진족 대장이 소리치자 그들은 홍득희를 말에 태우고 산 속으로 숨어들었다.

"홍 두령을 구하라!"

이적합이 소리쳤다. 박무와 강원만이 말을 달려 뒤쫓아 갔다. 그러나 홍득희를 구할 수 없었다. 산속으로 들어간 여진군이 어디로 갔는지 알 수 없었다. 홍득희 부대는 산 속 이곳저곳을 뒤졌으나 여진군은 흔적도 없이 사라졌다.

날이 밝자 강원만은 대책을 논의했다.

"우선 김종서 장군에게 알려야 하니까 박무 두령이 회령진으로 달려가지요."

"그게 좋겠어요. 우리는 어제 왔던 이곳 천호를 불러 여진군의 본영을 찾아서 홍 두령을 구해야 하오."

이적합이 심각한 얼굴로 말했다.

남은 별동대원은 천호를 앞세우고 여진군의 소굴을 찾아 나섰다. 그러나 아무런 흔적도 발견하지 못했다. 아무 소득 없는 하루가 지나고 밤이 왔다. 모든 대원들은 상심과 피로로 지쳤다. 두목을 잃은 대원인지라 사기는 말이 아니었다. 그 날 밤 자시가 되어서야 김종서 장군이 수백 명을 이끌고 오롱초에 도착했다.

여진군에게 잡혀간 홍득희는 산 속에 있는 토굴로 끌려갔다. 산허리를 파서 커다란 동굴을 만들었지만 입구가 교묘하게 위장 되어 있어서 쉽게 발견할 수 없는 곳이었다. 토굴이 얼마나 넓은지 말을 탄 채로 수십 명이 들어갈 수 있었다.

굴속에 들어가자 여진군은 홍득희를 풀어주었다.

"어, 여자네!"

홍득희의 투구를 벗겨보고야 그들은 홍득희가 여자라는 것을 비로소 알았다. 모두가 깜짝 놀랐다. 곧 대장으로 보이는 자가 나타났다.

"이름이 무엇이냐?"

"조선군 편장 홍득희라고 한다."

홍득희가 유창한 여진 말로 대답했다.

"응? 여진 말을 어떻게 아느냐?"

"나는 조선군이 되기 전 사다노에서 맹가첩목아 수하에 있었다."

여진 대장의 눈이 둥그레졌다.

"그러면 여진족이오?"

말이 부드러워졌다.

"아니오. 하지만 맹가첩목아의 수하로 소다노에서 자랐소."

"소다노? 우디거나 홀라온 올적합을 아시오?"

"물론이오. 그러나 지금 나는 조선군 김종서 병마도절제사의 휘하에 있소."

"그런데 여기는 왜 온 것이오?"

"여기는 조선 땅이므로 진을 치러 왔소."

여진군 추장은 긴장한 것 같았다.

"한 가지 물어보아도 되겠소?"

이번에는 홍득희가 질문을 했다.

"말해 보시오."

"장군은 범찰의 부하요?"

"아니오, 내 이름은 우을미거(于乙未車)요."

홍득희는 우을미거란 이름을 알고 있었다. 흑룡강 연안에 있는 여진족의 추장이었다.

"그렇다면 이곳은 장군의 본진이 아니군요. 흑룡강이 고토 아니오?"

홍득희의 말에 그는 허를 찔린 것 같았다.

"하하하. 우리 고향을 아는군요. 다온평이 주인이 없다기에 가는 중이오. 중간에 식량이 떨어져 좀 구하려고 했는데 조선군을 만난 것이오. 이 굴은 옛날에 올량합이 만든 굴이오."

"그렇다면 나를 풀어주시오. 가서 어떻게 해보리다."

"그렇게는 안 되지요. 날이 밝으면 봅시다."

홍득희는 굴에서 그들과 함께 하룻밤을 보낼 수밖에 없었다.

이튿날 김종서가 부장들과 의논을 하고 있는 마당에 화살 하나가 날아와 꽂혔다. 적군이 보낸 것이 틀림없어 보였다.

"여기 편지가 묶여 있군."

부장 심도원이 얼른 화살에 묶인 편지를 풀어서 폈다.

"에게……."

김종서가 심도원을 돌아보았다.

"장군, 이것 여진 문자 같은데요."

심도원이 내민 편지에는 알 수 없는 글자가 쓰여 있었다.

"이적합을 불러 오너라."

이적합을 찾으러 갔던 병졸이 한참 만에 돌아왔다.

"이적합이 지금 없습니다."

"무슨 소리야?"

"홍 편장님 구하러 혼자 산 속으로 갔단 말이냐?"

"그런 것 같습니다."

"빨리 군사들을 데리고 가서 홍 편장과 이적합을 살려 오시오."

김종서가 하경복 절제사를 보고 소리를 질렀다. 곧 하경복이 부하들을 이끌고 말을 달려 나갔다. 김종서는 이적합이 홍득희를 위하는 마음이 끔찍하다고 생각했다.

점심때가 다 되었을 때 하경복과 이적합이 돌아왔다.

"홍득희 편장은 어찌 되었소?"

"찾지 못했습니다."

김종서가 이적합에게 편지를 보여주며 여진 문자가 맞느냐고 물었다.

"악필입니다만 여진 글자는 맞습니다."

"무엇이라고 썼느냐?"

김종서가 이적합의 입을 쳐다보았다.

"제가 읽어 보겠습니다."

"읽어보아라."

"김종서 장군 보시오. 홍 두목을 살리고 싶으면 소 두 마리와 쌀 열 섬, 그리고 솥 다섯 개를 준비하시오. 해가 질 무렵 그것을 가지고 동구를 나와 자목하로 가는 길을 5백 보쯤 가면 평지가 나오는데 거기 가져다 놓으시오. 올 때 군사를 데리고 오면 홍 편장은 못 돌아갈 것이오. 물건은 달구지에 실어 두 사람이 인솔해 오시오."

자목하(者木下)는 오롱초에서 다온평으로 가는 길목에 있었다. 평야라서 멀리서 오는 사람을 다 알아볼 수 있는 지형이었다. 그들이 이곳을 지목한 것은 복병을 막기 위해서였다.

"솥은 몇 개나 가지고 있나?"

김종서가 심 부장에게 물었다.

"스무 개 쯤 있습니다. 쌀도 많이 있고 소도 충분합니다."

그것은 모두 군사들의 식량으로 가지고 다니는 것이었다.

해질 무렵 김종서는 편지에 쓰인 물건을 준비하여 그곳으로 사람을 보냈다.

"그쪽 대장이 누군지 알아보고 나와 만나서 술 한잔 하자는 약속을 꼭 받아오너라."

이적합이 박무와 함께 자진해서 가겠다고 나섰다. 어차피 여진 말을 할 줄 아는 사람이 가야 하니 이적합밖에 갈 사람이 없었다. 이적합은 홍득희와 교환할 물건과 소를 몰고 동구를 나가 자목하로 갔다. 김종서는 멀리서 그들을 바라보고만 있었다.

이적합이 벌판으로 나갔으나 아무도 나타나지 않았다. 한참만에 벌판 끝에서 말을 탄 야인들이 달려왔다.

야인은 모두 열두 명이었다. 차림새로 보아 파저강 쪽에 사는 여진족 같았다.

"나는 우을미거라고 한다. 너는 누구냐?"

두목이 이적합을 보고 물었다.

"나는 이적합이오. 여진족이요."

"여진족이 왜 조선 병졸 옷을 입고 있소?"

두목의 말투가 조금 달라졌다.

"그럴 사정이 있소. 이적합이라고 하오. 홍 두목은 잘 있소?"

"홍 편장은 잘 있소."

"이 물건들은 가져가시고 홍 두목을 즉각 보내 주시오."

"고맙소. 약속을 지키리다."

물건들을 가지고 돌아가려는 우을미거를 이적합이 불러 세웠다.

"잠깐."

우을미거가 뒤돌아섰다. 경계태세를 늦추지 않았다.

"우리 장군께서 좀 만나자고 하셨습니다."

"김종서 도절제사 말이오?"

"그렇소. 도와줄 것이 더 없느냐 물어보라고 하셨습니다."

"알았소. 일단 돌아가서 생각해 보리다. 솥과 소는 고맙다고 장군에게 전하시오."

그들은 받은 물건을 가지고 바람처럼 벌판 너머로 사라졌다. 멀리 숨어서 지켜보고 있던 김종서와 부장은 안도의 숨을 내쉬었다.

돌아온 이적합을 보고 김종서가 물었다.

"홍 편장은 왜 오지 않았는가? 속임수 쓴 것 아닌가?"

"그런 것은 아닌 것 같습니다. 여기 사는 여진족이 아니고 흑룡강변에 사는 여진족인데 파저강변으로 갔다가 조선군에 쫓겨 이곳으로 왔다고 합니다. 홍 편장은 아마 곧 돌아올 것입니다."

"그놈들은 나와 만날 생각이 있던가?"

"가서 생각해 본다고 하였습니다."

"그놈들이 빨리 나타나는 것을 보면 이 근방 산에 숨어 있었던 모양인데 우리는 왜 찾지 못했을까?"

"아마도 위장을 하고 숨어 있었을 것입니다."

우을미거가 돌아간 지 얼마 되지 않아 홍득희를 앞세우고 다시 돌아왔다. 우을미거는 부하 셋만 데리고 홍득희를 앞세우고 김종서 본영으로 들어왔다. 전혀 겁을 먹은 것 같지 않았다.

"어서 오시오."

이적합이 인사를 했다.

"홍 편장, 무사해서 다행이오."

김종서가 홍득희를 반색하며 맞았다.

"심려 끼쳐 죄송합니다. 변변치 못하게 포로가 되었습니다."

"하하하. 일부러 그런 것 아니었소?"

김종서가 파안대소했다.

"우을미거 여진 추장입니다."

홍득희가 소개했다.

"어서 오시오."

김종서가 정중하게 말했다. 홍득희가 통역을 했다. 우을미거는 칼을 집고 땅에 부복했다.

"장군님. 용서해 주십시오. 장군님의 군사인줄 모르고 무례한 짓을 했습니다."

"괜찮소. 우리 군사는 피해를 입은 게 별로 없소. 앉아서 이야기합시다."

김종서가 홍득희와 하경복, 심도원과 함께 우을미거 일행을 데리고 막사로 들어갔다.

"우리는 다온평 평야로 가는 길입니다. 송화강변에 살다가 맹가첩목아의 부하들이 파저강에서 쫓겨 오는 바람에 마을을 다 빼앗겼습니다."

우을미거가 설명했다.

"파저강변에서 살려고 하다가 최윤덕 장군에게 쫓겨 이곳으로 왔다고 합니다."

홍득희가 보충 설명을 했다.

"백두산을 넘어서 왔겠군요. 고생이 많았겠소. 그런데 어디 숨어 있었기에 우리가 찾지 못했소?"

김종서가 의문 가졌던 것을 물어보았다.

"산속에 엄청나게 너른 동굴이 있습니다. 그곳은 말 탄 채로 백 명은 숨을 수 있는 곳입니다."

"그런 곳이 있었다고? 가족들도 같이 왔을 텐데 모두 그 동굴에 있습니까?"

김종서가 눈이 둥그레졌다.

"그렇습니다. 일부는 다온평으로 가고 나머지는 거기 있습니다."

우을미거는 시종 공손한 태도로 답변했다.

"다온평에는 왜 갑니까?"

"그곳은 평야가 넓어 농사짓고 살기에 편합니다. 지금은 여진족도 조선인도 정착하지 못한 채 버려져 있습니다."

"조선인이 정착하지 못한 이유는 무엇입니까?"

"조선 조정에서 가장 먼 곳이기 때문에 군사력이 제대로 미치지 못합니다. 그렇다고 여진족이 차지해서 살 만한 능력이 있는 곳도 아닙니다. 말하자면 주인 없는 평야지요."

"자, 점심때가 되었으니 식사나 하면서 이야기하지요."

곧 점심 밥상이 들어왔다. 쇠고기와 쌀밥이었다.

"이동하는 군사들이 때마다 이렇게 고기를 먹습니까?"

우을미거가 질문했다.

"우리 군사들은 그렇게 하오. 토벌군으로 전쟁에 나가면 가장 큰 문제가 식량의 보급입니다. 그런데 살아 있는 소를 몰고 다니면 운반이 대단히 편리하거든요. 그리고 잘 먹어야 잘 싸우는 것 아닙니까? 병사들이란 먹는 게 낙이니까요. 허허허."

"옳은 말씀입니다."

우을미거는 맛있게 점심을 먹었다.

"내가 한 가지 제의를 하겠소. 실은 우리도 다온평으로 가는 길인데 그곳을 조선 영토로 되찾아 백성들이 안심하고 살도록 성을 쌓으려는 것입니다. 그러니까 추장도 거기서 우리와 함께 살지 않겠소?"

우을미거의 표정이 갑자기 밝아졌다.

"그렇게만 해주신다면 우리는 모두 조선으로 귀화하여 조선 백성이 되겠습니다."

여진족이나 왜인들 중에는 조선인으로 귀화한 사람들이 많았다.

"어차피 다온평에는 2천 명 정도의 백성을 모아 살게 해야 하니까 우리에게도 도움이 되는 일이오."

"이 은혜를 어찌 갚겠습니까."

우을미거가 일어서서 허리를 크게 굽혀 절을 했다.

"함길도 남쪽 사람들과 그곳에서는 삼남 백성들을 옮겨서 살게 할 작정인데 잘된 일이오."

"우리 부족이 3백 명 정도 되는데 대개 사냥을 하거나 소를 키워 살고 있습니다."

"그곳에서는 생업이 주로 농사가 될 텐데 괜찮겠소?"

"사냥보다는 농사가 안전합니다. 사냥은 꼭 짐승을 잡는다는 보장이 없습니다. 하지만 농사란 심은 대로 거두는 것이니까 부지런히만 하면 굶지는 않을 것입니다."

"참으로 옳은 말이오. 그러면 굴에 있는 가족들을 모두 데리고 나와서 우리 뒤를 따르시오. 함께 다온평으로 갑시다. 그곳에 가서는 형편에 닿도록 땅을 갈라 줄 터이니 우리 임금께 충성하는 조선 백성이 되시오."

"은혜에 보답하기 위해 죽을힘을 다하겠습니다."

"그 동굴은 우리가 철저히 탐후한 뒤에 군사용으로 쓸 수도 있겠습니다."

하경복이 의견을 내놓았다.

"이곳 우롱초도 중요한 군사 요충지가 될 만한 곳이오, 절제사는 못 두더라도 만호 정도는 둘 수 있을 것 같소."

김종서의 말을 듣고 있던 심도원이 말했다.

"향토 관원으로 책임자를 두는 것이 좋겠습니다."

"전하께 그렇게 주청하겠소."

김종서 군은 저목하 쪽으로 행군을 시작했다. 뒤에는 우을미거의 병사들과 가족들 3백여 명이 뒤따랐다. 부녀자와 아이들도 상당수였다. 거기다가 살림살이를 지고 끌고 했으니 얼른 보기에도 피난

대열이 틀림없었다.

언제나처럼 홍득희 별동대가 척후를 맡아 앞장서서 길을 뚫었다. 첫날은 아무 저항도 받지 않고 저목하에 도착했다. 저목하에는 아직도 조선 관아가 있었다. 향토에서 충군된 장정 50여 명이 지방 방위를 맡고 있었다.

김종서는 그곳 만호를 불러 경계해야 할 일을 일러 주었다. 그곳에는 원래 살던 조선족이 3백여 가구, 여진에서 귀화하여 함께 사는 호구가 20여 호 있었다.

저목하에서 하룻밤 묵는 동안 탐후를 나갔던 박무가 여진 병사 한 사람을 잡아왔다.

"다섯 명 정도가 우리를 엿보고 있는 것 같아 데리고 왔습니다."

박무가 김종서에게 말했다. 여진 병사는 나이가 꽤 들어 보였다. 여진인은 늙어도 두발이 별로 희어지지 않기 때문에 모습만 보고 나이를 짐작하기는 어려웠다. 마흔 살은 된 것 같았다.

"누구의 수하냐?"

홍득희가 물었다.

"범찰의 수하입니다."

그는 스스럼없이 쉽게 대답했다. 범찰은 여진족 갈래 중 최대 부족의 하나를 거느리고 있었다. 조선 조정에 공물을 바치며 친밀하게 다가올 때도 있고, 돌연 적으로 변할 때도 있는 변화무쌍한 부족이었다.

"왜 여기에 왔느냐?"

"왜라니요? 당신들 조선군은 왜 여기에 온 것이오?"

여진 병사가 만만치가 않다고 홍득희는 생각했다.

"여기는 조선 땅이다. 범찰은 어디 있느냐?"

김종서가 하는 말을 홍득희가 통역했다.

"다온평서부터 여기까지는 범찰 두령의 땅이오."

"범찰은 지금 다온평에 있느냐?"

김종서가 다시 캐물었다.

"대답할 수 없소."

"바른 대로 대지 않으면 목이 붙어 있지 않을 것이다."

이적합이 으름장을 놓았다.

"……."

"저기 있는 사람들을 보아라. 모두 여진족이다. 저들은 모두 조선으로 귀화하여 함께 살기로 한 사람들이다. 범찰도 우리 장군과 만나 싸우지 않고 평화롭게 살 길을 찾는 것이 좋을 것이다."

홍득희가 설득했다.

"우리 군사가 만 명이 넘는데 조선군 몇 백 명한테 항복을 하라는 말인가요?"

"항복을 하라는 것은 아니다. 다온평에서 조선인과 함께 평화롭게 살자는 것이다."

여진 병사는 더 이상 말을 하지 않았다.

"저녁을 먹이고 재워라. 마음이 변하면 다시 물어보도록 하라."

김종서가 명령을 내렸다.

저목하에서 하룻밤 묵은 김종서 군은 이튿날 목적지인 다온평에 도착했다. 아무 저항도 받지 않고 평화롭게 입성할 수 있었다. 관아 건물도 있고 허물어지기는 했으나 읍성도 상당 부분 남아 있었다.

저목하에서 김종서 군을 따라온 만호 한 사람이 다온평에 대해 설명했다.

"여기서 3백 보쯤 북으로 가면 두만강에 이릅니다."

"여기 인구는 얼마나 살고 있나?"

김종서가 물었다.

"8백 호에 3천6백 명 쯤 됩니다. 그러나 지금은 몇 명이나 남아 있는지 알 수 없습니다."

"우리 관아의 관원들은 언제부터 없어졌느냐?"

"원래 경성군에 소속되어 있었는데 여진군과 다툼이 치열해지자 경성군으로 모두 옮겨갔습니다."

"오늘은 모두 쉬고 내일부터 진을 복구하는 일을 시작해야겠다."

그날 밤이었다. 김종서가 비어 있는 관아에 들어가 막 잠이 들려는 참이었다.

"장군님 계십니까?"

숙소의 초병이 밖에서 불렀다.

"무슨 일이냐?"

김종서가 다시 불을 켜고 물었다.

"여진 대장이 장군님을 뵙자고 합니다."

"들어오라고 해라."

뜻밖에도 우을미거였다. 여자 두 명을 데리고 왔다. 그중 한 여자는 비단옷을 입고 곱게 단장을 하고 있었다.

"밤중에 웬일이오?"

김종서가 약간 당황해서 물었다.

"장군께서는 고향 집을 떠나 온지도 오래 되었을 것입니다."

그 중의 한 여자가 통역을 했다. 말이 서툰 것으로 보아 조선 여자는 아닌 것 같았다.

"그렇습니다만……."

김종서가 이상한 낌새를 느껴 말을 얼버무렸다.

"적적하실 텐데 오늘밤 동무할 계집을 제가 데리고 왔습니다."

"뭐라고?"

김종서는 깜짝 놀랐다. 그가 무슨 짓을 하려는지 알았기 때문이다. 여진인도 수청 드는 기생을 데리고 다니나 보다고 생각했다.

"이 계집을 받아 주십시오. 잠자리가 꽤 괜찮습니다."

곱게 단장한 여인을 가리키며 말했다. 단장을 했어도 나이가 꽤 들어 보였다.

"고맙기는 하지만 나한테 그럴 것까지는 없소. 고향 떠난 군사가 어디 나 하나뿐이오?"

김종서가 몹시 난처한 표정을 지었다.

"그런 데 여진에도 접대하는 창기가 있소?"

"아닙니다. 이 계집은 제 처입니다."

"처라고요?"

김종서는 기절초풍하게 놀랐다.

"아니, 그럼 추장의 마누라를 오늘밤 나한테 준다는 뜻이오?"

"그렇습니다. 하룻밤 받아 주십시오."

"이 무슨 짐승 같은 짓이오. 썩 물러가라. 안 나가면 그냥 두지 않겠다."

김종서가 벌떡 일어서서 칼을 뽑아 들었다.

"장군님 참, 참으십시오."

우을미거와 여자 둘은 혼비백산해서 방을 뛰쳐나갔다.

'아무리 오랑캐지만 별 놈들이 다 있다.'

김종서는 혼잣말을 하면서 밤을 거의 뜬 눈으로 새웠다. 그리고 이튿날 아침 하경복, 홍득희와 아침 식사를 하면서 간밤에 겪은 황당한 이야기를 했다.

"나, 세상에 오랑캐, 오랑캐 하더니만 그런 오랑캐는 처음 보았네."

듣고 있던 홍득희가 말했다.

"그렇게 놀랄 일은 아닙니다. 여진족은 풍속이 다른 종족이 약 서른 개 정도 됩니다. 그 중에는 별난 풍속을 가진 종족이 다 있습니다. 귀한 손님이 오면 아내를 잠자리에 대접하는 풍속을 가진 부족이 꽤 있습니다. 서장 지방에도 그런 풍속이 있 있다고 들었습니다."

"여진족 중에는 이상한 풍속을 가진 부족이 그들뿐만이 아닙니다. 형님이 죽으면 형수를 아내로 맞이하기도 합니다. 친구가 죽으면 이마를 칼로 찔러 피가 나게 하고 피를 흘러내려 눈물과 섞이게 하는 풍습도 있습니다. 그야말로 피눈물이죠."

"대단한 우정이군."

홍득희의 말에 김종서가 감탄했다.

"내가 여기 오기 전에 고려사 편찬하는 일을 거들었는데 거기서 희한한 고대 풍습을 읽은 일이 있지."

"삼국유사 이야기입니까?"

하경복이 빙그레 웃었다.

"맞아. 삼국유사에 있는 기록이야. 신라의 문무왕조에 보면 문무왕의 이복동생으로 차득공(車得公)이라는 사람이 있는데, 왕이 이 사람을 왕으로 삼으려고 했지. 그랬더니 차득공이 세상 인심을 알아보고 온다고 하면서 주유천하를 하다가 무진주에 도착했어. 그때 그곳 관리가 차득공이 보통 사람이 아니라는 것을 알고 자기 처를 함께 자도록 바쳤다는 기록이 있거든."

"핫하하. 그것 참 좋은 풍속이오. 하하하."

심도원이 너털웃음을 웃자 하경복이 눈을 흘겼다.

"예끼 이 사람아!"

두만강은 말이 없다

김종서는 다온평에 인접한 훈융(訓戎)이 보기 드문 평야지대로 기름진 농토라는데 주목했다. 두만강 변에 있는 풍서(豊西)는 최북단 마을이었다. 김종서는 다온평, 풍서, 훈융, 유원(柔遠)을 합쳐 온성(穩城)으로 지명을 바꾸고 군으로 승격시키기로 임금에게 상계를 올렸다. 인구는 약 2천 명을 이주시키고 여진인의 귀화를 인정하며 신백정과 화전민은 모두 양민으로 바꾸어 농토를 분배하자는 계획도 상계하였다.

"우선 다온평에 본진을 구축하고 북변 풍서와 유원에는 산성 대신 목책을 쌓아 국경으로 만들어야겠다."

김종서가 부장과 인근 절제사를 모아놓고 앞으로의 계획을 이야기하였다.

"이곳을 방어하기란 쉽지 않을 것입니다. 더구나 훈융은 백여 년간 여진족이 살던 곳이라 다스리기 쉽지 않을 것입니다."

홍득희가 말했다.

"지형으로 보아서 소장백 산맥 줄기가 미산(美山)에 까지 닿아있더구먼. 미산에 올라가면 두만강 건너편이 잘 보이니까 거기에 진지를 구축하고 초병을 두도록 하는 것이 좋을 것 같다."

"미산보다 더 높은 산이 시루봉입니다. 시루봉과 미산을 연결하는 방어 목책이 좋을 듯합니다."

이적합의 의견이었다.

김종서의 계획대로 온성은 군으로서의 면모를 갖추기 위해 역사가 분주했다. 귀화하여 조선 백성이 된 우을미거는 부족을 정착시키기 위해 부지런히 일했다. 김종서는 임금의 윤허를 받아 우을미거를 만호로 임명했다.

김종서는 우을미거의 군사를 따로 편성하여 하경복 절제사의 수하로 활동하게 하였다.

"홍 편장, 동창이 와서 도절제사 만나기를 청합니다."

만호가 된 우을미거가 급히 와서 하는 말이었다. 여진 말을 아는 사람이 홍득희니까 찾아온 것 같았다.

"동창이 내 밑에서 병사로 있는데 무슨 소리요?"

"그 동창이 아니고 범찰의 심복 동창(童蒼) 말입니다."

동명이인이었다. 홍득희의 부하도 동창으로 본래 맹가첩목아의 수하였는데 홍득희 밑으로 와서 대성산 화적질할 때도 같이 일했다.

"백여 명을 끌고 왔는데 여차하면 싸움이라도 벌일 태세입니다."

홍득희는 김종서에게 설명하고 급히 군사 2백여 명을 거느리고 동창을 만나러 갔다.

동창은 평야 지대인 훈융벌에서 일자진을 치고 기다리고 있었다. 동창은 올적합이나 범찰과도 긴밀한 관계에 있는 추장이지만, 조선군에 적대감을 갖고 있는 것은 아니었다.

50보 정도의 거리를 두고 김종서와 동창은 말을 탄 채 마주 섰다. 홍득희와 이적합은 통역을 위해 말을 탄 채 맨 앞에 나섰다.

"여기는 조선 땅인데 허가 없이 국경을 넘어온 이유가 무엇이오?"

"도절제사와 담판할 일이 있어서 왔소."

"그렇다면 말에서 내려 예를 갖추고 아뢰시오."

홍득희가 엄숙하게 말했다.

그때였다. 여진군 쪽에서 갑자기 화살이 날아왔다.

"홍 편장, 피하시오!"

이적합이 소리 지르며 마상에서 훌쩍 날아 홍득희를 감싸 안았다.

"퍽!"

화살이 홍득희를 감싸고 있는 이적합의 어깨에 맞았다. 순식간의 일이었다. 하마터면 홍득희의 가슴에 맞을 뻔했다.

"공격하라!"

김종서가 칼을 빼 들었다.

"잠깐만요."

홍득희가 소리질렀다.

"나리, 조금만 기다려요. 실수인 것 같습니다."

김종서가 주춤했다. 동창은 곧 말에서 내려 말했다.

"장군, 실수입니다. 용서하십시오."

동창이 소리 질렀다. 그리고 활을 쏜 부하를 마상에서 끌어내렸다.

"네 맘대로 활을 쏘았으니 용서할 수 없다."

동창은 활을 쏜 부하를 단칼에 목을 쳐버렸다. 그리고 땅바닥에 부복했다.

동창의 행동으로 보아 싸우러 온 것이 아닌 것 같았다.

"제 부하가 성급하게 활 쏜 일을 용서하십시오. 저희는 싸우러 온 것이 아닙니다."

김종서가 이적합을 빨리 후송하여 홍석이로 하여금 치료하도록 명했다. 그리고 동창을 향해 말했다.

"그럼 무슨 연유로 조선 땅을 넘어 들어왔소?"

"조선에 살고 싶은 자들만 모아서 온 것입니다."

동창은 범찰과 헤어졌다고 말했다. 조선 땅으로 와서 살고 싶은데 받아 달라는 이야기를 하러 왔다고 했다.

"김 도절제사께서 여진인들의 귀화를 받아 준다고 들었습니다. 저희 족속이 1천여 명 되는데 받아 주시면 모두 무기를 버리고 조선 백성이 되어 성상께 충성을 다 하겠습니다."

김종서는 동창을 받아들이고 잔치를 베풀었다.

"고맙소. 회령, 경성, 온성 등 여러 곳에 땅을 줄 터이니 우리 백성이 되어 성상께 충성하기를 바라오."

김종서는 이렇게 말하여 돌려보낸 뒤 홍득희와 우을미거한테 물었다.

"설마 우리 땅에 들어오기 위해 거짓으로 술책을 쓰는 것은 아니겠지?"

"김 장군께서 보인 위력의 결과라고 보시면 될 것입니다. 승산이 없으니 일찍 항복하여 피해를 덜 입자는 것으로 보시면 될 것 같습니다."

홍득희의 의견에 우을미거도 고개를 끄덕였다. 이적합도 상처를 치료한 뒤 술자리에 나왔다.

"이 두령, 고맙소."

홍득희가 이적합을 보며 미소를 지어 보였다. 자기를 아껴주는 이적합의 마음이 한없이 고마웠다. 일찍부터 고아가 되어 자라온 홍득희는 목숨을 내놓고 자기를 지켜줄 진실한 사람이 이 세상에 있다는 것이 한없이 든든했다.

김종서는 동창을 은성의 천호로 임명하겠다고 말했다.

술이 한 순배 돌자 동창이 제의하였다.

"우리를 조선 백성이 되게 해준 은혜로 우리 부족이 대대로 물려받은 신궁을 김 장군에게 바치겠습니다."

동창이 거대한 활과 전통을 내놓았다.

"이 활은 3백 근이 넘습니다. 우리 부족 중에는 쏠 수 있는 장사가 아무도 없습니다."

그들이 신궁이라는 활은 정말 보기에도 웬만한 힘으로는 당길 수 없을 것 같았다. 더구나 오척 단구의 문약한 김종서가 쏘기는 불가능해 보였다.

"조선에도 이 활을 당길 만한 장사가 없는 모양이지요?"

동창이 으스대며 말했다.

"제가 해보겠습니다."

홍득희 별동대의 박무가 나섰다. 그는 힘이 장사로 웬만한 쌀가마는 두 어깨에 얹고 손에 들기도 했다.

그러나 이마에 힘줄이 서도록 활시위를 당겼으나 되지 않았다.

"조선에 장사가 많다고 하던데 허명인가 봅니다."

동창이 한잔 되자 큰소리까지 쳤다.

"내가 하겠소."

홍득희가 벌떡 일어섰다. 그러나 아무리 활을 잘 쏜다 한들 박무가 할 수 없는 일을 여자인 홍득희가 할 수 있을 것 같지는 않았다.

"내가 먼저 하겠소."

잠자코 있던 하경복 절제사가 벌떡 일어서서 활을 잡았다. 하경복은 젊은 시절부터 장사로 이름난 사람이었다.

활을 쥐고 시위 줄을 몇 번 튕겨본 하경복이 자신 있는 듯이 말했다.

"무엇을 쏠까요?"

"저기 밖에 매 놓은 황소를 쏘아라. 어차피 내일 술안주로 쓰려던 놈이다."

군량미 대신 몰고 다니는 소떼 중의 한 놈이 마당 끝 나무에 매여 있었다. 족히 1백 보는 되어 보였다.

"도살해도 좋습니까?"

하경복이 김종서를 보고 물었다.

"병사들 수고를 덜어 주겠군."

하경복이 활을 받아 들었다. 엄청나게 무거워 보였다. 하경복은 시위를 쭉 당겼다. 시위가 팽팽해졌다. 엄청난 힘이었다.

"아니, 어디서 저런 힘이……."

동창이 입을 딱 벌렸다. 하경복이 턱에까지 잡아당긴 시위를 놓았다.

'씨웅!'

화살이 우렁차게 바람을 일으키며 날아가서 황소의 정수리를 정확하게 맞추었다. 황소가 비명도 못 지르고 그대로 푹 고꾸라졌다.

"우와~"

모두가 탄성을 질렀다. 다들 하경복을 경이의 눈으로 쳐다보았다.

"별것 아니구먼."

하경복이 씩 웃으며 자리에 앉았다.

하경복은 소년 시절부터 힘이 세다는 이야기를 들어왔다. 그의 어머니는 자라가 품속으로 들어오는 꿈을 꾸고 하경복을 잉태했다 하여 별명을 왕빠(王八)라고 했다. '빠'란 팔(八)을 중국어로 발음한 것이었다.

진주가 고향인 그는 젊은 시절 지리산 중턱에서 호랑이를 만나 맨손으로 싸운 적이 있었다. 엎치락뒤치락 하다가 힘이 달릴 것 같아 호랑이를 껴안고 옆의 못으로 굴러 떨어졌다. 물속에서 호랑이 목을 눌러 물을 잔뜩 먹인 뒤 배가 불러 뒤뚱거리는 호랑이를 주먹으로 때려잡았다는 일화로 유명했다.

그가 군문에 처음 들어와 내금위 갑사로 일할 때였다. 엉뚱한 짓을 잘하기로 이름난 하경복은 궁내 순찰을 하다 말고 담 위에 피어 있는 매화나무를 휘어잡고 가지 하나를 뚝 꺾어 꽃을 투구에 꽂았다. 보고 있던 패두가 매화나무를 휘어잡는 그 힘에도 놀랐지만, 궁 안의 꽃을 꺾는 무모한 일을 나무랐다.

"내 고향 진주에 가면 저런 나무는 마소를 매어 놓는데 쓸 정도로 많아요. 땔감으로도 쓰는데 그것 좀 꺾으면 어때요."

하경복의 뻔뻔한 배포에 동료 갑사들이 혀를 내둘렀다고 한다.

"내일 아침엔 김 도절제사께서 한번 쏘아 보일 테니 그 활을 내 방에 좀 가져다 두시오."

홍득희가 말했다. 그 말에 놀란 것은 김종서 장군이었다. 김종서가

놀라 건너다보자 홍득희는 씩 웃어 보였다

술잔치가 끝나고 나오며 김종서가 홍득희를 보고 물었다.

“홍 편장은 나를 망신시킬 일 있나?”

“호호호. 밤에 조상님이 힘을 주실 것입니다. 걱정 마십시오.”

이튿날 아침이었다. 김종서 장군과 동창 추장을 비롯한 병사들이 본진 마당에 모였다. 정말 김종서가 여진족 활을 쏠 수 있을지 보려는 것이었다.

“홍 편장에게 활을 가지고 오라고 하시지요.”

동창이 싱글싱글 웃으며 말했다. 어림도 없는 짓을 하려는 김종서를 놀리는 듯 웃음을 띠었다.

“활 가지고 왔습니다.”

홍득희가 활을 들고 나와 김종서에게 건네며 슬쩍 귀띔을 했다.

“그냥 쏘세요. 될 겁니다.”

김종서가 힘겹게 활을 들고 시위를 당겼다. 의외로 쉽게 시위가 당겨졌다.

“어어?”

동창도 놀랐지만 더 놀란 사람은 김종서 자신이었다.

김종서가 허공을 향해 활을 당겼다.

‘피융—.’

화살이 허공을 가르며 무섭게 날아갔다.

“와아. 와아.”

병사들이 함성을 질렀다.

뒤에 김종서가 홍득희한테 슬쩍 물었다.

"어젯밤 꿈에서 조상을 못 보았거든."

"호호. 활에 불길을 살짝 쐬어 활대를 나긋나긋하게 만들었지요. 식으면 원래대로 돌아간답니다."

"하하하, 모두 속았군."

김종서는 유쾌하게 웃었다.

김종서 장군의 어머니가 돌아가셨다는 급보가 조정으로부터 왔다. 김종서는 급거 고향인 부여로 향하기 전에 부장들을 모아 놓고 지시했다.

"내가 고향으로 가면 어머니 상을 치러야 하고 시묘살이를 해야 하니 어쩌면 이곳에 다시 오기 어려울지도 모르오. 여러분은 하경복 절제사와 함께 육성 구축을 마무리하기 바라오. 다음 도절제사가 올 때까지 오랑캐의 움직임을 주의 깊게 보아야 할 것이오. 범찰, 올적합, 홀라온 등 세 추장이 결합하면 대군이 될 우려가 있으니 항상 경계하기 바라오."

홍득희는 김종서가 몇 년간 돌아오지 못할지 모른다는 말에 심란해졌다.

"장군님. 저는 장군님 때문에 여기까지 왔는데 돌아오지 않으시면 어떻게 합니까?"

"홍 처자, 너무 염려 말아라. 내가 장례 끝나면 계책을 세울 것이오."

김종서는 연민의 눈으로 홍득희를 바라보며 못내 아쉬운 발길을 남쪽으로 돌렸다.

김종서가 없는 동안에도 하경복 절제사와 심도원 부장 등은 육진 구축을 거의 마무리해 갔다. 어느 날 시루봉과 미산 초병들이 동시에 급보를 알려왔다.

"여진군 병사들이 기마를 앞세워 두만강을 건너고 있습니다!"

하 절제사는 곧 군사를 정비하고 전투태세를 갖추도록 명령했다. 김종서가 없다는 첩보를 듣고 침공하려는 것이 틀림없었다. 두만강만 건너면 바로 다온평 평야로 들어서기 때문에 시각이 급했다. 심도원이 풍서 쪽 길목에 2백 명을 거느리고 매복했다. 나머지는 목책 앞에 진을 쳤다. 우을미거 천호는 앞에 나서지 않고 다온평 본진의 길목에 매복했다.

정면에는 하경복이 직접 지휘하는 중군이 나섰다. 그 앞에는 홍득희 별동대가 하 절제사를 호위했다.

"저들이 먼저 쏠 때까지 기다려라!"

하경복이 명령했다.

"누가 옵니다."

여진 쪽에서 말을 탄 군사 한 명이 먼지를 일으키며 이쪽으로 달려오고 있었다. 여진 병사는 말이 들릴 만큼 앞으로 달려왔다.

"우리 장군의 말을 전하러 왔습니다."

"말해 보아라."

홍득희가 여진 말로 답했다.

"다온평, 훈융, 풍서, 미산은 원래 여진 땅이니 조선군은 여기서 철수하고 땅을 비워라."

하경복이 통역한 말을 듣고 있다가 소리를 버럭 질렀다.

"너희 추장은 도대체 어떤 놈인데 그따위 소리를 하는가?"

"우리 대장은 범찰, 올라합, 홀라온 장군이다."

"두만강 건너 흑룡강, 송화강까지가 옛 고려 영토이니 여기뿐 아니라 장차 우리 군사가 거기까지 갈 것이다. 너희 추장에게 전하라. 지금이라도 우리 성상께 항복하고 조선 백성이 되기를 원하면 받아줄 것이다."

하경복이 쩌렁쩌렁한 목소리로 말했다.

"싸우기를 원하니 우리 대장께 보고하겠소."

여진 병사는 말을 되돌려 자기 진영으로 달려갔다. 곧이어 여진군이 활을 쏘고 소리를 지르며 쳐들어왔다.

"응사를 하는 척하면서 계곡으로 후퇴한다. 거기에 심 장군이 있다."

하경복의 말대로 조선군은 일단 응사를 하면서 슬금슬금 후퇴했다.

조선군이 꽁무니 빼는 줄 알고 여진군이 북을 치고 소리지르며 달려왔다. 여진군이 계곡으로 들어온 것을 확인한 심도원 부대는 산 위에서 밑을 향해 화포를 퍼부었다.

화포 한 방에 서너 명씩 나뒹굴었다. 최산해가 수십 년에 걸쳐 개발한 화약 대포였다.

"돌아서서 반격하라."

하경복이 다시 반격 북을 울리라고 명했다. 후퇴하던 군사들이 일제히 돌아서서 공격을 시작했다. 여진군은 계곡에서 좌우 전방, 삼면의 공격을 받게 되었다.

싸움은 오래가지 않았다. 여진군은 얼어붙은 두만강을 가로질러 도망가기 바빴다.

"강 너머로는 가지 말라."

하경복이 일단 목책에서 공격을 멈추게 했다. 여진군은 전사자 20여 명에 부상자가 50여 명이나 되었다. 조선군의 피해는 화살을 맞은 자가 열세 명이었다. 전사자는 없었다.

하 절제사는 곧 임금에게 승전 보고를 했다. 임금은 사람을 시켜 치하하고 털옷과 털신을 하경복 장군, 부장들에게 보냈다.

모친상을 당해 부여로 간 김종서는 어머니 초상을 치르고 임금에게 청원을 올렸다. 시묘를 살아야 하니 관직에서 물러나게 해달라는 것이었다. 세종은 윤허하지 않고 김종서를 경복궁으로 불러 올렸다.

임금은 김종서의 모친상에 위로의 글과 함께 관과 곽, 쌀, 콩, 종이 등 상당량을 부조했다. 그리고 김종서를 강녕전으로 불러 고기를 잔뜩 차린 음식상을 내놓았다.

"상제가 되면 고기를 먹지 않는 것이 예법이기는 하나 이것은 군주인 과인이 내리는 것이니 먹지 않으면 불충이 되오."

"성은이 망극하옵니다."

"경의 북방 계책은 아직 끝나지 않았소. 송화강 근방의 공험진 고토를 회복하여 고려의 기개를 살려야 하오."

임금은 틈날 때마다 두만강 북쪽 7백 리, 윤관의 국경비가 나온 공험진 회복을 강조했다. 임금의 따뜻한 배려에 김종서는 눈물을 흘리며 고기를 먹었다. 그러나 모래를 씹는 맛이었다.

김종서는 다시 함길도로 복귀했다. 함흥부와 경원성, 경성, 회령, 부령, 종성을 거쳐 온성으로 돌아왔다.

"우리가 강성해지고 백성이 모두 잘 살면 여진족이 스스로 고개 숙이고 올 테니 구태여 싸우러 나가지 않아도 될 것이오. 온성진이 완성되면 다음에 공험진을 수복해야 할 것이오. 그때까지 힘을 기르고 적정을 잘 감시해야 할 것이오."

다시 돌아온 김종서가 포부를 밝혔다.

한 해가 가고 경신(1440)년 새해가 밝았다. 홍득희가 새해 인사차 김종서의 본진을 찾아갔을 때였다.

"새해에는 무운장구 하시옵소서."

홍득희가 한복을 곱게 차려입고 절을 했다.

"홍 편장. 새해에는 꼭 짝을 찾으시오."

홍득희는 그 말이 그냥 덕담으로 만은 들리지 않았다.

"장군, 무슨 일이 있으십니까?"

"늙은 노장에게 무슨 일이 있겠나. 병마가 침노하니 고향으로 돌아가 늙은 조강지처 곁에 있고 싶구나."

평소의 김종서답지 않은 말에 무엇인가가 있다고 생각하고 홍득희는 더 이상 묻지 않았다.

며칠 뒤 한성에서 홍득희에게 급히 오라는 전갈이 왔다. 관찰사를 통해 전해진 승정원의 전갈이었다. 홍득희는 홍석이와 이적합을 데리고 말을 달려 한성으로 갔다. 홍득희가 승정원에 들어서자 승지 김돈이 반색을 했다.

"전하께서 기다리고 계십니다."

"무슨 일입니까?"

"아마도 김종서 도절제사에 관한 일인 것 같습니다. 따라오시지요."

홍득희가 사정전에 들어서자 임금이 반갑게 맞이하였다. 홍득희는 다소곳이 큰절을 올렸다.

"먼 곳에서 오느라 수고가 많았네. 북방 소식은 내가 자세히 듣고 있는데 고생들이 심한 만큼 성과도 크네. 조선의 마지막 국경은 공험진이라는 것을 잊지 말아야 하네."

"몸과 마음을 다하여 백성된 도리를 다하겠습니다."

홍득희가 공손하게 대답했다.

"내가 김종서한테 알리지 않고 홍 편장을 부른 것은 은밀히 좀 알아볼 일이 있어서라네."

"천리 먼 곳 말직에 있는 소인이 무엇이 아는 것이 있겠습니까. 황공할 따름입니다."

임금이 도승지를 보고 말했다.

"김종서의 전서(箋書)를 가져오게."

도승지가 두터운 두루마리를 가지고 왔다.

"도승지가 좀 읽게. 나는 눈이 시원찮아서……."

도승지가 두루마리를 펴 읽었다.

"신하가 임금에게 박절한 일이 있으면 울면서 고하는 것이 이치상 당연합니다.

가만히 생각하건대 재주가 용렬한 신에게 감히 이룩하지 못할 북방의 일을 명하셨습니다. 어명을 받은 후 침식을 잊고 오로지 일의 성사를 위해 매진하였을 뿐 신의 명예는 추호도 돌보지 아니하였습니다.

이제 수만 명의 백성들을 변경으로 옮기고 풀밭을 농토로 바꾸어 살게 하였습니다. 회령, 경원, 경성 등에 성을 쌓아 백성이 안심하고 살게 하였습니다. 일을 하다가 보면 어찌 백성의 원망이 전혀 없을 수 있겠습니까. 전쟁은 병가지상사라 미리 준비하는 일을 어찌 게을리 하겠습니까. 적의 소굴이 눈앞에 있는데 어찌 사졸을 엄히 교육시키고 갑옷을 준비하고 병기를 다듬는 일을 게을리하겠습니까.

이런 일을 엄히 밀고 나가면서 어찌 원망하는 관리가 없을 수 있겠습니까. 북방에서 하는 사업으로 인하여 자식을 멀리 보낸 관리들의 원망이 어찌 없겠습니까. 신의 일과 가족에게 없는 사실을 그럴듯하게 꾸며서 어려운 지경에 빠지게 하는 일도 어찌 없겠습니까.

사사로이 원망을 품은 자의 말을 어찌 옳다고 하겠습니까. 비록 신의 몸이 만 리 밖에 있사오나, 구중궁궐에 계신 전하께서도 언젠가 밝은 진실을 아시옵게 될 것이라 사뢰옵니다. 예부터 열심히 일하는 신하는 비방과 헐뜯음을 많이 당합니다. 그러나 신은 무함에 흔들리지 않고 죽음이 올 때까지 그치지 않으려고 했습니다. 그러나 불행하게도 신이 풍질을 얻어 반신이 마비되어 몸을 쓸 수 없이 아파 뜸뜨고 약을 먹어도 낫지 않고 날이 갈수록 더해갈 뿐입니다.

신의 여생이 얼마 남지 않았습니다. 바라옵건대 성심으로 신을 불쌍히 여기시어 고향으로 돌아가게 하옵소서. 소원을 이루지 못하여 눈물로 호소합니다."

김돈 도승지가 편지를 다 읽고 나자 임금이 물었다.

"홍 편장은 김종서가 이런 전서를 보낸 것을 알고 있었는가?"

홍득희는 전혀 알지 못할 뿐 아니라 내용을 듣고 무척 놀랐다. 한양으로 오기 전에 김종서가 고향으로 갈 뜻을 비친 것도 이 일 때문인 것으로 생각되었다.

"전혀 들은 바가 없습니다."

"왜 이런 전서를 보낸 것 같은가?"

"전혀 짐작 가는 바가 없습니다. 망극하옵니다."

"도승지는 아는 것이 있으면 말해 보아라."

임금이 말하자 도승지는 약간 주저하다가 입을 열었다.

"사헌부에서 탄핵을 준비하는 것으로 아룁니다."

"사헌부에서 김종서를 탄핵하려고 한단 말인가?"

임금도 놀라서 물었다.

"그러하옵니다."

"그 내용이 무엇인고?"

"신이 지난 연말에 들은 바가 있습니다. 사헌부에서 준비하고 있는 것은 김종서의 개인 비리에 관한 것입니다."

"그 내용을 아는 대로 말해 보아라."

"그때 사헌부에서 확실한 증좌가 없으니 그만두자는 논의를 하고 있어서 아뢰지 않았습니다."

도승지가 연유를 설명했다. 홍득희는 도승지가 왜 보고하지 않았느냐고 문책 당할까봐 전전긍긍하는 것 같다고 생각했다.

"그래 더 자세히 이야기해 보아라."

"신이 십여 가지 일이라고 들었습니다. 홀라온이 김종서의 애첩에게 뇌물을 바쳤다고 합니다. 김 도절제사는 그 뇌물을 그대로 서울 본가로 보냈다고 합니다. 둘째는 수복한 땅을 백성들에게 주면서 자기 마음에 드는 사람만 골라서 했다고 합니다.

셋째, 모친상을 마치고 북변으로 돌아갈 때 안변에서 기생을 데리고 갔다는 것입니다. 그 외의 것은 신이 자세히 알지 못합니다. 허나 김종서가 유학자이온데 어찌 그런 일이 있을 수 있겠습니까."

"허허, 참 괴이한 일이다. 홍득희 편장이 잘 알 터이니 아는 대로 말해 보거라."

임금이 어이없다는 표정으로 말했다.

"소인의 생각으로도 터무니없다고 생각됩니다. 쇤네가 북변으로 가면서 지금까지 장군과 가장 가까운 거리에서 일을 도와왔습니다. 그런데 일을 하는 동안 내내 생명의 위협을 느끼며 지휘했습니다. 어느 순간에 적의 기습을 받아 죽을지 모르는데 무슨 기생입니까? 홀라온이 애첩에게 뇌물을 주었다고 하는데 홀라온이 보이면 잡아서 포로를 삼았겠지요. 애첩도 본처도 그곳에는 없는데 무슨 뇌물을 받습니까? 장군께서 모친상 이후 부임하면서 내내 애통한 심정을 금할 수 없이 보여 곁에서 보는 사람도 눈시울이 뜨거웠는데 무슨 기생입니까? 그리고 농토를 갈라 주는 일은 그 오지에 무슨 친소 관계에 있는 지인이 있겠습니까. 그런 일은 전혀 없는 것으로 아룁니다."

홍득희는 슬그머니 부아가 나서 소리를 높여 아뢰었다.

"농토를 마음대로 갈라주어도 좋다는 것은 과인이 이미 교지를 내린 바 있으니 전혀 문제가 되지 않는다. 내 홍 편장의 말을 들으니 속이 시원하다. 다른 사람이 큰 공을 세우면 꼭 헐뜯는 사람이 나온다는 것은 매우 슬픈 일이다. 홍 편장은 돌아가서 사임은 윤허할 수 없고 무함은 무함이니 마음 쓰지 말라고 일러라."

임금은 흔들리지 말고 약을 단단히 써서 몸을 돌보고 반드시 국토를 지키라는 교지를 내려 보냈다. 그리고 임금은 김종서가 함길도에 있는 동안 서울의 김종서 본처가 아프다는 이야기를 듣고 여러 번 고기와 약을 내려 보내는 등 자상하게 가족을 돌보았다.

그해 12월 임금은 김종서를 형조판서로 발령을 냈다. 함길도 병마도절제사는 관찰사 이세형이 대신하게 하였다.

"이제 온성군이 완성됨으로써 북변 육진의 구축이 끝났다. 나는 한성 조정으로 들어가니 홍 편장은 당분간 여기서 뒤처리를 부탁한다. 곧 다른 임무를 서울에서 줄지도 모른다. 전하의 명을 들어 보겠다."

김종서가 한성으로 돌아오자 임금은 조정에서 판서로 일하더라도 북변에 관한 일은 반드시 지휘를 해야 한다고 말했다. 공험진을 수복할 때까지 잊지 말라고 했다.

하늘과 땅과 사람

임금이 정인지, 신숙주, 성삼문 등 정음청 학자들을 불러 놓고 새로 만들 글자에 대한 설명했다.

"우주의 이치 중에 가장 중요한 것은 삼재(三才)이다. 즉, 하늘과 땅과 사람인 것이다. 이 세 개의 삼극을 발성의 중심에 두고 그 모양을 과인이 만들었는데 경들의 의견을 듣고자 하오."

임금이 화선지를 펼쳤다. 거기에는 점을 찍은 것 같은 동그라미와 옆으로 그은 줄 하나, 그리고 내리 죽 그은 작대기 모양의 그림이 세 개 그려져 있었다.

정인지 등은 영문을 몰랐다.

"이것이 한자는 아니고……"

"아니지. 옆으로 그은 것은 한 일 자(一) 아닌가."

학자들은 제각각 다른 추측을 했다.

"이 동그란 점은 둥근 하늘을 뜻함이요, 옆으로 그은 선은 평평한 땅을 말함이고 세로로 그은 선은 땅 위에 서 있는 사람의 형상이다."

"그런데 이것이 새 글자와 무슨 상관이 있습니까?"

최만리가 질문했다.

"이 세 가지 근본을 중심으로 발성 구도를 만들고자 한다. 오랑캐 글자 중에는 이와 비슷한 이치를 가진 것이 많다. 중국의 황찬은 이러한 교합의 기본이 되는 모음(母音)에 대해서는 과인의 의견을 높이 여긴다고 하였다."

"우주의 이치는 삼재보다는 음양의 양극에 있사옵니다."

최만리가 못마땅한 어조로 말했다. 고집 세고 바른말 하기로 유명한 최만리다. 오죽했으면 동료 학자들이 최고집이란 별명을 지어 주었을까.

"옳거니. 음양의 이치가 새 글자에서 빠져서는 안 되지. 세로로 그은 이 사람의 형상에 하늘을 가져다 붙인다고 생각해 보게. 세로의 왼쪽, 즉 안쪽으로 점을 붙이면 음이 되고(• ㅣ= ㅓ), 세로 막대의 오른쪽, 즉 바깥쪽에 하늘인 점을 붙여 보면(ㅣ • = ㅏ) 양이 된다."

임금이 직접 붓으로 점을 찍으면서 설명했다.

정인지, 신숙주 성삼문 등은 고개를 끄덕였으나 최만리는 벌레 씹은 표정이었다.

"이것이 문자라고 한다면 무슨 의미가 됩니까? 하늘과 사람, 즉 천인(天人)이란 의미입니까?"

최만리가 또 볼멘소리로 문을 했다.

"새 글자는 뜻을 나타내는 것이 아니라 소리를 나타내는 것이라네."

"소리만 나타내는 것을 어찌 문자라고 할 수 있습니까? 문자란 모양을 보고 뜻을 알아야 하는 것 아니옵니까?"

최만리의 트집에 임금은 그저 빙그레 웃기만 했다.

"경의 말도 옳다. 그러나 경은 음운의 이치를 깨닫지 못해서 그렇게 생각하는 것이라네."

최만리가 계속해서 반대 논리를 펴자 정인지가 말렸다.

"전하께서 안질(눈병)이 심한 것 같으니 신들이 다시 가서 연구해 봄이 옳을 듯하옵니다."

실제로 임금은 안질 때문에 수건으로 눈가를 닦고 있었다.

안질이 도진 임금은 소헌왕후와 함께 충청도의 초정 온천으로 요양을 갔다. 왕후뿐 아니라 세자와 진양대군, 안평대군도 함께 갔다. 궁정이 몽땅 옮겨가다시피 한 대행렬이었다. 수행하는 궁녀와 각종 유사관원도 3백여 명에 이르렀다. 거기다가 시위하는 갑사들이 수십 명이니 어마어마한 행차였다.

임금은 이 무렵 안질만 있는 것이 아니라 풍질에, 피부에는 종기까지 있어 건강 상태가 말이 아니었다. 임금 뿐 아니라 소헌왕후도 건강이 좋지 않아 자주 온천에 다니는 편이었다. 세자 또한 몸이 약해 늘 탕약을 달고 있었다.

"중전은 내 걱정 말고 푹 쉬면서 기력을 회복하시오."

임금이 곁에서 안질 약을 준비하고 있는 왕후를 보고 걱정스럽게 말했다.

"소첩이야 아직 큰 탈이 없으니 근심 놓으십시오. 전하께서 요즘새 글자 창제에 너무 심혈을 기울이는 것 같아 걱정되옵니다."

"이제 내가 멸도(滅度)의 날이 얼마 남지 않은 것 같은 생각이 자꾸 들어 큰일을 속히 마무리하여야겠소."

"지금 멸도라고 하셨습니까?"

왕후가 깜짝 놀라 되물었다. 멸도란 불교 용어로 열반에 이른다는 뜻이다. 왕후가 놀란 것은 죽는다는 의미 때문이기도 하지만, 임금이 불교 용어를 서슴없이 쓰는 것에 더 놀랐다. 조선의 건국이념인 억불숭유는 겉에 드러난 통치이념일 뿐 종실의 개개인도 대부분이 불력을 믿고 있었다. 특히 소헌왕후는 드러나지 않는 신실한 불자였다.

"나는 좀 쉴 터이니 중전은 온천탕에 다녀오시오,"

"안약 다 바른 뒤에 가겠습니다."

소헌왕후가 임금의 눈 가장자리의 눈곱을 조심스럽게 떼 낸 뒤 약을 발랐다. 눈에 약을 바르는 일은 다른 내관이나 전의를 시키지 않고 꼭 왕후가 했다.

안약을 바를 때는 임금이 왕후의 무르팍을 베고 누워야 했다. 왕후는 자기의 무르팍 위에 위치한 용안을 내려다보며 정성스럽게 약을 발랐다. 30여 년을 임금과 함께 살았지만 약을 바르는 이 순간처럼 흐뭇하고 행복한 때가 없었던 것 같다. 귀밑머리에 백발이 두 가닥 자랐을 때에 임금이 신경 쓰던 일이 생각났다. 이제는 헤아릴 수 없이 많은 백발이 나 있었다. 왕후는 그때 임금이 뽑지 말라고 내관에게 소리치던 모습을 떠올리며 혼자 웃었다.

"뭐가 우스운 일이 있소?"

눈에 약이 들어가 앞이 잘 안 보이는 임금이 왕후가 웃는 소리를 듣고 물었다.

"전하가 쩔쩔 매시던 첫날밤을 생각했어요."

소헌왕후는 엉뚱한 대답을 해 놓고는 정말로 웃었다.

"첫날밤을 내가 어떻게 했던가."

"소첩보다 두 살이나 어렸으니 동자에 불과했지요. 아무 것도 할 줄 몰라 소첩이 다 했었지요. 호호호."

소헌왕후가 더 못 참겠다는 듯이 큰 소리로 웃었다.

"마마, 찾아계시옵니까?"

웃는 소리를 듣고 한 상궁이 들어왔다가는 양전하의 모습을 보고 황급히 나갔다.

소헌왕후가 상궁들을 데리고 온천욕을 하고 들어와 보니 임금은 책을 펴놓고 붓으로 무엇인가를 쓰는데 열중해 있었다.

"전하, 안질에 해롭습니다."

왕후가 펄쩍 뛰었다. 그러나 임금은 들은 척도 하지 않았다. 임금은 새 문자에 관한 보따리를 싸들고 와서 그 틈에 다시 펼쳐놓고 연구하는 것이었다.

"중전. 아이들 좀 들어오라고 하시오."

"세자 말씀인가요?"

"진양과 안평도 오라고 하시오."

소헌왕후가 세 왕자를 불러 놓고 나갔다. 온천 동네의 좁은 민가라서 네 사람이 앉으니까 방안이 꽉 차는 것 같았다.

"아바마마, 눈이 안 좋으신데도 글자 연구를 하십니까?"

세자가 걱정을 하면서 앉았다.

"눈이 이만큼이라도 보일 때 이 대업을 마쳐야 한다."

임금은 화선지를 삼형제 앞으로 내밀었다.

"이것이 하늘과 땅과 사람을 나타내는 삼재라는 것은 전번에 들어서 알 것이다."

"예. 아바마마."

"그런데 이것을 읽는 소리 값이 있어야 할 것이다."

임금은 하늘이라고 하는 동그란 점을 손가락으로 짚었다.

"이것을 무엇이라고 소리를 내야 하느냐 하면……."

"소리가 왜 중요합니까? 문자란 뜻이 중요한 것 아닙니까?"

안평대군이 말했다.

"세상의 문자는 크게 나누어 두 가지가 있단다. 모양을 보고 뜻을 아는 것과 말하는 것을 소리 나는 대로 적는 것이 있다."

"이 새 문자는 소리만 적는 것이군요. 하지만 그것으로 의사가 전달됩니까?"

이번에는 세자가 물었다. 글자는 뜻이 아니라 소리라니, 너무나 생소했다.

"세자는 닭 우는 소리를 내 보아라."

"꼬끼오."

세자가 흉내를 내놓고는 씩 웃었다.

"그것을 한자로 써 보아라."

"음……."

세자는 한참 생각하다가 붓으로 썼다.

"계명성(鷄鳴聲)."

"그게 꼬끼오냐?"

"닭 울음소리, 맞지 않습니까?"

임금이 한숨을 쉬었다.

"형님이 쓰신 것은 뜻을 말하는 것이지요. 소리를 흉내 낸 것은 아니지요."

진양대군은 금세 임금의 가르침을 이해했다.

"그렇다. 사람들이 세상의 일을 전달할 때 뜻으로 전달하기 위해서는 한자와 그 뜻을 모두 익혀야 한다. 그러나 일상 하는 말을 소리대로 적는다면 훨씬 쉽게 알아볼 것 아닌가."

"아바마마의 뜻이 정말 오묘합니다."

안평대군이 고개를 끄덕였다.

"그야 글자를 모르는 천민들이나 필요한 것이지, 사대부야 모두 한자로 소통하지 않는가."

세자가 안평에게 반박했다.

"한자를 모르는 백성을 위해 만드는 것이다."

세종이 다시 진양을 보고 말했다.

"입을 동그랗게 벌리고 혀를 가만히 두고 목청을 내 보아라."

진양이 전에 한번 해본 일이 있는 흉내를 다시 내었다.

"아, 아……."

"자세히 들어 보면 '아' 같기도 하고 '오' 같기도 하지 않느냐?"

세 왕자는 고개를 끄덕였다.

"이것은 하늘을 뜻하는 모음의 기본이 될 것이다. 소리는 탄(呑)의 중성에 해당하는 것이다."

"음양의 중간이란 뜻입니까?"

세자가 질문했다.

"음양의 중간이 아니고 초성, 중성, 종성의 중성이 될 것이다. 새로 만드는 모든 글자는 초성, 중성, 종성으로 규합해서 한마디를 이루게 될 것이다."

"글자 3자를 조합해서 한 글자를 만든다는 뜻입니까?"

진양대군이 물었다.

"옳거니."

"한자는 평, 상, 거, 입의 사성(四聲)으로 되어 있지 않습니까?"

안평대군이 물었다.

"그렇다. 그러나 한자의 사성 표시는 새 글자의 초성, 중성, 종성과는 근본적으로 다르다. 비교해서는 안 된다. 사성은 발음의 높낮이, 빠르고 느리기를 말하는 것이지만 새 글자는 그것을 상관하지 않는다. 글자의 3요소가 모여 한 글자를 이루는 것을 말한다. 말하자면 나무 목 자 셋이 모여 한 글자를 만들면 무슨 자가 되느냐?"

"나무 빽빽할 삼(森) 자가 되지요."

"원리는 다르지만 새 글자로 이렇게 여러 자를 모아서 한 글자를 만드는 방식이다."

임금은 글자의 원리를 이해시키는 데 땀을 뻘뻘 흘렸다.

"탄자는 초성으로 들어갈 글자가 있고 중간에 • 자가 들어간다. 그리고 마지막 종성이 들어가서 글자가 완성된다. 탄, 갑, 학의 중간 발음이 모두 • 로 표시된다는 뜻이다."

그제야 세 왕자가 고개를 끄덕였다.

"이것은 어떻게 읽는 것인가?"

임금이 'ㅡ'자를 가리켰다.

"한자의 한 일자 같은데요."

진양이 대답했다.

"이것을 읽어 보아라."

임금이 즉(卽) 자를 써놓고 말했다.

"곧 즉 자입니다."

세자가 대답했다.

"맞아. 즉자의 중성이 바로 이 글자의 발음이 된다."

임금은 다시 세로 붓을 그어 'ㅣ'자를 썼다.

"이것은 침 자의 중성이다."

임금은 붓으로 범할 침(侵) 자를 써 보였다.

"이 세 글자로 모든 소리의 중성을 표현해야 합니까?"

안평대군이 물었다.

"그렇지 않다. 이 3자를 합쳐서 여러 글자의 중성을 만들어 내야 한다."

임금은 붓으로 ㅣ 오른 쪽에 • 을 가져다 붙였다. 'ㅏ'자였다.

"사람의 오른쪽에 하늘이 달렸군요. 하하하."

안평대군이 웃었다. 모두 따라 웃었다.

"안평의 말이 맞다. 하늘과 사람을 묶은 글자이다. 이것은 담(覃) 자의 중성과 같은 것이다."

"그러니까 초성과 종성을 빼면 '아'의 소리를 내게 되는군요."

진양이 고개를 끄덕였다.

"바로 그러하다. 탄의 발음과 상당히 닮았지만 실은 다른 소리로 중성이다."

임금은 다시 ㅡ 위에 둥근 점을 찍었다. 'ㅗ'자였다.

"이것은 홍(洪) 자의 중성과 같은 것이다."

"'오'로군요."

영리한 진양대군은 금방 터득한 것 같았다.

"마마, 조금 쉬고 하시지요."

한참 공부에 열이 올랐는데 소헌왕후가 불쑥 들어와서 말했다.

"이것은 모두 모음을 만드는 방법이고, 이제 이 글자들과 짝을 이룰 자음을 만들어야 한다."

임금이 결론을 말하고 붓을 놓고 일어섰다.

"밖에 나가 바람이나 좀 쐴까."

임금과 삼형제는 광목을 둘러쳐서 만든 여러 개의 노천 온천을 걸어 나갔다.

양쪽에 높이 솟은 산은 녹음이 무성하다. 골짜기라서 논은 보이지 않고 밭농사가 한창이다. 어디서 매미 우는 소리가 한가롭게 들렸다.

"채소밭이 풍성하구나!"

상추며 마늘, 가지가 주렁주렁 열렸다.

"가지가 중국에는 없는 모양이죠?"

세자가 주렁주렁 달린 가지를 보며 말했다.

"중국에 가지가 없을 리가 있나?"

세종 임금이 세자를 돌아보며 물었다.

"지난번 명나라 사신이 와서 영접하러 나갔을 때 사신이 '이 나라의 가지는 어떻게 생겼소?' 하고 묻기에 보여 주었더니 신기하다고 씨를 달라고 해서 준 일이 있습니다."

"허허. 그래?"

"그 자는 옛적 자신이 서역에 사신으로 갔을 때는 포도 종자를 얻어 온 일도 있다고 합니다."

"호기심이 많은 사신이구나."

"그뿐 아니라 여기서 한강이 얼마나 머냐, 어디에 가면 경치가 좋으냐, 그런 것을 물었습니다. 경회루의 누각을 신기하게 생각했습니다."

"창기 적선아를 좋아했던 그 사신 말이구나."

임금이 그 사신이 누구인지 생각난 듯했다. 명나라 사신이 창기들의 접대를 받다가 관습도감의 기생 적선아를 좋아해서 바치라는 눈치를 보였다. 그러나 영접사로 나간 판사 김윤이 적선아와 간통하고 있는 사이라 바치지 못하게 방해를 했다. 이 일로 관습도감 관리 등이 사헌부에 불려가 형벌을 받은 일이 있었다.

세 부자는 다정하게 계곡을 걸으며 이런저런 이야기꽃을 피웠다. 임금은 세 아들을 흐뭇하게 돌아보았다.

"내가 온천에 오기 전날 강녕전에 이상한 일이 일어났었는데 듣지 못했느냐?"

이야기 도중 임금이 조금 낯빛을 바꾸며 말했다.

"듣지 못하였습니다."

"궁녀 아이 하나가 제조상궁에게 이르기를 강녕전에 큰 뱀이 한 마리 들어오더니 기둥을 오르락내리락 하더라는 거야."

"예? 뱀이요?"

삼형제가 놀라 걸음을 멈추었다.

"암. 내가 괴이하게 생각하여 내시들을 불러 찾아보라고 했다."

"그래서 찾았습니까?"

안평대군이 몹시 불안한 얼굴이 되었다.

"찾지 못해서 횃불을 밝히고 샅샅이 뒤지라고 했지."

"그때 아바마마께서는 어디에 계셨습니까?"

"전각 섬돌에 서서 기다렸지. 한참 만에 엄 내관이 와서 뱀을 잡았다고 하더군. 책상 위에 올라가 있더라는 거야."

"하하하. 뱀이 새 글자 만들러 온 것 아닐까요?"

안평대군이 깔깔 웃었다. 모두 따라 웃었다.

"그래서 그 학자 뱀은 어디로 갔습니까?"

진양대군이 물었다.

"궁 밖에 나가 먹을 것 많은 곳으로 보내라 했다. 내가 곰곰이 생각해보니 이것은 아무래도 하늘의 계시 같다."

"하늘의 계시라니요? 어인 말씀이신지요?"

세자가 물었다.

"금년은 가뭄이 계속되고 있는데 여러 곳에서 괴이한 징조도 많이 나타났거든."

"큰 사찰에 가서 수륙재(水陸齋)라도 올리심이 어떠한지요?"

진양대군이 제의했다.

"그도 생각해 볼 일이야. 특히 내가 조심해야 할 일이 많은 것 같아. 이번에 한성에 올라가면 경복궁에 가지 않고 진양의 집에 가서 좀 쉬어야겠다."

"어마마마도 함께 이어하시지요."

세자가 말했다.

"내년에는 가뭄으로 백성의 고통이 심할지 모르니 미리 좋은 방책을 많이 세워야 할 것이다."

"전농시 등에서 애를 쓰고 있습니다."

세자가 대답했다.

"농사일을 잘 되게 하는 것은 하늘의 도움도 있어야 하지만 농민들이 스스로 노력해야 할 것이야. 나라에서도 물론 정책을 잘 써야 하겠지만……."

잠시 숨을 돌린 임금이 화제를 바꾸었다.

"무오년에 정몽주의 아들 정종시에게 판전농시사 관직을 주었는데 지금 생각하면 잘한 일이야."

"그러하옵니다.《삼강행실도》의 충신도에 정몽주를 넣은 것도 참 잘하신 일입니다."

진양이 말했다.

"전번에 교지를 내린 호화주택을 개량하는 일은 어떻게 되어 가느냐? 근검절약하는 기풍을 일으켜야 한다."

"집현전에 일러 옛일을 상고하여 올리라고 하였습니다."

"기와는 암키와와 숫키와가 있는데 어느 것이 경비가 적게 들고 만들기 쉬운지 알아보고 좋은 쪽으로 권장해야 할 것이다."

임금의 말에 진양대군이 대답했다.

"안웅선이 말하기를 중국의 민가에서는 모두 암키와를 쓴다고 하였습니다."

"삼포의 교역 물품을 다시 점검해서 사치한 방물이 너무 들어오지 않게 해야 할 것이야."

온천에 보름 동안 머물렀으나 임금이나 왕후의 병세는 호전되지 않았다. 임금은 상경하면서 진양대군의 집으로 이어하여 상당기간 환궁하지 않았다.

'꼬끼오'를 한자로 쓰면

진양대군의 집에서 요양하던 임금은 달포만에 경복궁으로 돌아왔다. 소헌왕후의 병은 좀체 호전되지 않았다. 임금은 왕비가 몸이 불편해지자 대전에 나가는 시간보다는 내전에서 왕후와 함께 있는 시간이 훨씬 많아졌다.

국사는 대신들의 반대를 무릅쓰고 세자에게 거의 맡겼다. 그리고 임금 자신은 오직 새 글자 창제에 온 정성을 쏟았다. 임금은 자신의 명운이 얼마 남지 않았다고 생각 했는지 국사와 왕실의 일을 마무리해 나갔다.

"전하, 대전을 그렇게 비워도 괜찮습니까?"

임금이 교태전에 종일 머물자 왕후가 걱정스럽게 여쭈었다.

"세자가 국사를 다 알아서 하니 걱정할 것 없소. 지금은 새 문자를 만드는 이 일이 가장 큰 국사입니다."

세종은 어탁 옆에 음운에 관한 책을 산더미처럼 쌓아 놓고 붓으로 계속 무엇인가를 썼다.

왕후는 임금 곁으로 다가가 임금이 쓰고 있는 글자를 보았다.

"전하, 그게 무엇이옵니까?"

임금은 이상한 기호 같은 것을 쓰고 있었다.

"중전은 처음 보는 글자일 것이오. 장차 백성들이 편히 쓰자면 획수가 적고 외우기 쉬워야 합니다."

임금이 잠시 붓을 멈추고 왕후를 쳐다보았다.

"시집올 땐 참 고왔는데……. 그러나 세월이 흘러도 중전의 아름다움은 변하지 않는구려."

임금이 정감어린 눈빛을 보냈다.

"전하, 황공하옵니다. 하오나 신빈만큼이야 하겠어요."

소헌왕후가 일부러 눈을 흘겨보였다. 임금이 총애하는 후궁은 신빈 김씨라는 것을 잘 알기 때문에 하는 말이었다.

"아무리 고와도 찔레꽃이 모란되나? 하하하."

세종이 멋쩍은 듯 웃음을 터뜨렸다.

"그나저나 중전 몸이 많이 상한 것 같은데 중국에 전의를 보내 새로운 약이 있는지 알아보는 것이 어떻겠소?"

"성은이 망극하옵니다. 그러나 당치 않은 말씀입니다."

"당치 않다고?"

임금이 의아해했다.

"전하께서는 지금 왜 새 글자 창제에 심혈을 기울이십니까?"

왕후가 약 이야기를 하다 말고 느닷없이 글자 이야기로 말머리를 돌렸다.

"그야 한문자가 우리 백성의 말과 다르기 때문에 우리 백성에게 맞는 글자를……."

여기까지 이야기하던 임금은 그제야 왕후의 말뜻을 비로소 알았다.

"조선 사람이 조선 풍토에 맞는 약재를 써야지 왜 외방 약을 쓰느냐는 질책이구려."

"송구합니다."

"하하하. 중전이 새 글자 만드는 데 큰 힘을 보태주는군요."

"너무 무리하지 마시고 옥체를 보존하셔요."

"중전은 30년을 과인과 함께 살면서 항상 도움을 주었소. 단 한 번도 청탁 같은 것을 한 일이 없소. 이제 무엇이든지 들어줄 터이니 앞으로는 서슴없이 이야기 하시오."

"왕비보다는 한 지어미로서 조용히 세상을 살다가 가고 싶습니다. 부처님에게 귀의하고 싶습니다."

임금은 왕후의 얼굴을 바라보며 한없는 연민의 정을 느꼈다.

"밖에 내관 있느냐?"

가라앉은 분위기를 바꾸려는 듯 임금이 큰 소리로 내관을 불렀다.
"상감마마, 불러 계시옵니까?"
한 상궁이 종종걸음으로 들어왔다.
"세자와 진양, 안평 좀 들라고 하라. 그리고 주안상 좀 들여라."
"예? 대낮인데 술입니까?"
왕후가 말리는 어투로 말했다.
"아이들과 공부를 좀 해야겠는데 그냥 시킬 수야 없지요."
얼마 안 되어 세자와 대군 형제가 주안상과 함께 들어왔다.
"세자와 너희 형제가 나라 일을 좀 도와야겠다. 대신들은 새 글자 만들자면 어긋난 소리부터 하니까 함께할 수가 없단 말이야."
"아바마마, 옥체를 먼저 보살피소서."
세자가 눈곱이 낀 임금의 용안을 보면서 말했다. 임금은 솜으로 눈곱을 닦아낸 뒤 말했다.
"내 몸보다는 이 글자가 먼저야. 나는 몸 하나지만 이 글자는 수백만 백성을 편하게 할 것이야."
임금이 화선지를 펴고 붓을 들었다.
"전에 삼재의 세 가지 획을 익혔지? • ㅡ ㅣ 말이야."
임금은 화선지 위에 글자를 써가며 물었다.
"예."
못 말리는 아바마마라고 생각한 세 아들이 한꺼번에 대답했다.
"땅에 하늘이 열리는 자 ㅗ, 이 자는 홍(洪)자의 가운데 음이다."

"그럼 '오'가 되겠습니다."

진양대군이 말했다.

"그 다음엔 ㅜ 인데 발음은 군(君)자의 중성이다."

"하늘이 땅 밑에 들어갔군요."

안평대군이 말했다.

"맞다. 중성을 뭐라고 발음할 것이냐?"

임금이 안평대군을 보고 물었다.

"군의 중성이면 '우'일 것 같습니다."

"맞았어."

임금은 몹시 기뻐하며 ㅣ• 를 그려 보였다.

"그건 전에 배운 것입니다. 하늘이 사람 곁에 밖으로 붙으면 담(覃)의 중성, 즉 '아'이 하늘이 안쪽으로 붙는 자는 업(業)의 중성 '어'이지요."

진양대군이 자신 있게 말했다.

"맞았다. 그래서 하늘이 위나 오른쪽으로 가면 양(陽)이고 하늘이 밑이나 왼쪽으로 가는 것은 당연히 음(陰)의 글자로 음양의 조화를 이루게 된다."

"• ㅡ ㅣ ㅗ ㅜ ㅏ ㅓ ㅗ. 이 일곱 자가 모음의 기본이다. 모두 발성을 해보아라."

세 왕자가 각각 발음을 했다.

"어때? 발성할 때 특징은 모두 혀를 움직이지 않고 입술도 움직이지 않고 목구멍만 약간 달리하여 나오는 소리 그대로이지?"

"그렇습니다."

"그럼 이번에는 • ㅡ ㅣ 소리는 빼고 ㅗ ㅜ ㅏ ㅓ의 넉 자는 혓바닥을 움직여 천장에 닿을 듯 한 모양으로 발음을 해 보아라. 실제로 혀가 입천장에 닿지 않게 하여야 한다."

세 왕자가 저마다 연습을 해보았다.

그 모습을 지켜보고 있던 왕후가 키득키득 웃었다. 마치 어린 아이에게 말을 가르치는 것 같았다.

"기왕 차린 술 한잔씩 드시지요."

왕후가 권했다. 그러나 임금은 들은 척도 않고 화선지에 글자를 썼다. 이번에는 기호가 아닌 글자였다.

- 堯, 有, 也, 汝.

"내가 말한 대로 혀를 써서 발음해 보아라."

"요, 유, 야, 여."

진양대군이 발음했다.

"잘했다. 그래서 이 글자는 하늘을 두 개씩 붙이기로 했다. ㅛ, ㅠ, ㅑ, ㅕ 이다."

세종은 다시 넉 자를 써 보였다.

"모두 열한 자가 되었다. 이것이 새로 만들 글자의 중성을 이름이다. 이 열한 자면 우리말은 모두 발음할 수 있다. 한자(漢字)도 물론 모두 읽을 수 있는 중성이다."

세자가 임금의 잔에 술을 따랐다. 임금이 잔을 들어 입술을 적시며 말했다.

"너희들도 한 잔씩 마셔라."

네 부자는 술을 한 잔씩 하면서 그려놓은 부호 같은 새로운 글자를 요모조모로 뜯어보았다.

"그러니까 천, 지, 인 삼재와 음양이 모두 이 속에 들어 있군요."

진양대군이 고개를 끄덕이며 말했다.

"문제는 첫소리, 즉 초성과 종성이야. 지금 말한 모음, 즉 중성의 앞자리와 뒷자리에 자음(子音)을 가져다 붙인다면 완전한 한 글자가 되거든."

"그게 몇 자나 있어야 합니까? 수천 자가 있어야 할 것 같은데요."

안평대군이 어림없다는 듯이 말했다.

"그렇게 많아야 한다면 한자와 무슨 차별이 있겠나. 팔사파가 천 자 이내이니까 더 적어야 하겠지."

"한 일 년 배우면 다 되겠지요."

진양이 말했으나 임금은 고개를 가로 저었다.

"며칠이면 익힐 수 있어야 한다."

"며칠이라고요?"

왕자 셋이 모두 놀랐다.

"우선 우리 구강 구조로 발음할 수 있는 것을 분석해 보았다. 아음(牙) 즉 어금니 소리, 설음(舌) 즉 혀 소리, 순음(脣) 즉 입술소리, 치음

(齒) 즉 잇소리, 후음(喉) 즉 목구멍소리 등 다섯 가지가 기본이다. 그 외 반치음, 반순음이 있을 수 있다."

"발성할 때 구강기관 중 혀냐, 치아냐, 어느 기관을 이용하느냐에 따라 구분한다는 말씀이로군요."

세자가 말했다.

"암. 그것이 음운학의 기초야."

임금은 왕자들이 잘 알아듣는 것 같아 신이 났다.

"내가 하는 발성을 따라 해보아라. '군'."

"안평대군 하는 '군' 자군요."

안평대군이 웃으며 말했다.

"'군'을 발성하면서 혀가 처음 어떻게 움직이나 잘 느껴 보아라. 혀뿌리가 처음에 어금니 근방에서 입천장에 닿다가 떨어지고 마지막에는 혀끝이 앞 천장에 닿으며 발성이 끝나지?"

세자와 두 대군이 열심히 '군'을 발성하면서 혀의 움직임을 살펴보았다. 진양대군은 손가락을 입에 넣고 혀의 움직임을 살폈다.

"첫 발성 때 어금니 쪽 혀가 꺾여 안 천장에 닿지?"

임금이 고개를 낮추고 진양대군의 입안을 들여다보며 물었다.

"그렇습니다. 꺾쇠처럼 꺾이네요."

"꺾쇠가 아니고 낫처럼 꼬부라지는데요."

임금이 붓으로 ㄱ 모양을 그려 보였다.

"혀가 이런 모양으로 꼬부라지지 않아?"

"그렇습니다."

셋이 함께 대답했다.

"이것이 자음, 즉 초성이고 어금니 근방의 혀가 꼬부라지니 어금니 소리라고 하는 거야."

"그렇군요, 그러니까 초성 ㄱ에 중성 ㅜ를 합치는 군요. 그러면 '구'가 되지 않습니까."

영리한 진양대군이 앞질러 말했다.

"맞다, 맞아. 바로 그거야. 거기다가 종성을 붙이면 되지. '군'이라고 하자면 종성은 무엇이 와야 하는가?"

"설음, 즉 혓소리가 와야지요. '군'을 발성할 때 마지막에 혀끝이 앞 천장에 닿지 않습니까?"

안평대군이 입을 임금 앞에 들이밀고 발음을 해보였다.

"그렇고말고. 혀끝이 위로 꼬부라져서 앞 천장을 치는 모습이 ㄴ 모양으로 생각되지 않느냐?"

임금이 화선지에 커다랗게 ㄴ을 써 보였다.

"그래서 군자는 ㄱ 초성, ㅜ 중성, ㄴ 종성이 합쳐서 '군'이 되는 것이야. 이 군자는 안평대군 군 자만 되는 것이 아니고 군사의 군 자도 되고, 군침의 군 자도 되고, 군것질의 군 자도 되거든."

흥미 없어 하던 왕후까지 와서 기웃거렸다.

"이러한 초성이 몇 자나 됩니까?"

왕후가 물었다.

"응? 중전도 흥미 있으시오?"

임금이 만면에 만족한 웃음을 띠었다. 그리고 한자로 탄(呑) 자를 써보였다.

"이것은 탄 자다. 탄의 초성은 무슨 음인가?"

왕자들은 발성을 하면서 자기의 구강 모양을 살폈다.

"설음에 해당됩니다."

진양대군이 자신 있게 말했다.

"맞아. 혀끝이 앞 천장을 치지 않나. 그래서 혀 소리지. 모양은 이렇게 만들 것이야."

임금이 붓으로 ㅌ을 써 보였다.

"그러면 종성은 군자의 종성과 마찬가지로 ㄴ이겠군요."

양평대군이 말했다.

"음, 그렇지. 그래서 탄자는 초성 ㅌ, 중성 ㅏ, 종성 ㄴ이 모여서 글자가 되거든."

임금이 글자 쓰는 모양을 보고 있던 진양이 고개를 갸웃했다.

"이 글자는 왜 세로로 합치지 않고 횡으로 합치는 것입니까?"

"하하하. 내 그런 의문이 나올 줄 알았지. 중성 모양이 길게 생긴 ㅣ, ㅏ, ㅑ, ㅓ, ㅕ는 모양을 좋게 하려고 횡으로 조합을 이루게 한 것이지. ㅡ, ㅗ, ㅛ, ㅜ, ㅠ는 횡으로 그어져 있기 때문에 모양을 쓰기 쉽게 수직으로 합치는 것이지."

"어떻게 보면 한자의 전(篆)자도 비슷하고……."

안평대군이 혼자말로 중얼거렸다.

"전자의 획 긋는 법과 비슷하기도 하지. 그뿐 아니라 몽고 문자나 범어에도 비슷한 모양이 있어. 그러나 그것은 우연히 닮은 것이고 새 문자는 주로 혀 모양을 본뜬 것이야."

임금이 열심히 다음 설명을 했다.

"ㄴ은 나(那)의 첫 발성과 같다."

"그러면 나는 초성과 중성만 있고 종성은 없는 것 아닙니까?"

"그렇다. 경우에 따라서는 없어도 되는 글자가 있다."

"치음(齒)은 어떤 것이 있습니까?"

이제 웬만큼 원리를 익힌 왕자들이 앞질러 가려고 했다.

"치음에는 술(戌) 자가 있다. 모양은 ㅅ이다. 치아 모양을 본뜬 것이다. 그 외에도 즉(卽) 자의 초성인 ㅈ이 있고 침(侵)의 ㅊ이 있다."

"입술소리, 즉 순음은 어떻게 씁니까?"

세자가 물었다.

"순음은 별(彆)자의 초성과 같은 ㅂ으로 쓴다. 미(彌)의 ㅁ. 표(漂)의 초성은 ㅍ이다."

"순음 ㅁ은 한자의 입 구(口) 자와 같은데요."

세자가 말했다.

"목구멍, 먹다, 묻는다. 등 입과 관계되는 글자는 모두 'ㅁ'이 초성으로 들어가니까 입 구 자와 같은 거요. 하하하."

안평대군이 농을 했다.

"설음에는 담(覃)의 초성 ㄷ이 있다. 또한 후음으로는 욕(欲) 자의 초성 ㅇ이 있고 홍(洪) 자의 초성 ㅎ, 읍(挹) 자의 초성 ㆆ이 있다."

세자가 임금에게 술을 다시 한 잔 올렸다. 단숨에 들이켜고 난 임금이 이야기를 계속했다.

"ㄹ, 이것이 무슨 초성 같으냐?"

임금은 이제 원리를 터득한 것 같은 왕자들을 보고 문제를 냈다.

"그것은 한자의 몸 기(己) 자 인데요."

양평이 웃으며 말했다.

"이런 모양은 한자에도 있고 팔사파 문자에도 있다. 그러나 그것을 본뜬 것이 아니고 설음인데 설음 중에도 반설음(半舌音)으로, 혀의 꼬이는 모양을 흉내 낸 것이다. 려(閭)의 초성이 이것이다."

지금까지 학습한 글자를 망라해 보면 모두 28자였다.

중성이면서 모음인 11자는 • ㅡ ㅣ ㅗ ㅜ ㅏ ㅓ ㅛ ㅠ ㅑ ㅕ의 11자. 자음 즉 초성이 ㄱ ㅌ ㄴ ㅋ ㅇ ㄷ ㅂ ㅍ ㅁ ㅈ ㅊ ㅅ ㆆ ㅎ ㆁ ㄹ ㅿ 17자이다.

"초성으로만 쓰는 자는 ㅋ ㅌ ㅍ ㅈ ㅊ ㅿ ㅇ ㅎ ㆆ 이고 나머지는 초성과 종성 두 가지로 쓸 수 있다. 그래서 모음 11자와 합쳐 28자인 것이다."

"그러면 한자를 새 문자로 읽을 때 중국 사성의 표시는 어떻게 합니까?"

진양대군이 물었다.

"그것도 할 수가 있지. 새 글자의 왼쪽에다가 점을 찍으면 된다. 평성은 하나, 입성은 두 개 하는 식으로 말이야."

"아주 훌륭한 문자입니다."

"전하, 저녁 수라 드실 때가 되었습니다."

왕후가 말했다.

세종 25년 12월. 짧은 해가 지고 어느덧 밖이 어두워졌다.

임금은 새 문자가 완성된 것과 때를 같이하여 집현전에 언문청을 설치했다. 그러나 새 문자 언문(言文)이 만들어졌다는 소문을 들은 대신 중에는 맹렬히 반대하는 사람들이 나타났다. 직접 임금에게 간하는 대신도 있고, 말은 하지 않으나 못마땅하게 생각하는 사람도 있었다.

임금은 반포하는 것을 미루었다. 분위기를 저울질하기도 했지만 아직 더 보완할 것이 있다고 생각했기 때문이었다.

이듬해 2월 어느 날 조회가 끝나갈 무렵, 임금이 새 글자에 관한 이야기를 꺼내었다.

"과인이 그 동안 힘써온 새 문자를 지난해 12월에 거의 완성하였소."

"경하드립니다."

황희 정승이 먼저 말을 했다. 그러나 다른 대신들은 아무 말도 하지 않았다.

"새 문자의 이름을 '훈민정음'이라 할까하오. 백성을 가르치는 바른 글이라는 뜻이오."

대신들이 침묵했다.

"우선 훈민정음으로 시험 삼아 글을 써 보게 하려고 하오. 그래서 맡아서 할 만한 신료를 과인이 선임해 보았소."

임금의 눈짓을 받은 도승지가 교지를 읽기 시작했다.

"집현전 교리 최항, 부교리 박팽년, 부수찬 신숙주, 이선로, 이개, 돈녕부 주부 강희안 등은 의사청에 나아가 운회를 훈민정음으로 번역하게 한다."

조회청은 쥐 죽은 듯 조용했다. 못마땅하게 여기는 대신들이 많았으나 무엇이라고 할 말을 찾지 못했다.

임금이 사방을 돌아보며 다시 부연했다.

"동궁과 진양대군 이유, 안평대군 이용으로 하여금 그 일을 관장하게 할 것이오. 또한 일을 마치면 후히 상을 내릴 것이오."

아무도 다른 말을 하지 않았다.

야비하고 상스러운 글을 만들다니

세종은 훈민정음을 만들고 나자 심신의 피로가 한꺼번에 몰려오는 것 같았다. 어느 따뜻한 봄날 오후, 오랜만에 신빈 김씨의 별당에 행차했다.

"중전마마의 병환이 걱정입니다."

신빈은 진심으로 걱정하는 얼굴이었다.

"글쎄 말이야."

"흥천사 같은 곳에서 수륙재라도 올리는 게 어떻겠습니까?"

"유학자들이나 성균관 유생들과 싸우기 싫어서 못 하겠네."

그때 계양군이 들어와 임금에게 인사를 올렸다. 계양군은 신빈의 장남으로 빈의 왕자로는 두 번째 형이었다.

"계양군 증(璔)도 왔으니 오랜만에 경회루에 바람이나 쐬러 가시겠사옵니까?"

임금은 신빈과 계양군을 앞세우고 경회루로 나갔다. 젊은 날에는 빈첩들과 함께 궁전 밖을 나간 일이 한 번도 없었다.

"벌써 매화가 지려 하는구나."

임금이 시드는 매화를 바라보며 말했다.

"꽃은 져도 잎이 얼마나 무성합니까."

신빈이 웃으며 말했다. 의미가 담긴 말 같았다.

"신빈은 왕자만 여섯이나 생산했으니 종실을 위해서 큰일을 한 셈이오."

"잎만 무성하지요,"

신빈이 쓸쓸히 웃었다. 신빈도 세월을 속일 수 없어 곱던 얼굴에 주름이 생기고 백발이 제법 솟았다.

임금이 신빈을 돌아보았다. 그 때 갑자기 홍득희의 얼굴이 머릿속에 떠올랐다.

임금은 그제야 생각이 났다. 홍득희를 처음 보았을 때 그 모습이 낯이 익고 정들어 보였는데, 이제 보니 신빈의 젊을 때와 흡사했기 때문이라는 것을 깨달았다. 홍득희가 지금 봄이 와도 봄 같지 않은 오랑캐 땅에서 나라를 위해 싸운다고 생각하니 장하고 안쓰러운 마음이 들었다.

경회루에 잠시 올랐던 임금은 함홍문을 거쳐 강녕전으로 돌아왔다. 강녕전 입구에서 도승지 안수신을 만났다.

"전하, 아직 바람이 찹니다."

임금은 그 말에는 대꾸도 않고 다른 것을 물었다.

"아직도 훈민정음에 대한 상소가 올라오고 있는가?"

"예, 집현전에서 올린 상소가 많습니다."

"집현전에서? 어디 봅시다. 그리고 세자와 진양대군, 안평대군도 부르시오."

강녕전에 세자와 진양대군, 안평대군이 들어왔다.

"집현전 상소를 좀 읽어 보아라. 내가 눈이 좋지 않아 직접 읽기 힘들구나."

안평대군이 두툼한 상소 두루마리를 펼쳤다.

"그렇게 두툼한 상소문은 처음 보는구나. 어디 읽어 보아라."

안평대군이 읽기 시작했다.

"집현전 부제학 최만리 등이 엎드려 아뢰옵니다."

"최고집이 또?"

임금이 최만리의 성품을 익히 아는지라 하는 말이었다.

"신 등이 엎드려 보건대, 언문을 제작한 것은 지극히 신묘하여 천고에 뛰어나신 일입니다."

"하하하. 최고집이 칭찬도 하네. 더 읽어 보아라."

안평대군이 다시 읽기 시작했다.

"신 등의 좁은 소견으로는 의심되는 것이 있사와 간곡한 정성을 펴서 엎드려 아뢰옵니다."

"저희들이 음운학을 알겠는가. 계속 읽어라."

"조선은 조상 때부터 지성스럽게 대국을 섬기어 한결같이 중화의 제도를 따라왔습니다. 글과 법을 중국과 같이 하고 있는데 언문을 창작하신 것을 보고 놀라움을 금할 수 없습니다.

언문은 비록 옛날 전(篆) 자를 본뜬 것이고 새로운 글자가 아니라고 하지만, 음을 쓰고 글자를 합치는 것은 모두 옛것에 반대되니 실로 걱정입니다. 만일 중국에 흘러들어가서 비난받는다면 어찌 대국을 섬기고 중화를 사모하는 데 부끄러움이 없겠습니까."

"허허, 무얼 크게 잘못 알고 있구먼."

임금의 얼굴이 어두워졌다.

"옛날부터 구주(九州) 즉, 중국 전국의 풍토가 서로 다른 곳이 많으나 따로 문자를 만든 일은 없습니다. 오직 몽고, 서하, 여진, 일본과 서번만이 각기 글자가 있으되 이는 모두 오랑캐의 짓이므로 말할 것이 없습니다. 옛글에 말하기를 화하(華夏, 중국)를 써서 오랑캐를 변화시킨다는 말은 있어도 화하를 오랑캐로 변화시킨다는 말은 듣지 못했습니다."

"집현전의 분위기는 훈민정음을 반대한다는 말인가?"

임금이 대군들을 향해 물었다.

"그들은 유학자라 대체로 그런 분위기입니다."

진양대군이 조심스럽게 대답했다.

"더 읽어 보아라. 얼마나 헛소리를 하는지 보자."

"역대로 중국에서는 우리나라를 기자의 유풍이 있다 하여 문물이 중국과 비슷하다고 했습니다. 그런데 이제 따로 언문을 만드는 것은 중국을 버리고 스스로 오랑캐와 같아지는 것으로서 어찌 문명의 큰 흠결이 아니겠습니까.

신라 설총의 이두는 비록 야비하고 속된 말이기는 하나 모두 중국에서 통용되는 글자를 빌려서 사용하는 것이므로 학문을 일으키는 데 도움이 되었습니다.

원래 우리나라가 문자가 없어 새끼에 매듭을 맺어 매듭의 모양과 수로 개념을 나타낸 문자로 쓰는 시대라면 언문이 임시로 쓰일 수는 있는 일입니다. 이두는 사용한 지 천 년도 넘게 되는데 어찌 있는 글을 두고 따로 야비하고 상스러운 글자를 창조하시나이까?"

"저런 무지한 말을 하다니."

임금이 진노하여 용안이 일그러졌다.

"그만 읽을까요?"

안평대군이 난처한 표정으로 물었다.

"아니야, 계속 읽어라. 얼마나 무식한지 보자."

안평대군이 계속해서 읽었다.

"관리들이 장차 언문 27자만 배워서 입신할 수 있게 된다면 무엇 때문에 노심초사하여 성리학을 배우려 하겠습니까."

"스물일곱 자인지 스물여덟 자인지도 모르는구먼."

"그렇게 되면 수십 년 후에는 언문으로 능히 공무를 본다 하더라도 성현의 문자를 배우지 않은 그 사람들을 장차 어디에 쓸 것입니까. 이두는 그래도 한자를 썼지만 언문은 한문과 조금도 관련이 없고 시골의 상말을 가져다 쓴 것 아닙니까? 이대로 한다 하더라도 반드시 누가 고쳐도 고칠 것입니다. 옛것은 싫어하고 새것을 좋아하는 것은 고금의 큰 우환입니다."

"저런. 내가 우환거리란 말인가?"

"좀 심하옵니다."

세자가 말했다.

"더 읽어라. 집현전 학사들이 얼마나 망발을 하는지 보자."

"이번의 '훈민정음'은 새롭고 기이한 한 가지 갈고 닦은 기술이나 재주에 지나지 않습니다. 학문을 방해하고 유익한 구석은 아무리 생각해도 한 곳도 없습니다. 옥사를 당한 백성이 한 글자의 착오로 억울함을 당할 수 있는데 언문을 알면 아무리 어리석은 백성도 쉽게 알아들어 억울함이 없을 것이라고 하였으나, 중국은 모두 문자를 알아도 억울한 일이 많습니다. 우리나라를 보더라도 죄수가 조서를 읽고 허위인 줄 알면서도 매를 못 이겨 시인하고 마는데 언문을 쓴다 한들 무엇이 달라지겠습니까?

국가가 근래에 하는 것이 모두 빨리 하는 것에만 힘쓰니 두렵습니다. 만약에 언문을 할 수 없이 만드는 것이라면 재상을 비롯한 말단 관료까지 다 의논하고 백성들이 다 옳다고 하더라도 중국의 일을 고찰하여야 합니다. 다 좋다고 하더라도 반포하는 일은 세 번 이상 더 생각해보고 해야 할 일입니다.

갑자기 관리 10여 명을 모아 가르치고 예부터 내려오는 음운서를 뜯어고쳐 급하게 반포하려 하니 후세가 어떻게 보겠습니까. 무엇이 급해서 약수 온천에 가시는 길에도 언문 제작에 급급하십니까. 언문은 정치하는 데 유익함이 하나도 없습니다."

다 듣고 난 임금은 어이없어 말을 하지 않았다.

"집현전 학사들이 훈민정음의 참뜻을 잘못 생각하고 있습니다. 이는 심각한 일이 아닐 수 없습니다."

세자가 말했다.

"우매한 것은 백성이 아니라 유학자들과 조정의 높은 지위에 있는 관리들이다. 이들을 일깨우는 일이 큰일이로구나!"

임금은 깊이 탄식했다.

다음날 임금은 집현전의 주요 관료들을 모두 불러 모았다.

"오늘 경들을 모이게 한 것은 훈민정음에 대해 과인이 오히려 물어볼 말이 있어서이오."

임금이 최만리 등이 올린 상소문을 펼쳐 놓았다. 용안이 심각했다.

"경들이 이르기를, 음을 사용하고 글자를 조합하는 것이 모두 옛 글에 위배된다고 하였는데 설총의 이두 역시 음이 한자와 다르지 않소? 또 이두를 만든 목적이 백성을 편리하게 하고자 한 것이 아니겠소? 아니라는 사람 이야기해 보시오."

아무도 대답하지 못했다.

"설총의 뜻이 옳다면 과인도 백성이 편리하게 사용하라고 언문을 만든 것인데 어찌 설총은 옳고 경들의 주상은 그르단 말이오."

모두가 숙연해졌다.

"경들이 음운을 아는가? 사성칠음에 자모가 몇 개인지 아시오?"

아무도 답하지 못했다.

"상소에 이르기를 언문을 새롭고 기이한 하나의 갈고 닦은 기술이나 재주라고 했더이다. 과인이 늘그막에 세월 보내기 어려워서 서적으로 벗을 삼을 뿐인데, 어찌 옛것을 싫어하고 새것을 좋아 한다고 말할 수 있으리오. 또는 매사냥이나 하면서 폐를 끼치는 것도 아닌데 경들의 말이 너무 심한 것 아니오?"

"황공하옵니다."

정인지 등이 머리를 조아렸다.

"국가의 일을 거의 세자에게 맡기고 있소. 그러나 중한 일은 과인이 수결하오. 언문 만드는 데 힘쓴다고 어찌 국가의 급한 일은 안 본다고 할 수 있으리오. 만약 세자한테 국가 일을 맡기지 않는다면 내관들에게 맡겨야 옳겠소?"

임금의 목소리가 높아졌다.

그러나 최만리는 조금도 굽히지 않고 나서서 이야기했다.

"설총의 이두는 한자를 쓰고 있을 뿐 아니라 글자는 모두 분리되어 있습니다. 언문은 여러 글자를 함께 썼을 뿐 아니라 그것이 글자의 형상이 아닙니다. 또 새롭고 기이한 한 가지 갈고 닦은 기술이나 재주라 하온 것은 특별한 의미가 있어서 그런 것은 아닙니다."

이어 집현전 학사들이 여기저기서 들고 나섰다.

"대국의 글을 버리고 왜 스스로 오랑캐의 길을 가려 하시는지 이해할 수 없습니다."

"유학은 무슨 글자로 배운단 말입니까?"

듣고 있던 임금이 다시 말했다.

"전번에 김문(金汶)이 아뢰기를 '언문을 만드는 것이 불가할 것 없습니다.' 하였는데 지금은 불가하다고 말을 바꾸었소. 정창손은 말하기를 '삼강행실'을 반포한 후에 충신, 효자, 열녀가 나오지 않는 것은 사람의 자질 문제이지 언문으로 번역하여 알린다고 한들 되겠느냐고 하였소. 이따위 말을 어찌 선비가 할 수 있소. 아무짝에도 쓸 데 없는 평범하고 속된 선비요."

예전에 임금은 정창손에게 이렇게 말한 일이 있었다.

"과인이 언문으로 삼강행실을 번역하여 민간에 반포하면 어리석은 남녀가 모두 깨달아서 충신, 효자, 열녀가 반드시 무리로 나올 것이다."

정창손은 임금의 그 말을 정면으로 부정한 것이다.

임금이 회의를 마치면서 말했다.

"과인이 처음에 경들을 보고자 한 것은 처음부터 죄주려 한 것은 아니었소. 그러나 경들은 사리를 모르고 말을 바꾸어 답변하니 죄를 면하기 어려울 것이오."

임금은 그 이튿날 상소와 관련된 관료에 대해 치죄하라고 의금부에 교지를 내렸다.

> 부제학 최만리, 직제학 신석조, 직전 김문, 응교 정창손, 부교리 하위지, 부수찬 송처검, 저작랑 조근 등을 이틀 동안 의금부에 가두라.

이 교지 뒤에 임금이 다시 명을 내렸다.

"김문이 앞뒤 말을 바꾸어 임금에게 의견을 아뢴 사유를 국문하여 올려라."

의금부에서 며칠 뒤 김문에 대한 국문 내용을 아뢰었다.

"김문의 죄는 거짓말로 위를 속인 것이니 장 백 대에 해당됩니다."

임금은 장 백 대를 속으로 바치라 하였다. 또 정창손은 도저히 관직에 있을 소질이 없으니 파면하여 임용하지 말라고 하였다.

집현전을 중심으로 훈민정음에 대한 반대 기류가 늘어나자 임금은 의기소침해졌다. 이런 상황에서 새 글을 반포하더라도 실제로 민간에 퍼져나갈까 하는 의구심이 들었다. 그런 와중에 소헌왕후의 병이 깊어지고 자신의 병마가 좀처럼 떨쳐지지 않자 여러 가지로 착잡했다.

북방 국경선의 확정, 천민의 양민화, 농민의 짐을 덜어주는 공법의 개혁, 새 글자 창제는 세종이 필생의 사업으로 생각하는 것이었다. 그러나 몇 가지는 뜻대로 이루기가 어려울 것 같았다. 그뿐 아니라 사직을 보존하는 문제에서도 일말의 우려를 씻을 수 없었다.

왕후나 왕 자신이 세상을 떠난 뒤의 일을 생각하지 않을 수 없었다. 문종이 세자니까 무난히 보위에 오르겠지만 보살필 왕대비가 없고 대비도 없을 것이다. 병약한 세자가 혹시 일찍 세상을 떠나고 이제 겨우 핏덩이를 면한 세손이 왕위에 오를 경우 어떻게 되겠는가?

불안한 생각이 든 임금이 이런 문제를 털어 놓을 수 있는 사람은 소헌왕후였다.

"중전, 내 말을 똑똑히 들어 보시오."

임금이 심각하게 말을 꺼내자 왕후가 긴장한 얼굴로 임금을 바라보았다.

"만약에 중전과 내가 이 세상에 없고 병약한 세자마저 임금의 자리에 오래 있지 못한다면……."

"전하, 왜 그런 끔찍한 이야기를 하십니까?"

소헌왕후는 몹시 근심스러운 표정을 지었다.

"그러니까 만약입니다. 그럴 경우 어린 세손이 보위에 오를 것 아닙니까? 그렇다면 대왕대비도, 대비도 없는 왕실이 걱정됩니다. 세자빈만 살아 있었어도……."

"지금 세자가 빈을 맞이하면 되지 않습니까?"

"그러니까 지금 상태를 두고 하는 말입니다. 그렇다면 새 임금을 섭정할 사람은 아무도 없게 되지요."

"진양대군과 안평대군 등 왕숙도 있지 않습니까?"

"그러나 적통이 아니면 그것을 누가 믿겠소. 아바마마가 보위를 나에게 넘겨 줄 때 군사에 관한 일은 넘겨주지 않으면서 하신 말씀이 있습니다."

"무슨 유지가 있었습니까?"

"당시 내가 스무 살이 넘었는데도. '나이 어린 내가 왕위에 오르면 군사를 통치할 힘이 약할 것이다. 그 틈에 다른 형제들이 군사력을 나누어 가지고 왕통을 흐트러트릴 우려도 있다.'고 하셨습니다. 세손이 왕위에 올랐을 때 어찌 숙부들과 제동 풀린 대신들을 믿을 수 있겠소?"

양 전하의 얼굴이 근심으로 가득 찼다.

이 문제를 두고 고민하던 임금은 문득 부왕 태종이 세자를 폐하면서 장자였던 제에게 양녕대군이라는 봉호를 준 것을 기억했다. 양녕(讓寧)이라는 글자의 뜻이 흥미로웠다. '양'은 양보한다, 넘겨준다, 겸손하다의 뜻을 가지고 있었다. '녕'은 편안하게 지낸다는 뜻이었다. 군주보다 강한 세력이 주변에 있으면 안 된다는 것을 부왕은 행동으로 임금에게 가르쳐 주었다. 장인 심온의 제거가 살아있는 교지였다.

을축년(1445) 2월 중순, 임금이 세자와 진양, 안평 두 사람의 대군을 불러 앉혔다.

"오늘 대신 몇 사람의 자리를 바꿀 것이다. 새로운 기풍을 조정에 불어넣기 위해서다."

한참 뜸을 들인 뒤 임금이 다시 말했다.

"대신들에게 내릴 교지와 함께 진양대군 유도 봉호를 바꾸어 교지를 내릴까 한다. 진양보다는 수양(首陽)이 좋지 않을까 하여 그렇게 정했다. 머리 수, 볕 양이다. 수양은 앞으로 종실을 위하여 모든 어려운 일은 앞장서서 도와야 한다."

임금은 왜 갑자기 진양대군을 수양대군으로 바꾸었는가에 대해서는 아무런 부연을 하지 않았다. 그러나 승정원을 비롯한 몇몇 말하기 좋아 하는 관원들은 제각각 해석을 했다.

"수양대군이라, 무슨 뜻인지 모르겠어? 중국 수양산을 생각해 봐."

"백이숙제의 수양산? 섬기던 임금이 쫓겨나고 다른 사람이 왕이 되자 수양산에 들어가 고사리를 캐 먹으면서 불사이군(不事二君)의 지조를 지켰다는 충신들의 고사 말이지."

"암, 수양대군도 한 임금에게 충성하라는 뜻이야."

"음, 그럴듯하군. 안평대군의 저택 당호를 비해당(匪懈堂)이라고 한 것도 한 임금을 섬기라는 고사에서 따온 것이라면서?"

"맞았어."

"진양대군이라는 '진(晉)'자도 '나서다, 억누르다'라는 뜻이 있어. 그러니까 수양으로 바꾼 것일 거야."

"그뿐 아니라 '진'자는 주역 64괘중의 스물다섯 번째 괘야. 25수는

'태양이 빛나다'라는 괘이거든."

"태양? 그럼 수양대군이 왕이 된다는 뜻인가?"

"쉿. 그런 소리 함부로 하다간 목이 행방불명될 수도 있어."

관아 이곳저곳에서 제 나름대로의 해석이 그치지 않았다.

노란 옷 입으면 잡혀간다

임금은 만년에 여러 가지 병마에 시달려 지방으로 수양을 많이 다니게 되었다. 가장 자주 가는 곳이 충청도 지방의 초정 온천이었다. 행차를 자주 하다 보니 말을 타고 다니기가 힘들어 가마를 타고 다녔다. 임금이 자주 사용하는 종래의 가마는 불편한 점이 많아 대호군 장영실에 명하여 선공감에서 다시 제조하게 했다.

임금이 초정 온천에 가기 위해 거둥하여 이천 행궁 근처에 이르렀을 때였다.

"어이쿠!"

가마가 갑자기 기우뚱했다. 행렬을 멈추고 임금이 급히 내렸다. 그 뒤 점검을 하던 중에 가마가 부러져 내려앉고 말았다.

도승지 이하 시위하던 시종들이 모두 사색이 되었다. 가까스로 일을 수습하여 이천 행궁에 도달했다. 그러나 여기서도 불상사가 기다리고 있었다. 행궁 지붕의 기와가 와르르 무너져 땅바닥으로 떨어졌다. 하마터면 임금이 기왓장 벼락을 맞을 뻔했다. 임금의 행렬은 온천에 가던 길을 되돌려 경복궁으로 돌아왔다.

임금이 아무런 선지도 내리지 아니하자 의금부에서 가마에 대한 관련자를 국문하겠다는 상소가 올라왔다.

며칠 뒤 의금부에서 장계가 올라왔다.

> 대호군 장영실이 가마를 감독하여 제조하면서 견고하게 만들지 아니하여 부러지고 부서지게 하였습니다. 형률에 의거하면 곤장 백 대에 해당합니다. 선공직장 임효돈과 녹사 최효남도 감독하면서 견고한 쇠를 사용하지 않은 죄가 있습니다. 또한 대호군 조순생은 안여가 견고하지 않은 것을 보고도 장영실에게 '반드시 부러지거나 부서지지는 않을 것이다'라고 하였습니다. 형률에 의하면 모두 곤장 80대에 해당합니다.

임금은 장영실은 2등을 감형하고 임효돈과 최효남은 1등을 감형하며, 조순생은 처벌하지 말라고 하였다. 이천의 행궁 기와가 추락한 데 대해서는 사헌부에서 상소했다.

신하의 죄는 불경한 것이 가장 큽니다. 따라서 불경죄는 사소한 것도 그냥 넘어갈 수 없습니다. 박강, 이순로, 이하 등이 이천 행궁을 감독, 제조하였는데 기와 덮는 것이 견고하지 아니하고 부러진 처마를 진흙으로 붙여 써서 뜻하지 않은 사고가 났습니다. 전하께서 이순로와 이하는 직첩만 회수하고 박강은 그 관직만 회수 해임하시니 사람들의 마음에 흡족하지 아니합니다.

전하께서는 박강은 고신을 회수하시고 이순로와 이하는 먼 지방으로 귀양보내어 불경한 사람을 징계하소서.

상소를 본 임금이 비답을 내렸다.

"사헌부의 소는 장영실의 탄핵이 끝난 뒤에 의논하시오."

임금은 황희 정승 등을 불러 가마에 대한 죄에 대해 의논했다.

"불경에 관계되는 죄이니 마땅히 직첩을 회수하고 곤장을 집행하여 다른 관리가 경계하게 해야 합니다,"

황희 등의 의견에 따라 임금이 선지를 내렸다.

"박강, 이순로, 장영실, 임효순, 최효남 등의 직첩을 회수하라."

세종 24년(1442) 5월 일이였다. 이후로 장영실은 다시 관직에 오르지 못했다.

세종이 심혈을 기울인 사업 중의 하나는 농사였다. 당대 국가 수입에서 가장 높은 비율을 가진 생산품은 농작물이었다. 민간 또한 먹고 사는 근본이 농작물에 있었다. 심지어 화폐의 단위도 농작물에서 출발했다.

풍년만 들면 나라는 태평했다. 그래서 국가 최대의 목표는 농작물 수확을 증가시키는 데 있었다. 기후를 연구하기 위하여 흠경각을 만들어 농사에 도움을 주고자 했다. 혼천의, 간의대도 모두 농사를 돕기 위한 도구였다.

풍년과 흉년이 드는 것은 날씨와 기온에도 좌우되지만 가장 영향을 끼치는 것은 강우였다. 비의 양을 측정하기 위한 노력이 계속되었다. 종전에는 비가 오고 난 뒤 땅이 젖은 깊이를 측정하여 얼마나 왔는가를 기록하고 조정에 보고했다. 그러나 땅의 지질에 따라 결과가 일정하지 않고 측정이 쉽지 않았다.

세자는 이에 관심이 많아 비가 온 날이면 직접 땅을 파고 젖어든 깊이를 자로 재곤 하였다. 어느 때는 그릇을 내놓고 빗물을 받아 수량을 재기도 하였다. 그러나 관원들은 빗물만 거기에 들어가라는 법이 있느냐, 처마 물도 들어갈 것이다. 하늘이 비를 내릴 때 거기만 내려줄 리도 없다고 하면서 빈정대었다.

신유(1441)년 8월 호조에서 강우량의 측정기기에 대한 건의를 임금에게 올렸다.

"각 도의 감사가 강우량을 측정하여 조정에 올리도록 하는 법이 이미 있습니다. 그러나 지역마다 토질의 건조 상태가 같지 않고 흙 속으로 스며든 습기 또한 측정하기 쉽지 않습니다.

이제 간편하게 강우량을 잴 수 있는 기기를 만들어 서운관에 대를 지어 올려놓고 비의 양을 관찰함이 옳을 듯합니다. 길이는 2척, 직경은 8촌이 되는 통을 만들어 대 위에 올려놓고 비를 받아 그 얕고 깊음을 주척(周尺)으로 재어서 보고하게 하면 어떨까 합니다. 또 마전교 서쪽 물속에 초석을 만들고 가운데 눈금 그린 막대를 세워 개천 수량의 깊고 얕음을 재어 보고하게 하는 것이 좋을 듯합니다. 그리고 한강변의 암석 위에도 푯말을 세우고 척, 촌, 푼을 새겨 강의 깊이를 재게 함이 좋겠습니다. 강우를 재는 기기는 쇠나 동은 물론이고 자기나 기와 재료로도 만들 수 있을 것입니다."

임금이 이를 보고 그대로 만들어 실천하라 하였다.

그 이듬해 호조에서 드디어 강우 측정기기를 만들어 세종 임금에게 아뢰었다.

> 서울에서는 쇠로 주조하여 기구를 만들었습니다. 이름을 측우기(測雨器)라 하였습니다.
>
> 길이가 1척 5촌이고 직경이 7촌입니다. 서운관에 대를 만들어 설치하고 강우의 깊이는 주척으로 재도록 하였습니다. 비가 내리면 서운관 관원이 주척으로 빗물의 얕고 깊음을 재어 기록하고 아울러 비가 시작된 시각과 그친 시각을 적어 보고하게 하였습니다. 지방에는 쇠로 만든 측우기와 주척 한 자루씩을 보냈습니다. 각 도 감사는 객사의 뜰에 대를 만들어 측우기를 설치하고 비가 오면 강수량을 측량하

여 조정에 알리고 기록하여 두도록 하였습니다.

이렇게 측우기가 생겨났다. 장영실이 파면된 이후의 일이었다.

세종은 그 외에도 농사의 실효를 위해 논에 물을 쉽게 대는 수차(水車)를 만들게 하여 그 현장에 세자와 수양대군이 직접 가서 보고 성과를 보고하도록 했다.

농사에 있어서 가장 문제가 되는 것은 수확한 작물의 양을 어떻게 측정하느냐 하는 것이었다. 수확량을 정확하게 알아야 조정에서 거둘 세금의 양을 매기기 때문이다. 전국에 흩어져 있는 논밭의 규모나 지질이 전부 다른데 무슨 기준으로 조세를 매기느냐 하는 것은 세종뿐 아니라 역대 임금이 골치 아파한 과제였다.

세종이 보위에 오른 지 9년째 되는 해부터 조세법을 고치기 위해 노력했지만 일생을 마칠 때까지 완성하지 못했다. 그러나 무오년(1448)년에 이르러서는 10여 년을 다듬어 온 새 조세 공법인 '연분구등법(年分九等法)'을 공표하였다.

연분구등법은 흉년과 풍년을 아홉 등분하여 그해 농사에 그 중 한 등분을 적용하는 방식이었다. 가장 풍년이 든 해를 '상상년(上上年)'으로 하고 한 등급씩 내려가 가장 크게 흉년이 든 해를 '하하년'으로 정하였다. 상상년에는 1결에 20말을 징수하고 한 등급마다 2말씩 내려간다. 결국 크게 흉년이 든 해, 하하년에는 1결에 4말밖에 징수하지 못하게 하는 법이었다.

종전의 조세법은 손실답험법이라 하여 그해의 농사 상태를 관리들이 직접 답사하여 등급을 매겼다. 등급에 따라 10분의 1을 조세로 거두어들였다. 이러한 공법은 중국 하나라 때부터 시행하던 것을 조금 개량하여 도입한 방법이었다.

그러나 항상 농민은 불만에 차 있었다. 농토의 상태나 풍년, 흉년을 막론하고 적용하는 징세율이 문제였다. 그뿐 아니라 농작(農作)의 상황을 실지로 조사하던 관리들이 부패하여 부정과 비리가 상존했다. 이러한 폐단을 없애고 공평한 조세를 부과할 수 있는 공법(貢法)을 만들기 위해 세종은 일생 동안 노력했다.

여러 가지 시안을 만들었지만 관리들이나 백성이 모두 찬성하는 방법이라는 것은 없었다. 임금은 병진년(1436)에 이의 연구를 위해 공법상정소라는 기구까지 만들었다.

호조판서 안순이 공법에 대해 아뢴 일이 있다.

"개정하고자 하는 공법의 편의 여부를 가지고 경상도의 수령과 백성들에게 물어본즉, 좋다는 자가 많았습니다. 함길, 평안, 황해, 강원 각도에서는 모두 불가하다고 하였습니다."

임금이 답했다.

"백성들이 좋지 않다면 행할 수 없다. 더 연구해야 한다. 종전의 손실답험법은 답사할 때 각기 제 주장을 꺾지 않았다. 간사한 아전들이 잔꾀를 써서 빈한한 자를 괴롭히고 부유한 자를 편리하게 하는 등 공정성을 잃고 있다는 것을 잘 안다. 이 일을 다시 백관들과 상의

하여 좋은 방책을 찾아내라."

농산물의 공법 시행 문제는 10여 년 동안 중신 조회의 논쟁이 되었다. 농민과 관리를 상대로 하는 찬반 조사도 수없이 했으나 결론을 낼 수 없었다.

조회에서 임금이 걱정을 했다.

"농작(農作)의 상황을 실지로 조사하는 일을 잘못하면 조세가 줄어 국가의 손실이 매우 크오. 근래에 농작물을 조사하던 관리들이 정도를 지나쳤소. 많이 받는 해는 걸왕처럼 되고 적게 받으면 오랑캐처럼 되는 것이니 과인이 심히 걱정되오. 경들은 각기 다른 소신을 말하고 있으니 참으로 답답하오."

"근래 관리들의 조사방법이 알맞지 않은 것이 많았습니다. 공법을 행하여 장점을 찾아내야 합니다."

대사헌 이순치, 신개 등이 말했다.

"과인이 조세에 통달하지 못하여 선대의 법을 함부로 고칠 수도 없었소. 한두 해 더 시험하는 것이 좋을 듯하오. 연분구등법은 상상년에 1결에 20말을 하도록 했는데 이는 너무 많은 것 같소. 1결에 15말 정도 하는 것이 어떻겠소?"

임금이 다시 말했다.

"성상의 하교가 옳습니다."

여러 대신들이 찬성했다. 상상년에 1결 20두를 정한 것은 10여 년 전의 일이었으나 임금이 백성의 피해를 염려해 실행하지 않고 있었던 것이다.

당시 호조에서 새 공법의 찬반 조사를 하여 임금에게 글로 여쭈어 알게 한 기록이 있다.

중앙의 지돈녕부사 안수산, 총재 이천 등 대신들과 현재 재직 중인 3품 이하 관원 2백59명과 전임자 4백45명 등 7백4명의 관원이 공법 시행을 찬성하였습니다.
전 병조판서 조말생, 전 판목사 황지후 등은 반대하였습니다. 반대하는 이유는 중국의 최초 국가인 하(夏), 은(殷), 주(周) 삼대가 백성을 위해 실시한 옛 공법을 바꾸는 것은 부당하다고 주장합니다.
공평한 조세를 기하기 위해서는 농사를 실패한 농가는 관청에 소장을 내어 억울함을 호소하게 해야 한다고 합니다.
등급을 정하기 위해 지방에서는 관원을 내보내 실지 검사를 하는데 손이 모자라 위관을 위탁하여 보내는 경우가 많습니다. 그런데 그 위관이란 자들이 분별이 없는 무자격자들이라 농민들이 대접하기만 바쁘다고 합니다.
신이 민간에서 가부의 의견을 들었습니다. 평야에 사는 백성으로 납세를 중하게 여기는 농민들은 환영하고, 산골에 사는 자들은 모두 싫어한다는 것을 알았습니다.
따라서 좋다고 하는 사람들에게는 공법을 시행하고 싫다고 하는 농민은 종전대로 함이 가할 것 같습니다.

집현전 부제학 정인지가 아뢰었다.

"먼저 경기의 두 고을에서 시험한 다음 각도에 모두 시행하소서."

또 직전 안지가 아뢰었다.

"먼저 산골과 평야 수십 곳에서 시험하여 보소서."

봉상시 주부 이호문이 아뢰었다.

"3등의 논을 다시 3등급으로 나누어 시행함이 좋을 듯합니다."

모든 관료가 앞다투어 의견을 내놓았다.

이조좌랑 조수량이 올린 상소에서는 관원의 비리를 맹렬히 비판했다.

"세곡을 수납할 때 간사한 아전들이 뇌물을 쓰거나 연줄을 대어 출세하려고 마구 날뛰기 때문에 지방 관아에는 한 해를 넘길 양식이 부족합니다. 나라에는 3년간 먹을 식량이 없습니다."

공법은 좀처럼 가부 결론이 나지 않았다. 세종이 오십줄에 가까울 무렵까지 실시를 하지 못했다.

호조에서 관원과 농민을 망라하여 신공법의 찬반에 대한 가부 조사를 했다. 세종이 보위에 오른 이후 가장 광범위한 조사를 실시했다. 전국 17만여 호를 상대로 조사가 실시되었다. 그 결과는 찬성이 9만8천6백57호이고, 반대가 7만4천1백49호였다. 찬성이 2만여 호나 많았다. 다수결로 보면 당연히 실시가 되어야 할 것이었다.

임금은 여러 대신들에게 의견을 물어보았다.

"가하다는 사람이 훨씬 많으니 당연히 실시하여야 할 것으로 사료

되옵니다."

"반대하는 사람들이 이렇게 많은데……."

임금은 고개를 가로 저었다.

"아무리 좋은 법이라도 한 사람이 불행해지면 실시하기 어려운 법이다. 그런데 이렇게 많은 백성이 반대를 하고 있는데 실시해야 할지 결정하기 참으로 어렵다."

백성 한 사람의 고통도 소홀히 생각하지 않는 임금의 고뇌를 잘 알 수 있었다.

마침내 정사년(1437)에 세종 임금이 전국에 보낸 경차관들의 보고를 들었다. 호조참찬 조계생이 아뢰었다.

"공법은 영구히 시행할 수 없을 것 같습니다."

세종은 하는 수 없이 신공법의 시행 중지를 명할 수밖에 없었다. 전국의 조세는 옛날의 손실답험법에 의하여 실시되었다.

계해년(1443) 임금은 각 도 감사에게 친서를 보냈다.

"구중궁궐 속에 있는 과인은 백성의 진정한 마음을 알지 못하는 것이 너무 많다. 공법에 대해서도 많은 신료들이 제각각 다른 말을 하니 어느 길을 따라야 할지 참으로 알 수 없도다.

이에 백성과 가장 가까이 있는 경들이 백성의 마음을 가장 잘 알 것 같아 과인이 친서를 보내노라, 공법을 진정 실시해야 할지 말아야 할지 경들의 의견을 밀봉하여 과인에게 보내라."

얼마 후 임금에게 도달한 밀봉 상계는 대체로 찬성을 표시했다.

종전의 '손실답험법'은 원전에 있는 제도로서 그 본뜻은 좋습니다. 하오나 봉행하는 자가 공정하지 못하고 아전들이 백 가지 꾀를 부려 백성이 괴로워합니다. 이 법을 그대로 시행하기보다는 새 공법을 시행하는 것이 옳은 일입니다. 국가가 많이 거두는 데 힘쓰지 말고 백성을 편안하게 하는 데 힘써야 할 것입니다.

그러나 맹렬히 반대하는 상계도 적지 않았다. 임금은 또다시 시험 실시를 더 해보고 결정하겠다고 했다.

그 이듬해 조회에서 임금이 두 가지 과제를 내어 놓았다.

"고려 때 하던 조세를 아직 혁신하지 못했다. 공법이 그것이오. 또한 고려에서 널리 퍼졌던 노란 옷 입는 폐단이 아직도 남아 있소. 태조께서 고려조가 모든 물건을 황색 칠을 하고 또 황색 옷을 좋아했는데 이를 바꾸라고 유지를 내린 바 있소. 궁정에도 노란색이 더러 눈에 뜨이니 이를 없애는 것은 쉬울 것이오. 문제는 민간 남녀가 누렇게 물들인 옷을 입고 다니니 이것이 문제요. 이를 없이하여 고려 색깔을 지우는 것이 어떠하오?"

대신들이 대답했다.

"사헌부로 하여금 금단하게 하는 것이 좋겠습니다."

어느 해에는 황색 비가 내려 소동이 일어나기도 했다. 임금이 승정원에 선지를 내렸다.

"어제 황우(黃雨)가 내렸다는 변고를 들었다. 황색이 불길한 것인데 하늘에서까지 내렸으니 큰 일이 아닌가. 중요한 일을 하는 관청은 모두 그 일을 중지하게 하라."

도승지 조서강이 반대 의견을 내놓았다.

"정부와 예조에서 자세히 확인한 것도 아닙니다. 안평대군의 말만 듣고 어찌 재앙이라 할 수 있겠습니까? 그것이 진실인지 망령된 일인지 구분하시어 영을 내리시옵소서."

"만일 하늘에서 내린 것이 아니라면 다행이지만 하늘에서 노란 비를 내렸다면 근심하고 두려워하지 않을 수 없는 일이다. 시각이 지났으니 더 알아보기도 힘든 일이다. 세자가 빗물을 받아 재는 일을 사사로이 하고 있는 것을 아는데 그것도 시각이 지나 알 수 없을 것이다."

허조, 정연 등이 다시 아뢰었다.

"하늘이 꼭 경고하는 뜻으로 비를 내렸다고 할 수도 없는 일입니다. 또한 황색이 나쁘지만은 않습니다. 중국에서는 상서롭게 여기는 색깔입니다. 부디 관아에 내린 어명을 거두시옵소서."

"경들의 말이 옳은 점도 있다. 비가 올 때 송화가루가 섞여 노랗게 보일 때도 있을 것이다. 바람에 나뭇잎이 휩쓸려 올라가면 나뭇잎 비가 오고 씨앗이 바람 타고 올라가면 씨앗 비가 오기도 하지 않느냐. 과인이 좀 더 자세히 알아보기로 하겠다."

이렇게 하여 소동은 일단 수습되었다.

임금이 공법에 대해 다시 명을 내렸다.

"과인이 여러 사람의 의견을 좇지 않고 대의를 가지고 강행하는 일이 적지 아니하오. 북방 축성 등에 다른 신하가 불가하다고 하는 것을 과인이 홀로 여러 사람의 의논을 무시하고 행하였소. 공법을 시행하고자 하니 신민들이 또 모두 불가하다고 하므로 이번에는 독단으로 할 수 없을 것 같소."

이에 김종서, 이숙치, 도승지 등이 아뢰었다.

"공법은 폐지할 수 없습니다. 그러나 기한을 짧게 잡지 말고 10년을 한정하여 서서히 시행함이 옳을 것입니다."

병인년(1445) 공법을 마침내 부분적으로 시행하기 시작하였다. 단 한 명의 백성이라도 피해를 입지 않게 하기 위해 10여 년을 고심한 끝에 조세에 관한 공법을 미완성인 채로 실시한 것이었다.

만고의 명품 훈민정음의 탄생

병인년(1446)년 3월 24일 소헌왕후가 수양대군의 별궁에서 별세하였다. 병환이 오래되어 두어 달 전부터 수양대군의 별궁으로 피접을 가 있었다. 병의 차도가 없이 점점 의식이 희미해져 갔다.

"중전, 정신을 놓지 마오."

임금이 왕후의 손을 잡고 안타깝게 꺼져가는 영혼을 지켜보는 가운데 소헌왕후가 세상을 떠났다. 왕후 춘추 52세, 궁중에 들어온 지 30년이었다. 8남 2녀를 남겼으나 2남과 1녀는 이미 이 세상 사람이 아니었다.

세자와 수양을 비롯한 대군, 공주가 모두 통곡했다. 종실 가족과 문무백관이 울음을 그치지 않았다. 정승에서부터 노비에 이르기까지 눈물 흘리지 않는 사람이 없었다.

그러나 누구보다 슬퍼하고 가엾게 생각한 사람은 임금이었다. 임금은 상복이 끝나는 30일간 수라를 놓다시피 하고 눈물이 마르지 않았다. 30년을 함께 살면서 온갖 어려움을 함께 겪었다. 친정아버지가 사약을 받아 세상을 떠나고 친정어머니가 관노가 되어 지내야 하는 참담한 세월을 불평 한마디 하지 않고 살아온 왕비였다.

아침저녁으로 종친과 문무백관들이 소복에 오사모(烏紗帽), 흑각대 차림으로 비전의 뜰에 나아가 부복하고 곡했다. 예를 집행하는 통찬이 '평신(平身, 절한 뒤 허리를 펴는 일)'을 알릴 때 까지 엎드려 곡했다.

승정원에서 임금에게 소를 올렸다.

"전의감 노중례는 중궁 전하께서 처음 병환이 났을 때 죄를 물어 강등하여 전의권지가 되었으나 다시 죄를 묻지 않을 수 없습니다."

임금이 비답을 내렸다.

"신하의 귀하고 천한 것은 군주가 주고 빼앗는 데 있다. 옛날 태종 때에 내시 김해가 죄를 얻어 해주에 귀양을 보냈는데, 고을 수령이 임금의 명을 어기고 안방에 모시고 손님 같이 대접하였다가 뒤에 벌을 받은 일이 있다. 그러나 전의감 노중례는 그와는 다르다. 노중례를 전의감 영사로 좌천하고 그 대접은 소홀히 하지 말라. 두건만 쓰고 영사 방에서 편히 지내게 하라."

의정부에서는 왕후의 장례에 각 도의 관찰사가 모두 참예하도록 지시를 내렸다.

묘호를 영릉(英陵)이라고 하고 시호를 소헌왕후라 칭하였다. 예조 판서 정인지가 영릉 지석을 지어 올렸다.

소헌왕후는 인자하고 겸손하며, 서로 어울려 화목하게 하는 아름다움을 지녔다. 세자빈으로 계실 때도 양궁(兩宮, 태종과 원경왕후)을 공경하고 섬겨 두텁게 사랑을 받으셨다.

소헌왕후가 인자하고 어질고 착한 것은 천성에서 나왔다. 모든 일에 스스로 조심하고 겸손했으며 후궁을 예로 접대하여 어루만지고 사랑하셨다. 후궁이 나와 뵙는 경우에도 반드시 예를 갖추고 위로하고 관용을 베푸셨다. 상감께서 총애하는 자는 특별히 융성하게 대접을 하시었다.

낳으신 아들딸은 모두 후궁으로 하여금 기르게 하셨다. 후궁의 소생도 왕후의 소생과 꼭 같이 정을 주시니 후궁들이 왕후 대하기를 부모처럼 하였다. 왕후는 상감에게 한 번도 친척을 위하여 은혜를 구하지 않았으며, 여러 아들을 가르치는 데에 반드시 의(義)와 덕에 적합하게 하였다. 대개 하늘에서 성인(聖人)을 내매 반드시 어진 배필을 지어서 지극한 다스림을 이루나니, 우리 전하와 왕후가 바로 이와 같으셨다.

왕후께서 병환이 드신 이후에 전하께서 낮과 밤으로 임하시어 보시고 동궁과 대군이 옆에서 탕약을 받들어 의료와 기원에 지극 정성을 들였다. 그 보람도 헛되어 이달 24일 별궁에서 승하하시니 춘추 52세였다.
하늘이 어찌하여 아름다운 덕은 후히 주시고 수명은 주지 않으셨습니까.
아아 슬프도다.
전하께서 어진 보좌를 일찍 잃으시고 애도를 이기지 못하여 백의와 소찬으로 30일을 보내시었다.

지석문의 초고를 읽고 난 임금이 눈시울을 붉히며 한참 있다가 도승지에게 일렀다.

"지석문은 후세에 길게 남기는 것이다. 왕비가 평소 사사로이 알현하거나 간청한 일이 한 번도 없다. 아랫사람에게는 은혜를 베풀었으며 의심하고 꺼리는 일이 없었으니 이 뜻을 정인지에게 전하라."

임금은 평소에 불교를 가까이하던 왕비의 뜻을 따라 여러 사찰에서 재 올리는 일을 허락하였다. 또 왕후를 위한 제사인 기신재(忌晨齋)를 대자암에서 행하라는 선지를 내렸다. 대자암은 원래 성녕대군의 묘 앞에 있는 암자인데 종실에서 하는 큰 불사는 모두 여기에서 행했다.

사헌부에서는 왕후의 장례와 기신재에 참여하지 않은 관찰사들을 탄핵했다. 또한 왕후의 빈전 제사에 참예하지 않은 영중추 조말생 등 정승 반열의 신료를 비롯한 23인을 의금부에 가두었다. 또한 참예하지 않은 3품 이하의 관원은 파직시켰다.

임금이 보위에 오를 때부터 세운 정책의 하나가 금주령이었다. 흉년이 자주 들어 쌀을 아끼고 근면한 풍조를 조장하기 위해서였다. 더구나 국상 같은 불행한 일이 있을 때는 더욱 엄히 단속하였다. 중전의 제례에 참석했던 종부시 제조가 금주령이 해이해진 사례를 임금에게 아뢰었다.

"양녕대군의 셋째 아들 이혜에게 술을 마시게 한 자가 있으니 논죄하고, 옆에서 보고도 말리지 않은 자가 있으니 죄주어야 합니다."

임금은 괴로운 듯 눈을 감고 한참 있었다.

'또 형님의 일이구나.'

임금이 한숨을 쉬며 말했다.

"혜가 술을 마실 만하다. 사랑하는 첩을 아비인 양녕에게 빼앗겼으니 그럴 만도 하다. 그러나 혜는 전에 사람을 죽인 일도 있으니 논죄하지 않을 수 없구나."

임금은 탄식하였다.

날이 갈수록 소헌왕후에 대한 그리움을 잊지 못해 힘들어 하던 세종은 석가의 전기를 펴내 왕후를 위로하기로 결심했다.

임금이 수양대군을 불렀다.

"중전의 명복을 빌기 위해 내가 하고자 하는 일이 있는데 네가 할 수 있겠느냐?"

"무슨 일이든지 어마마마를 위한 일이라면 성심껏 하겠습니다."

"그러면 석가모니의 일대기를 저술할 수 있겠느냐?"

"소자가 평소에 공부한 바가 있으니 하겠습니다."

"그러면 먼저 석씨의 일대기를 한문으로 쓴 뒤에 그것을 언문으로 번역하면 좋을 것 같다."

"그렇게 하겠습니다. 훈민정음을 아직 반포하지 않았지만 반포 이후에 인쇄할 수 있도록 하겠습니다."

그날부터 수양대군은 불교에 조예가 깊은 선비 김수온을 불러 함께 석가의 일대기를 저술하기 시작했다.

수양대군은 우선 승우, 도선 두 율사의 도움을 청했다. 저술의 기본 자료로 《석가보》와 《석가씨보》를 정독했다. 《법화경》, 《지장경》, 《아미타경》, 《약사경》을 읽고 석가의 행장에 관한 것은 모두 발췌하였다. 2년 만에 마침내 24권에 이르는 방대한 언문판 《석보상절》이 완성되었다. 석가모니의 일생을 여덟 장면 팔상도(八相圖)로 나누어 전기 형식으로 저술한 책이었다. 이 책은 훈민정음으로 만든 최초의 인쇄본이다.

특이한 것은 세종이 처음 언문을 만들 때 세운 원칙인 초성, 중성, 종성의 원칙을 지키지 않았다는 점이다. 받침이 없는 자라도 ㅇ을 붙여 3성의 원칙을 두는 것을 무시한 글자가 많았다. 한자는 모두 3성 법칙을 지켰다. 또한 '막대기에 붙이는 하늘'을 동그라미 점으로 하지 않고 짧은 막대기 모양을 썼다는 것이다(ㅗ, ㅏ, ㅓ).

임금은 석보상절을 보고 대단히 만족해했다.

"참으로 잘 썼다. 중전도 이 책을 본다면 좋아할 것이다. 나도 석가모니의 이야기를 쓰고 싶구나."

수양에게 말한 대로 세종 임금은 석가에 대한 시를 쓰기 시작했다. 그리고 마침내 '월인천강지곡(月印千江之曲)'을 완성했다. 5백80장에 이르는 방대한 저술이었다. 임금은 가사에 악보도 곁들였다. 물론 언문으로 번역하였다.

"부처의 일생을 알고서 감흥과 신심이 있어 내가 노래로 읊어 본 것이다."

임금이 수양에게 초안을 주면서 말했다.

"천강이란 무슨 뜻입니까?"

"천강은 글자 그대로 1천 개의 강이란 뜻이다. 1천 개의 강에 부처의 모습이 새겨졌다는 뜻이지. 부처는 이 세상에 와서 수많은 모습으로 많은 사람을 가르쳤는데 그 여러 모습을 1천 개로 해 본 것이다."

수양이 고개를 끄덕였다.

임금은 훈민정음을 반포하기 전부터 언문을 실용화하기 위해 여러 시도를 했다. 갑자년(1444)에 집현전 교리 최항, 부교리 박팽년, 부수찬 신숙주 등에게 의사청에 나와 '운회(韻會)'를 언문으로 번역하라고 명한 것을 위시하여 언문 사용을 장려했다.

임금은 정인지, 안지, 권제, 성삼문, 박팽년, 이개 등 당대의 문장가를 총동원하여 조선 왕조 창업의 위대함을 노래하는 대서사시, "해동 육룡이 나르샤 일마다 하늘의 복이 이르니…….”로 시작하는《용비어천가》를 언문으로 편찬하게 하였다.

10권 125장의 이 대작은 태조 이전의, 추존된 4대 조상부터 시작되었다. 특히 태종의 무용담이 자세히 적혀있었다. 여진을 정복할 때 금나라의 태조에 쫓겨 골목길로 가다가 앞이 절벽으로 막혔으나 말을 재촉해 뛰어 올라 구사일생한 이야기도 있었다. 대체로 중국의 고사를 앞세우고 태조와 태종의 무용담을 찬양하는 형식이었다.

악보도 함께 실어 취화풍, 취풍형, 봉래의, 여민락 등이 붙어 있다. 을축년(1445)에 시작된 저술은 완간하는데 2년이 걸렸다.

세종은 병인년(1446) 9월 상순 마침내 훈민정음을 반포했다. 이조판서 정인지가 서문을 썼다.

> 나랏말이 중국과 달라 한자와 서로 통하지 아니하므로 우매한 백성들이 말하고 싶은 것이 있어도 제 뜻을 펴지 못하는 사람이 많다. 내 이를 딱하게 여기어 새로 28자를 만들었다. 모든 사람이 쉽게 익혀 날마다 쓰는 데 편하게 하려 한다.

임금의 교지였다.

정인지는 서문에서 훈민정음의 원리와 사용법에 대하여 자세히 기술했다.

"신이 집현전 응교 최항, 부교리 박팽년, 신숙주, 수찬 성삼문, 돈녕부 주부 강희안, 집현전 부수찬 이개, 이선로 등과 더불어 해석과 범례를 지었으니, 이를 본 사람은 스승 없이도 깨닫게 될 것입니다."

정인지는 마지막에 세종에 대한 글을 올렸다.

"우리 성상께서는 하늘이 낳으신 성인으로서 제도와 시설이 백 대의 제왕보다 뛰어나십니다. 훈민정음의 제작은 전대의 것을 본받은 바도 없이 자연적으로 이루어졌으니 그 지극한 이치가 사심으로 된 것이 아닙니다. 동방에 나라 있은 지 오래 되었으나 아직 알지 못하는 도리를 깨달아 실지로 시행하여 성공시키는 큰 지혜를 이룩했습니다."

정묘년(1447)에는 우리나라 최초의 운서(韻書, 소리 읽는 법을 알려주는 책)인 《동국정운(東國正韻)》이 완성되었다. 신숙주가 임금의 명으로 편찬하여 간행한 이 책은 언문으로 서문을 써서 간행하였다.

"우리나라에서는 많이 쓰는 음인데도 초성이 '쾌' 한 글자뿐인 것도 있다."

신숙주가 지적한 것은 'ㅋ'이 초성으로 들어가는 것이 우리말에는 무수히 많은데 한자는 오직 '쾌' 한 자뿐이라는 지적이었다.

음운학에 많은 관심을 가지고 있는 세종은 당대의 가장 뛰어난 음운학자이기도 했다. 지식을 얻을 곳이 명나라밖에 없는 조선에서는 명나라의 사신이 문화의 전도사이기도 했다.

임금은 눈이 잘 보이지 않으면서도 음운학에 관한 관심으로 중국서 온 사신 사마순에게 음운에 관해 질문해 보라고 사람을 보냈다. 성삼문, 신숙주, 손수산 등이 임금의 명을 받고 음운학에 대해 알아보기 위하여 사신을 만났다.

"우리나라가 멀리 있어 바른 음을 알고자 하여도 스승이 없어 배울 수 없습니다. 한때 학사 쌍기에게서 음을 배웠는데 쌍 학사 역시 복건성 출신이라."

정인지가 말했다.

"복건성 음이 이 나라와 같으니 그대로 하시오."

사신이 무성의하게 대답했다.

"우리들이 대인에게 바른 음을 배우고자 하니 가르쳐 주십시오."

성삼문과 신숙주가《홍무정운》등 음운학에 관한 이야기를 꺼내자 사신은 엉뚱한 소리를 했다.

"여기도 과거에 향시가 있습니까?"

성삼문이 중국과 같다고 했다. 그리고 다시 음운에 대해 말하자 또 엉뚱한 말을 했다.

"장원한 자를 무엇이라고 합니까?"

"을과 제 1인이라고 합니다."

성삼문이 대답했다.

"왜 갑과라 하지 않고 을과라 합니까?"

사신은 이야기를 완전히 동문서답으로 만들었다.

"명나라에서 갑과라 하는데 감히 갑과라 할 수 없어 을과라 합니다."

"그렇군요."

성삼문은 슬그머니 화가 나서 엉뚱한 것을 불쑥 물어 보았다.

"율문에 보면 조칸(刁奸)이란 말이 있는데 무슨 뜻입니까?"

"간부가 정부를 다른 사람 집에 데리고 가서 간통한 것을 말합니다."

사신은 성삼문을 흘깃 보고는 묻지도 않는 이야기를 늘어놓았다.

"명나라 율문에 지아비 없는 계집이 화간하면 장 80대를 칩니다. 조정에서는 남자가 아내가 있으면서 다른 여자와 간통하면 장 90대를, 관리가 간통하면 그 간부를 지아비가 있고 없음을 묻지 않고 모두 장 백 대를 칩니다."

성삼문이 다시 음운에 관한 질문을 하자 사신은 피곤하다고 하면서 그냥 안으로 들어가 버렸다.

성삼문 등이 돌아와서 임금에게 그대로 아뢰었다. 임금이 웃으면서 말했다.

"음운학이 무엇인지 모르는 사람을 공연히 고생시켰군."

훈민정음이 반포되었음에도 달갑지 않게 생각하는 사람이 많은 것을 임금은 안타깝게 생각하였다.

대간들에 대한 탄핵 상소가 올라왔다. 임금이 일부러 대간에 관한 죄를 죄다 언문으로 써서 환관 김득상을 시켜 의금부와 승정원에 보냈다. 의금부 등에서 다시 상소하는 글이 한문으로 왔으나 임금은 다시 언문으로 비답을 내렸다. 임금의 방침에 따라 수양대군도 관아에 주는 글을 모두 언문으로 썼다.

몇 년 전 임금은 함길도는 조종의 땅이니 마땅히 특혜를 주어야 한다 하여 함길도 자제 중에 갑사나 아전, 녹사와 같은 하급 관리를 뽑을 때는 합격에 필요한 시험 과목 수를 줄여 주라는 교지를 내린 일이 있었다. 이에 대해 홍득희가 그새 익힌 훈민정음으로 임금에게 편지를 써서 올렸다.

"지난 윤칠월에 내리신 함길도 자제에 대한 특별한 배려는 참으로 성은이 망극합니다. 하오나 소인이 한말씀 더 올리는 것을 용서하십시오. 함길도 자제는 국경 개척에 목숨을 걸고 있는 백성들이오니 다른 도의 자제보다 채점을 후하게 하여주실 것을 주청 드립니다. 또한 시험에 언문을 반드시 넣는 게 좋을 것 같습니다."

그 뒤 임금은 다시 교지를 내렸다.

"함길도 출신 자제의 선발에는 점수를 타도의 곱절로 하여라. 그리고 반드시 훈민정음을 시험 과목에 넣어라."

이조의 관리를 뽑는 데도 반드시 언문을 출제토록 하였다.

훈민정음이 반포된 후에도 임금은 꾸준히 언문에 대한 연구를 계속했다. 신숙주, 성삼문, 손수산을 요동으로 다시 보내 운서에 대한 새로운 책을 구해 오도록 했다. 한번은 집현전에서 번역을 하며 숙직하던 남수문이 갑자기 위독하다는 보고를 받고 급히 전의를 보냈으나 살리지 못했다. 임금은 애석하게 여기고 관(棺)과 쌀을 보내 유족을 위로했다.

임금은 어느 날 좌의정 하연을 빈청으로 불러 환관 김득상에게 언문으로 된 비밀 문서를 가져오게 하였다. 임금도 사관을 물리친 뒤 밀담을 한참 하였다. 모두 무슨 일인지 궁금해 했다. 이 일을 통해 언문으로 중요 문서를 작성한다는 것을 모두 알았다.

임금이 상주목사로 간 지 6개월도 안 되는 김구를 갑자기 경복궁으로 불러 들였다.

"한성으로 올라와서 사서(四書)를 빨리 언문으로 번역하시오. 천민들도 사서를 쉽게 알아야 사는 데 편리할 것이오."

이외에도 의학, 농사 서적 등 수많은 책을 훈민정음으로 번역하여 출판하게 하였다. 언문은 특히 부녀자들에게 급속히 보급되어 편지 등에 활용되었다. 이와 달리 사대부에게는 계속 적으로 남아 있었다.

대자보와 동맹 휴학

임금이 승정원 관원들을 모아 놓고 최근 삼성과 육조에서 올라온 불교 반대 상소에 대해 말하였다.

“대군들이 중궁의 명복을 빌기 위해 불경을 만들고자 하여 내가 허락하였는데 이 문제를 두고 대신들의 반대가 물 끓듯 한다. 그러나 실상을 알아보면 내 앞에서는 그렇게 하는 게 좋겠다고 해놓고 돌아서서는 반대를 하니 참 한심하다.”

듣고 있던 승지들이 모두 민망하게 생각하였다.

“맹자가 말하기를 묵자는 모든 일을 박하게 하는 것을 도리로 삼았는데 그 어버이의 장사는 후하게 지냈다고 한다. 어버이를 위한 자식의 마음을 누가 막을 수 있겠는가."

임금이 계속해서 말하였다.

"세상 사람들이 집안에서는 부처를 받들고 남 앞에서는 부처를 그르게 말하니 내가 이런 것을 미워한다.

전에 태종께서 연회 자리에서 변계량을 보고 '경은 왜 고기를 먹지 않는가?' 하고 물었더니 변계량이 얼굴을 붉히며 몹시 당황했다. 태종께서 말씀하시기를 '경이 나한(羅漢)에게 제사하는 것을 내가 알고 있으니 고기를 먹어도 좋다.'고 한 일이 있다. 변계량이 부처를 좋아한다는 것을 다 아는데 숨기고자 한 것은 다른 사람의 비난이 두려워서일 것이다. 자기가 좋아하고 나타내지 않는 사람과, 처음부터 드러내놓고 배척하는 사람은 좋다. 허나 속으로는 좋아하면서 겉으로는 좋아하는 사람을 나무라는 사람을 나는 미워한다.

중궁이 떠나고 아이들이 모두 모후를 위하여 불경을 만들고자 한다고 했을 때 모두 말하기를 옳다고 해놓고 돌아서서 안 된다는 것은 무슨 심사인가?"

임금이 깊이 숨을 들이쉬고 이어 말했다.

"동궁은 정사에 바쁘고, 대군에게 그 일을 하도록 허락했는데 도와줄 사람이 필요할 것이다. 내 생각으로는 정효강이 불교를 좋아하고 재주와 덕행이 있으니 주관하게 하면 어떨까 한다."

승지들이 말했다.

"좋습니다만, 다만 중궁께서 병환이 계셨을 때 내전에서 설법을 계속 하였습니다만 효험이 없었습니다. 부처가 만약 영험이 있다면 반드시 감통(感通)이 있었을 터인데 지금 와서 보면 거짓이 드러나니 믿을 만하지 못합니다. 위에서 좋아하면 밑에서는 더 좋아하니 원컨대 하지 마시옵소서."

임금이 섭섭한 얼굴로 말했다.

"그대들은 불경 만드는 일을 그르게 여기는데, 어버이를 위하여 불사를 하지 않는 사람이 어디 있는가?"

우부승지 이사철이 아뢰었다.

"전하께서 하시는 일은 여러 사람이 보고 느끼는 바가 있으니 행할 수 없습니다."

좌승지 황수신, 동부승지 이순지 등이 이어 아뢰었다.

"불경을 이루는 것은 중궁에게 조그만 도움도 되지 않을 것이니 그만 두시는 게 좋을 것입니다."

임금이 몹시 불쾌해하며 답했다.

"그대들만 바른길을 알고 나는 도리를 알지 못하니 무슨 의논이 되겠느냐. 대관과 집현전 관원을 불러 오너라."

곧 이어 사간 변호경, 집의 정창손, 교리 하위지가 불려왔다.

임금이 조용한 목소리로 마음을 다스리며 말했다.

"고려 말기에 불교가 대단히 유행했으나, 우리 조정에 이르러 점차로 쇠잔해졌다. 사찰의 노비와 전지를 회수하고 궁중의 송경과 안거회(安居會)를 폐지하였으니 많이 쇠퇴한 셈이다. 과인이 예전에 모후 원경왕후의 상을 당하여 세 번 법회를 베풀었고 대자암에 가서 재를 올리게 하였다.

지금 아이들이 모후상을 당하여 불경을 이루고자 하니 과인이 마음 내키지 않았으나 그냥 둔 것을 경들은 알 것이다."

정창손이 나섰다.

"전하께서 어찌 그런 말씀을 하십니까? 부처에 시주한 물건도 도로 가져와야 할 것인데 불경을 만들 이유가 있습니까? 전에 태종께서 계실 때는 마지못해 하셨지만 지금은 전하가 마음대로 할 수 있는데 어찌 그른 일을 하시려고 합니까. 전하께서는 불교에 대한 큰 조치는 몇 가지 하셨지만, 홍천사를 고쳐 짓고 경찬회를 열었습니다. 이로 인하여 불교를 믿는 자가 많아졌는데 또 불경을 이룬다면 더욱 폐단이 많을 것입니다."

임금이 심히 불쾌하게 여기고 말했다.

"과인은 태종 때문에 마지못해 명령하는 사람인데 지금 아이들에게 무슨 힘이 있어 명령을 하겠는가. 사찰이 무너져서 보수하였을 뿐이지 새로 창건한 일은 없다. 수리를 했는데 경찬회를 열지 않을 수 있는가. 옛날 당태종은 황후가 승하하자 태자가 황후를 위하여 새 절을 지은 일도 있다."

임금은 대신들의 반대를 받아들이지 않았다.

끈질긴 반대에도 세종의 불교에 대한 지원은 그치지 않았다. 우참찬 정갑손이 불사를 정지시켜야 한다는 의견을 상주하러 사정전을 찾아왔다.

"지금 과인에게 하려는 말은 경 혼자의 의견이오? 아니면 여러 대신의 의견을 모아서 하려는 것이오?"

정갑손을 보고 임금이 먼저 물었다.

"조정 여러 사람의 의견을 모아서 드리려고 합니다."

임금이 고개를 끄덕이고 말했다.

"간단히 말해 보시오."

"불교의 흥망은 세상이 다 알고 있습니다. 고려 때 불법이 크게 성하였는데 우리 태조 때에 와서 비로소 이를 제거했지만 아직도 혁파하지 못했습니다. 사대부와 서인을 막론하고 어버이가 죽으면 부처를 공양하고 중에게 재를 올리게 하였으나 우리 조정에서 이를 못하게 하고 사당을 세워 받들게 하여 이제 불교가 없어질 것이라고 생각했습니다."

"그런데?"

임금이 말을 재촉했다.

"그러한데 지난번 중궁께서 병환이 나셨을 때 궁중에서 불사를 베풀었습니다. 금은으로 불경을 쓰고 등롱도 금은과 주옥으로 만들었습니다. 또 과천 등지에 큰 절을 창건하였다고 하니 불사를 즉각 중지하셔야 합니다."

임금이 말했다.

"옛날 태종께서 성녕대군을 위하여 사경과 등롱에 금 2정(錠)을 사용한 일이 있다. 그때는 주옥을 만드는 방법을 몰랐기 때문에 금을 사용하였으나 지금은 주옥을 만들어 쓰기 때문에 큰돈이 들지 않는다. 금을 사용한다고 한들 글씨 쓰는 데 쓰는 금이 얼마나 들겠는가."

임금의 설명에 정갑손이 또 대꾸했다.

"지금 성상께서 불법을 숭상하여 믿으시니 백성들이 말하기를 임금께서 이와 같이 하시는데 하면서 다투어 본받게 되었습니다. 성상께서는 대군이 하신 일이라 하셨지만 백성들이 어찌 그렇게 알겠습니까?"

임금이 큰소리로 말했다.

"우참찬이 그르다. 처음에 찬성해 놓고 물러가서 딴 소리를 하다니. 이것은 소신이라도 하지 않을 터인데 대신이 어찌 그럴 수 있느냐. 이미 등롱 등이 만들어졌는데 이를 불살라버리겠는가. 아니면 이제 그치겠는가?"

정갑손이 대답했다.

"만약 등롱을 부숴버릴 수 없다면 부처 앞에 그냥 둘 것이며, 주옥이 아까워 그냥 버릴 수 없다면 주옥만 빼내고 부숴버리면 될 것입니다. 부수고 안 부수고는 성상에게 달렸습니다. 그러나 앞으로 불사는 중지하셔야 합니다."

임금이 화난 목소리로 말했다.

"등롱을 불사른다면 마땅히 불경과 대자암도 불사르고 중들도 환속시켜야 할 것 아니냐? 그렇게 해야 하겠냐?"

정갑손이 조금도 굽히지 않고 말했다.

"불경은 이미 이루어져 있는 것입니다. 대자암은 선왕께서 창건한 것이니 어찌 불사르겠습니까. 중들의 환속은 불법이 스스로 흥망의 운수를 가지고 있는데 창졸히 변경시킬 수 있겠습니까?"

임금이 다시 물었다.

"등롱을 부처 앞에 달아놓고 불경도 부수지 말고 다만 불사만 정지한다고 과인에게 무슨 덕이 있는가?"

"신 등의 청에 따라 불사를 정지한다면 그것은 좋은 일입니다."

임금이 어이없어하며 다시 말했다.

"내가 대군들의 효성어린 뜻을 전했을 때 경들이 모두 찬성해 놓고 뒤로 돌아가서 서로 비난하며 모른 체하고 나에게 허물을 돌리니 이게 어찌 대신의 도리인가. 예전에 중들을 승적에 등록시키자고 했을 때 대신들이 중이 사슴 무리 같은 짐승이냐면서 반대하여 실시하지 않았다. 그 후 오히려 과인에게 허물을 씌우고 중들의 서울 출입을 막자고 하였다. 나는 불교를 좋아하는 군주인 것을 그대들이 잊은 모양인데 나무라지는 않겠다."

세종이 불교의 가르침을 높이 평가한 것은 보위에 오를 때부터였다. 국시가 불교 반대였기 때문에 공공연히 불교를 장려하지는 않았지만 사적으로는 늘 불교를 좋게 여겼다.

보위에 오른 첫해에 노비 백 명을 대자암에 내렸다. 백 명이란 큰

재산이었다. 그뿐 아니라 홍천사 석탑 속에 보관되어온 부처의 치아에서 나온 진신사리 4개와 부처의 두골, 패엽경, 가사 등을 승전색 환관 기용기를 시켜 밤에 몰래 궁 안으로 가져와 내불당에 보관하였다. 불두에서 나온 사리 4개는 홍천사 탑 속에 남겨 두었다.

임금은 며칠 뒤 이 사실을 조회에서 밝혔다.

"과인이 홍천사에 보관되어 오던 사리를 가져다가 문소전에 있는 내불당에 바쳤으니 그리 아시오."

임금은 명나라 사신 황엄이 한성에 오자 지신사 이명덕, 대언 원숙 등을 보내어 내불당을 구경하게 하였다. 내불당에는 부처의 진신사리뿐 아니라 국내에 있던 사리 5백50개를 보존하고 있었다. 황엄이 사리를 머리 위로 들어 올리고 공경함을 극진히 하였다.

다음해 임금은 직제학 성개, 신장, 급제 최흥효에게 명하여 내불당에서 금으로 불경을 쓰게 하였다. 원경대비를 위해서였다.

세종 3년(1421) 형조판서 허조가 신랄한 불교 폐단 상소를 올렸다. 허조는 고집이 세어 임금도 때로는 어쩌지 못하는 대신이었다.

"석가는 고행과 걸식으로 도를 이루었다 하고 육조(六祖, 혜능대사)도 절구방아를 찧었다 합니다. 모두 부지런히 수행하고 욕심이 없었으니 그들에겐 노비가 필요하지 않았습니다.

병술년에 도징과 설연이 자기 절의 여종을 간음하였고, 무술년에는 가휴와 성주가 음란한 행위를 계속하다가 국법에 걸린 일이 있습니다. 중이 되는 법이 친척도 버리고 애정도 끊고 세상을 떠나 산으로 들어가는 것이니 하물며 부모가 준 노예라도 데리고 갈 수 있겠습니까. 법손 노비를 모두 관아로 돌려보내 중들이 청정과 지혜의 길을 되찾게 하소서."

이러한 상소가 올라가게 된 이유는 흥복사 중 원목과 청민이 법손 김봉이가 자신의 신분이 양인이라고 소송(訴良)하였다 하여 몽둥이로 때리고 광에 가두자, 김봉이 목매 자살한 사건이 발생했기 때문이었다.

같은 해에 사간원에서 상소를 올렸다.

"죄를 저지르고 도망하는 자가 중 옷으로 갈아입고 숨으면 찾기 어렵습니다. 지금부터 중이 출가할 때는 경재육전에 정해진 대로 도첩을 발행하고 그 내용을 승록사에 기록하고 예조에 알려 이름과 숫자를 파악하게 하소서. 서울과 지방의 관리로 하여금 그들의 소속을 정하여 마음대로 이동하지 못하게 하옵소서. 부득이 움직일 때는 통행장을 내주어 기일을 엄중히 지키게 하옵소서. 함부로 이사하는 자가 없도록 무시로 감찰해야 할 것입니다."

임금이 듣고 비답하였다.

"그렇게 꼼짝 못하게 해야 할 이유를 모르겠다. 하지 마라."

끈질긴 반대에도 불구하고 임금은 알게 모르게 사찰을 지원하는 것을 그치지 않았다. 임금은 원경대비를 위하여 평양군 조대림을 시켜 대자암에 법석을 마련하게 하고 가사와 바릿대, 등롱 등 가구를 모두 궁중의 재물로 하도록 하였다.

세종 6년 3월, 경복궁에 신록이 한창 돋아나고 자목련이 꽃잎을 활짝 열었다. 임금이 강녕전 뜰 앞에서 제법 따사해진 햇볕을 받고 걸어 나올 때였다.

지신사가 쫓아왔다.

"전하, 성균관 유생들이 상소문을 들고 광화문 앞에서 궁으로 들어오기를 청하고 있습니다."

"무슨 이유로 성균관 유생들이 궁 앞에까지 왔단 말인가?"

"자세히는 모르오나 부처에 대한 상소가 있다고 합니다."

"몇 명이나 몰려왔다고 하는가?"

임금은 천천히 걷던 걸음을 멈추지 않고 말했다.

"모두 1백1명이라고 합니다."

"내가 사정전으로 나갈 테니 상소문을 가지고 들어오게 하라."

임금이 또 대신들과 같은 뻔한 소리를 할 것이라고 짐작하며 사정전으로 나아갔다. 지신사가 상소문을 받쳐 들고 들어왔다. 임금이 앉아서 천천히 펴 보았다.

> 사람이 죽고 사는 것은 운명에 매인 것이오, 화와 복은 제 몸에 매인 것이거늘 어리석은 백성들은 이것이 모두 부처에게 달렸다는 말에 속고 있습니다.
>
> 전에 이르기를 한 지아비가 경작하지 않으면 주리게 될 것이며, 한 지어미가 누에를 치지 않으면 벗게 될 것이라 하였습니다. 승려들은

경작도 아니 하고 먹으며, 누에도 치지 않고 검정색, 자색 옷을 입고 있습니다. 나라가 이로 인해 고갈되니 어찌 걱정이 아닙니까.

사람이란 천지의 기운을 받아 태어났으므로 비록 찧고, 태우고, 맷돌로 가는 고통을 받는다 한들 이 모두 운명인데 천당과 지옥은 어디에 근거하여 내세우는 것입니까. 승려들은 칠칠재를 올려야 편히 갈 길을 인도한다는 거짓으로 자기의 이익을 취하고 있습니다. 죽은 자를 위한다고 온 재산을 부처에게 바치게 하고 재를 올리게 합니다.

신라 말기에 불교를 존숭하여 국왕이 믿는 것을 비보(裨補)라 하고 경사대부가 믿는 것을 원찰이라 일컬어 수놈 하나가 부르면 암놈 백 마리가 화답하듯이 온 세상이 그대로 따라하여 그 폐단이 오늘에 이르렀습니다. 전조에 이르러서는 부처 섬기기를 더욱 근실히 하여 탑을 세우고 절을 짓기를 그치지 않았습니다. 이로 인해 불충불효, 무부무군(無父無君)의 풍조가 판을 치니 천리는 멸망하고 인심은 허물어졌습니다.

불교가 주장하는 청정하고 욕심내지 않는 마음은 간 데 없고 살찐 말을 타고 가벼운 옷을 입고 다니며 술과 계집을 공공연히 탐내고 있습니다. 근자에는 부모와 군주를 배반하고 타국에 가서 벼슬하면서 죄를 범한 중이 많으니 이 또한 무부무군의 불교가 열어준 길이 아니겠습니까.

승려들은 강제로 고향에 돌아가게 하여 사람다운 사람으로 만들어 군졸로 보내고 절은 주택으로 만들어 호구를 늘려야 할 것입니다. 동상과 범종은 녹여서 엽전으로 만들고, 사용하던 그릇은 예빈시에 보내 관용으로 쓰게 하소서. 노비는 관아에 복속시키고 전답은 군속으로 하여 군량미 조달에 쓰게 하시옵소서. 불경과 책은 모두 불태워 뿌리를 없애야 합니다.

장안에 있는 절은 모두 빼앗아 공청으로 만들고 지방의 절은 역참으로 쓰게 하시옵소서.

풍속은 예의로 가르치면 민심이 밝아질 것입니다.

신들은 공부하는 미미한 몸으로 오직 성대를 이루고자 하는 충심에서 부월의 위험을 무릅쓰고 한말씀 올리오니 특별히 유념하여 주시옵소서.

임금이 상소를 다 읽고 한숨을 쉬었다.

"아무리 아직 공부하는 유생일지라도 이렇게 철이 없다니……. 쯧쯧쯧."

임금은 상소에 별 반응을 보이지 않았다.

한번은 조회에서 황희가 아뢰었다.

"부녀자가 산속의 절에 가서는 안 된다는 법은 우리 속전에도 있고, 전하의 교시에도 엄연히 있는데 요즘 지켜지지 않는 사례가 많습니다."

임금이 조정에서 의논해 보라고 했다.

"부녀자를 만나주는 중을 다스려야 합니다."

다른 대신이 말했다. 불교 이야기만 나오면 모두 의무처럼 한마디씩 하려고 했다. 불교를 탄핵해야만 체면이 서는 것 같은 양상이었다.

세종 20년, 사간원에서 또 상소를 올렸다.

> 불사리를 궁궐 안에 보관할 것이 아니라 밖으로 내보내야한다고 여러 번 청을 드렸으나 아직도 이루어지지 않았기에 다시 청을 올립니다. 부처의 도란 괴상 허탄하고 윤리에 어긋나는 것으로, 나라를 다스리는 데 아무 도움도 되지 않습니다.
>
> 짐작하건대 전하께서 이 물건을 존숭, 신봉하시는 것이 아니고 선왕께서 하신 일이라 그대로 하신 것 같습니다. 불가의 물건이란 불당에 두어야 할 것입니다. 귀신을 경원해야합니다. 엎드려 바라옵건대 하루 속히 밖으로 내보내옵소서.

그러나 임금과 왕후의 불심은 점점 커지고 있었다. 왕후의 친정어머니 안씨의 병이 위독해지자 임금은 안평대군을 시켜 궁내로 승려를 모이게 하여 기도를 올렸다.

임금이 불교에 더 깊이 마음을 두게 된 것은 쉰을 앞두고 연이어 가족을 잃고 나서였다. 다섯째 아들 광평대군과 일곱째 평원대군이 차례로 세상을 뜨고, 이듬해에는 소헌왕후가 별세했다. 세종은 보위 30년에 이르자 심신이 지쳐 보였다. 숙환인 풍질이 심해지고 안질이 더욱 악화되어 글을 읽기 힘들었다. 모든 일을 거의 세자에게 맡기

다시피 하였다.

사랑하는 가족을 잃고 의지할 데가 없게 되자 불교에 기대어 위로 받고 싶은 심정이 간절했었다. 임금이 마음 둘 데가 없어지자 수양대군과 안평대군은 불당을 세워 부왕을 위로하고자 하였다.

세종 28년 6월, 수양대군과 안평대군이 주재하여 경복궁 옆에 소헌왕후를 위한 불당을 짓기 시작했다. 궁 옆에 불당을 건립한다는 소식을 들은 대신들이 벌떼처럼 일어났다. 연일 상소를 올려 공사를 중지하라 청하였으나 임금은 상소를 받아들이지 않았다.

그해 10월 사헌부 집의 정창손이 불사를 중지하라는 상소를 또 올렸다.

불교가 괴이하게 탄생하고 요망하여 나라를 미혹시키고 조정을 그릇되게 하는 것은 역사적인 사실로 증명되었습니다. 그러나 역대의 군주들이 그릇됨을 깨닫지 못하고 숭신하지 않는 사람이 없으니 실로 한심합니다. 전하께서 이런 점을 깨닫지 못하시고 동궁과 대군이 모후를 위하여 명복을 빌고자 하는 불사를 윤허하셨다는 소식을 듣고 신 등이 놀랐습니다.

듣자옵건대 금가루로 불경을 쓰고 불경 표지도 황금으로 그리고, 불당을 주옥과 비취로 장식하여 사치를 할대로 다하였으며 곡식과 재물을 허비한 것이 이루 말할 수 없다고 합니다.

흉년이 들어 농사하는 백성들이 근심에 묻혀 하루하루를 시름으로 보내고 있는데 무뢰배인 중들은 10명 또는 백 명씩 떼를 지어 좋은 음식과 좋은 의복을 입고 있습니다.

전하께서 그릇된 교리로 사회에 해를 끼치는 종교를 하루 빨리 혁파하시기를 명하신다면 유학을 위해 매우 다행한 일이겠습니다.

상소를 읽은 임금이 크게 진노하였다.

"대간들만 이 상소처럼 생각하는 것이 아니고 대신들도 이와 같은 그릇된 생각을 가지고 있다. 가부를 논할 때는 '옳습니다.' 해놓고 후일에는 '그릅니다.'라고 하더라. 내가 누구누구라고 이름을 댄다면 부끄러워할 것이다. 이런 자가 대신이냐."

승지들은 우의정 하연을 두고 하는 말이란 것을 다 알고 있었다.

임금이 수양대군과 사헌부 장령 강진을 불렀다.

"내가 임금이 되어 간사하고 정직하지 못한 신하를 보고 허물을 피하고 처벌하지 않는다면 어찌 선을 권장하고 악을 미워하는 정치를 한다고 할 수 있겠는가."

임금은 이어 명을 내렸다.

"정창손, 지평 조욱, 사간원 우사간 변효경, 지사간 정지담, 헌납 원내인, 정언 윤배 등을 의금부로 넘기고 국문하라."

정창손은 이 일로 좌천을 당했으나 2년 후 또다시 상소를 들고 임금을 알현하러 왔다.

"불사가 왜 안 되는지 말해 보아라."

임금이 심히 불쾌한 투로 정창손에게 물었다.

"전하께서는 육전을 무너뜨리고 새로 사찰을 창건하시어 30년 쌓아온 정치를 더럽혔습니다. 지금 대신, 대간 등 신료가 모두 울분을 참지 못하고 있습니다. 심지어 성균관 태학생들이 방을 붙이고 학업을 파하고 갔습니다."

"지금 경들이 같은 일을 가지고 열 번 이상 상소를 올렸다. 군신 사이에 도가 지나친 점이 이미 많다. 내가 경들의 임금이 되어 부끄러운 점이 많고 경들이 나의 신하가 되어 부끄러움이 많을 것이다."

정창손이 다시 아뢰었다.

"신 등이 모두 용렬한 사람입니다. 뻔뻔한 얼굴로 어찌 직무(職務)에 따라 책임지고 맡아 하는 임무에 나올 수 있겠습니까. 대죄하고 있으니 파면하여 주시옵소서."

임금이 강녕전으로 돌아와 이사철 도승지를 만나 한탄하였다.

"유생이 모두 동맹하여 공부를 파하고 돌아갔는데 이는 관원과는 다르다. 관원은 내가 진퇴시킬 수 있지만 유생은 다르다. 내가 불러오게 할 수는 없다. 어떻게 처리하는 것이 좋겠는가?"

도승지 이사철이 대답했다.

"지금 집현전 관원이 파하여 집으로 가고 사직서를 올렸습니다. 유생이 파하여 간 것은 다른 방법으로 오게 할 수는 없습니다. 전하께서 만약 그 요구를 들어주면 부르지 않아도 스스로 돌아올 것입니다."

이사철이 말을 하고는 통곡하였다.

"지금 집현전이 파하고 유생도 방을 붙이고 돌아갔으니 대간들도 곧 이를 따를 것이다. 내가 인심을 잃어 남의 도움을 받지 못하는 임금으로 홀로 남게 되었구나. 임금이 아무리 허물이 있다 한들 신하된 자들이 이럴 수 있는가?"

임금이 다시 사정전으로 나아가 우의정 하연 , 좌찬성 박종우, 우찬성 김종서, 우참찬 정갑손 등을 불러 수습책을 논의하였다. 대신들이 모두 파업과 휴학의 수습이 불가함을 말했다.

마침내 임금은 결단을 내렸다.

"성균관 유생 중 생원, 진사, 유학, 사부생도로 나이 20세 이상인 자는 모두 추국하여 아뢰라."

좌승지 조서안을 추관으로 명하고 엄히 교지를 내렸다.

"주모자를 가려내고 방을 붙이고 학업을 파한 자를 문책하라. 만약 승복하지 않거든 고문하여 아뢰라."

경복궁 옆의 불당은 대신들의 끈질긴 반대를 무릅쓰고 완성되어 가고 있었다. 공사 현장에 대신들이 몰려가 강력하게 중단을 요구했다. 현장에 있던 수양대군과 안평대군이 수없이 임금과 대신들 사이를 오가며 사태를 아뢰었으나 임금은 멈추라고 하지 않았다.

마침내 황희 정승이 임금에게 상소를 올렸다.

온 나라의 신하된 자가 모두 말을 합하여 불당 창건의 중단을 요구하고 있습니다. 윤허하시지 않는다면 31년을 쌓아온 전하의 성덕이 무너질까 두렵습니다. 신은 나이 90이 되어 해가 서산에 지는 지경인데 어찌 다른 소망이 있겠습니까? 오직 전하께서 잘못하는 일이 없기를 바랄 뿐입니다.

임금은 받아들이지 않았다.

임금이 대전에 나오지 않자 우참찬 정갑손, 예조판서 허우가 강녕전으로 임금을 알현하러 갔다.

"요사이에 불당의 일로 전하의 성심을 번거롭게 하였습니다. 오늘도 신 등이 육조의 뜻을 모아 그것을 아뢰러 왔습니다."

허조가 말을 이었다.

"신 등이 말씀 올리는 것은 불당 건축 중단을 목표로 하고 있습니다. 윤허하시지 않더라도 중지할 수 없습니다."

듣고 있던 임금이 단호하게 말했다.

"과인은 할 말이 없소!"

정갑손이 말했다.

"신 등도 할 말이 없습니다. 불당 일을 그만 두기를 바랄 뿐입니다."

"대소 신료들이 모두 과인을 공박하는 것 같소."

"부처의 옳고 그름은 전하를 위하여 변명할 것이 없습니다. 우선 창덕궁과 문소전 불당의 폐단을 말씀드리면 그 불당에 있는 승려 6, 7명이 모두 꺼려 있으려 하지 않습니다. 갇혀 있다시피 하여 사람들과 통할 수 없기 때문일 것입니다. 성실하지 못한 자들이 궁내에 있다는 것이 폐단입니다.

옛날 일을 말씀 드리면 신라 때에 불법을 믿고 사찰을 세우는 일이 한이 없어 절이 민가보다 많았다고 합니다. 전조에도 성내에 사찰이 열 넷이나 있었는데 태조대왕과 태종께서 억제하시었습니다. 이제 수그러드는가 했더니 성상께서 풀어 놓는 바람에 요사이에 점점 확장되어 가고 있습니다. 전하께서 어째서 강하게 이들을 내좇지 않으십니까?"

허우가 다시 아뢰었다.

"지금 신 등과 대간, 학생이 하나도 옳다고 하지 않는 일이오니 우선 서너 달만이라도 늦추시옵소서."

허우가 다시 눈물을 흘리며 말했다.

"고려 말엽에 난을 가져온 것이 모두 내불당에서 비롯되었습니다. 불사(佛事)로 낭비되는 것이 공사 간에 이루 말할 수 없습니다. 불법이 사람에게 무익함을 이로써 알 수 있습니다."

"나라의 물건이 곧 임금의 물건이다. 북방 5진으로부터 남으로 제주에 이르기까지, 모든 것은 임금이 임의로 쓸 수 있는 것이다. 공사를 막론하고 과인은 모두 마음대로 할 수 있다. 더 이상 과인의 일을 간섭하지 말라."

마침내 불당이 이룩되고 닷새 동안 경찬회가 열렸다. 금과 옥구슬로 단장하여 화려했다. 밖으로는 단청이 햇볕에 빛났다. 붉은 비단으로 기둥머리를 장식했다. 향나무를 새겨 산을 만들고 부처 3구를 가운데 안치하였다. 금부처는 일찍이 안평대군이 집에서 감독하여 만든 것이었다. 부처를 옮겨올 때 임금이 타는 큰 수레에 태워 왔으며 대내에 메고 들어가 안치하는 모습을 임금이 친히 관람했다. 공사에 종사한 관원들은 모두 관직을 올려주었다.

경찬회를 여는 동안 외부 사찰의 승, 대소 관료 등 7, 8백 명이 참여했으며 소비된 쌀이 2천5백70석이었다. 신곡을 지어 관현악을 연주했다. 모든 악기는 새로 만들었다. 공인 50명과 춤추는 무동 10여 명을 연습시켜 부처에 음성공양하게 하였다. 수양대군 등 왕자들과 정분, 민신 등 대신, 이사철 박연 등이 승려들과 함께 어울려 뛰고 돌면서 밤낮으로 춤을 추어 옷이 땀에 흠뻑 젖었다.

한 대신이 내관들과 이야기꽃을 피웠다.

"사리가 빛을 내는데 빛이 불꽃과 같았다. 부처 가운데 흰 기운이 진하게 맺혀서 떨어지는데 진주와 같다."

축하연을 마치고 수양대군이 경찬회 모습을 그림으로 그리고 참여한 사람 이름을 적어 나누어 주었다.

수양대군이 곁에 있던 주서 성임에게 물었다.

"너는 공자의 도와 석가의 가르침을 비교하면 누가 낫다고 생각하느냐?"

"공자의 도는 제가 일찍이 글을 읽어 알지만 석가의 도는 알지 못합니다."

수양대군이 다시 말했다.

"석씨의 도는 공자보다 나은 것이 하늘과 땅 같은 것이다. 유학자가 말하기를 불교가 몸을 꺾고 갈고 바쳐도 베푸는 것이 없다고 하는 말은 부처의 이치를 깊이 알지 못하고 망령이 나서 한 말일 뿐이다."

무진년(1448)이 저무는 섣달의 일이었다.

이듬해 여름 가뭄이 심해지자 임금이 수양대군과 도승지 이사철을 시켜 흥천사에서 기우제를 지내게 했다. 수양대군은 승려 속에 섞여 뛰어다니느라 땀투성이가 되었으나 조금도 피로한 줄을 몰랐다.

"공자의 도보다 나은 불교를 정자와 주자가 그르다고 한 것은 불씨를 깊이 알지 못해서이다. 천당과 지옥, 사생과 인과가 실로 이치가 있는 것이오, 결코 허탄한 것이 아니다. 부처의 도를 알지 못하고 배척한 자는 망령된 사람이라 내 취하지 않을 것이다."

수양대군이 평소에 한 말이었다.

송화강은 조선 땅이다

김종서가 떠난 뒤 홍득희는 온성에 새로 부임한 홍익성(洪益誠)의 휘하에서, 새로 파견된 사직 밑에 배속되어 두만강변의 군사적 안정을 위해 노력했다. 김종서는 한성으로 갔지만 임금의 명에 따라 동북 지방의 모든 문제를 한성에서 관할하고 있었다.

홍득희는 그 동안의 공로를 인정받아 종 5품인 사직으로 승진되고 이적합은 종 6품인 부사직, 강원만, 김영기, 동창, 박무 등은 9품인 사용(司勇)으로 임명되었다.

김종서 후임으로 함길도 감사로 왔던 정갑손은 얼마 되지 않아 떠나고 한확을 거쳐 황보인이 관찰사 겸 도절제사로 있었다.

홍득희와 별동부대는 온성도호부 내의 다온성에 정착, 흩어졌던 가족을 이주하여 살게 하였다. 그러나 가족이 없는 홍득희는 도호부 본영 안에서 혼자 기거하였다. 이제 나이도 서른이 넘었다.

북쪽의 두만강을 경계로 한 국경은 소강상태를 유지하고 있었다. 자주 침범하던 여진 부족들은 상당수가 조선으로 귀화하여 농사와 수렵, 신백정 등의 생업을 이어가고 있었다. 주적으로 맞서온 범찰, 올적합, 홀라온 등도 화친을 요구하여 공물을 바치고 있어서 크게 경계하지는 않았다.

홍득희는 김종서와 임금의 보살핌을 그때까지도 받고 있었다. 노비에서 양민으로 고신이 바뀐 송오마지가 한성에 살면서 가끔 온성까지 와서 김종서 등의 근황을 알려주곤 하였다.

세종 31년 기사년(1449년), 늦여름이었다. 두만강변은 벌써 조금씩 낙엽이 지고 있었다. 두만강은 일 년에 다섯 달은 얼음이 얼어 강의 역할을 거의 하지 못했다. 가을부터 이듬해 2월까지는 강이 얼어붙어 배를 타지 않고도 마음대로 왕래할 수 있어서 국경 경비가 쉽지 않은 계절이 된다.

어느 날 홍득희는 이적합과 함께 두만강변으로 나갔다.

"우리가 김종서 나리를 따라 이곳에 온지도 10년이 다 되어 가는군. 세월이 빨리 갔어."

홍득희가 강변을 걸으며 서글픈 목소리로 말했다.

"그러고 보니 우리 대성산 식구 중에 가정을 못 가진 사람은 홍 두목과 나뿐이군요."

이적합도 쓸쓸히 웃었다. 이적합은 아직도 홍득희를 옛날처럼 두목으로 불렀다.

두 사람은 강 모퉁이 큰 바위를 돌아서 걸어갔다. 사람의 그림자도 배도 보이지 않았다. 두 나라를 갈라놓은 푸른 강물결만 출렁이고 있었다. 홍득희는 전처럼 강에서 목욕을 하기 위해 바위 틈으로 들어갔다. 홍득희가 목욕을 할 때는 언제나 이적합이 보이지 않는 곳에 가서 망을 봐주었다.

홍득희는 옷을 훌훌 벗고 강물로 풍덩 뛰어들었다. 세상의 모든 먼지뿐 아니라 근심도 다 씻어 주는 듯 맑은 강물이 시원했다. 홍득희는 강바닥까지 잠수했다가 솟아올랐다. 나이 마흔이 되어가지만 늘씬하고 단련된 몸은 여전했다.

물속에 깊이 들어갔다가 나오며 강 건너편을 무심코 본 홍득희는 이상한 모습을 목격했다. 보이지 않던 배 한척이 오더니 8, 9명이 그물질을 했다. 아마도 온성 성내 사는 어부들이 물고기를 잡으러 온 것 같았다. 그러나 어부들이 있는 쪽은 조선 땅이 아니라 국경 이탈이 되는 지역이었다. 온성 관아에서는 군민들에게 항상 두만강 저쪽으로 가지 말라고 말해 왔으나 잘 지켜지지 않았다.

홍득희가 수영을 하다 말고 바라보고 있는 사이 더욱 이상한 일이 일어났다. 말을 탄 군사 10여 명이 불쑥 나타나더니 어부들을 향해 활을 쏘았다. 멀리서 보아도 여진족이 틀림없었다.

"으악!"

"오랑캐다."

두만강은 강폭이 넓지 않기 때문에 홍득희가 있는 쪽까지 비명이 들렸다. 어부들이 화살을 맞고 강 속으로 뛰어들어 허우적거렸다.

홍득희는 황급히 강에서 뛰어 나와 짧은 모래사장을 지나 옷을 입으러 바위틈으로 달려갔다.

"홍 두목, 옷 여기 있어요."

어느새 왔는지 이적합이 홍득희의 옷을 가지고 마주 달려오기 시작했다.

"아니, 두령!"

벌거벗은 홍득희가 급히 두 손으로 가릴 곳을 가리며 비명을 질렀다.

"옷부터 입어요. 나 아무것도 못 봤어요."

이적합이 고개를 돌리고 옷을 내밀었다. 홍득희는 맨몸을 이적합에게 들킨 것이 한두 번이 아니었으나 그렇게 불쾌하지는 않았다. 그러나 지금처럼 정면에서 온 몸을 보여주기는 처음이었다. 홍득희는 얼굴 붉힐 틈도 없이 황급히 옷을 입고 나루터로 달려갔다.

홍득희와 이적합은 나루터 초소에서 본영으로 사람을 보내 그곳 병사의 활과 칼을 받아 들고 배를 저어 강을 건너갔다.

"여진족이 맞나?"

홍득희가 배를 저으며 이적합에게 물었다.

"틀림없어요."

홍득희와 이적합이 강 건너 어부들이 있는 곳에 닿았을 때는 이미 사태가 끝난 뒤였다. 여진 군사는 어부들을 죽이고 잡은 물고기를 빼앗아 달아나고 없었다.

어부 아홉 명이 피습당해 한 명은 화살을 맞아 즉사하고 일곱 명은 화살을 맞고 강물로 뛰어들었다가 익사했다. 여덟 명이 죽고 한 명이 구사일생으로 도망치다가 홍득희의 구조를 받았다.

"너는 어디 사는 누구냐?"

"다온성에 사는 오권의 아들 오득지입니다."

살아난 젊은 어부는 정신이 하나도 없어 보였다. 발목에 화살이 스쳐 왼발을 절고 있었다.

"모두 몇 명이었느냐?"

"아홉 명인데 저 혼자만 살았습니다."

"왜 강을 건너갔느냐?"

이적합이 청년의 상처를 봐주며 물었다.

"어후대강(於厚大江)에 고기를 잡으러 갔다가 별로 잡지 못해 그 곳에 갔습니다."

"뭐야? 어후대강은 조선 땅이 아니데 법을 어기고 갔단 말이냐?"

어후대강은 두만강 너머 있는 강으로 작년에도 조선 어부 일곱 명이 몰래 고기를 잡으러 갔다가 빠져 죽은 일이 있었다.

"어떻게 그 강까지 갔느냐?"

"봉화대의 김사용이 봐 주었습니다."

"그럼 김사용이 불법을 눈감았단 말이야?"

이적합이 캐묻자 홍득희가 말렸다.

"그것은 별개 문제이니 나중에 따지지. 그래 습격한 적은 여진인이 맞느냐?"

"예."

"두목이 누군지 아느냐?"

"예. 거을기대(巨乙其大)였습니다."

"뭐야? 거을기대라고?"

거을기대란 올량합 추장의 호군으로 조선에 귀순하여 조선군 천호의 벼슬도 받아가지고 있는 인물이었다.

"거을기대가 양다리 걸친 줄은 알고 있었지만 사람을 죽이리라고는 생각지 못했군."

이적합이 한숨을 쉬었다.

홍득희는 이 사건을 절제사 박이녕과 부사 홍익성에게 자세히 보고했다. 그러나 어찌된 셈인지 어부들의 국경 월경을 눈감아준 관원은 처벌되지 않고 쉬쉬하고 말았다. 홍득희는 부사와 판관 전표에게 여러 번 항의했으나 아무 조치가 없었다.

그해 겨울이었다. 승정원에서 홍득희를 급히 대령하라는 전갈이 왔다. 홍득희는 이적합 부사직과 홍석이를 데리고 말을 달려 나흘 만에 한성에 도착했다.

홍득희는 강녕전에서 몇 년 만에 임금을 알현했다. 임금은 몸이 많이 수척하고 머리는 반백이 되어 있었다. 용안은 주름살이 늘고 몹시 지친 것 같았다.

"홍 사직, 어서 오너라. 홍 사직은 나이가 들어도 한결같이 힘이 넘쳐 보이는구나."

"망극하옵니다."

홍득희가 고개를 숙였다.

"과인은 이렇게 나이를 못 이기고 쇠잔하였다. 이제 과인이 모든 것을 손 놓을 시각이 다가오니 후회되는 일도 많다."

임금이 쓸쓸히 웃어 보였다.

"무슨 망극한 말씀이시옵니까? 상감마마, 기력을 높이시옵소서."

"내가 이루지 못한 일이 몇 가지 있는데, 그중에 송화강 유역의 공험진까지 조선 땅으로 회복시키지 못한 것이 한이 될지도 모르겠다."

"공험진과 선춘현에 있는 윤관 장군의 고토 회복은 꼭 이루어질 것입니다."

"그 일도 김종서나 홍 사직의 도움으로 끝냈어야 하는 건데……. 과인이 돌이켜 보건대 홍 사직이 과인을 도와준 일이 한 두 가지가 아니었어."

"과찬의 말씀에 소인 몸 둘 바를 모르겠습니다."

홍득희가 얼굴을 붉히며 고개를 더욱 숙였다.

"옛날에 조정에 귀화한 여진인으로 중추원부사를 지낸 은아리(殷

阿里)라는 대신이 있었다. 사람됨이 훌륭해 여진에도 인재가 있다는 것을 알았지. 그 사람이 여진 말은 할 줄 아는데 여진 문자를 몰라 큰 도움이 되지는 않았다. 그러나 홍 사직은 여진 문자를 과인한테 이해시켜 훈민정음을 만드는데 많은 도움이 되었다."

은아리는 귀화한 여진인으로 과거에 급제하여 정 2품까지 오른 대신이었다. 어느 날 조회가 끝난 뒤 대신들이 함께 고기와 술을 먹는 자리가 있었다. 그 자리에서 은아리가 술을 전혀 입에 대지 않자, 곁에 앉은 판내시부사 김용기가 놀렸다.

"용감한 달단인은 고기를 먹을 때는 반드시 술을 먹는데 대감은 술을 마시지 않는 것을 보니 가짜 달단이구나. 하하하."

그러나 은아리는 미소만 지었다. 이 일을 사헌부에서 문제 삼아 정 2품 대신을 놀린 김용기를 치죄하자는 상소를 올렸다. 은아리는 자기로 인해 처벌받는 사람이 있다면 그것은 자신의 불찰이라며 적극 말리고 나서 임금이 처벌하지 않은 일이 있었다.

"홍 사직은 훈민정음뿐 아니라 북방 영토 개척에도 여진 쪽 상태를 잘 알아 김종서를 많이 도와주어 큰 공적을 세우게 하였다."

"황공합니다."

"또한 백정, 화척, 노비가 사람답게 살게 하기 위해 꾸준히 힘써 주어 과인이 정치를 바꾸는 데 큰 구실을 주었네."

"전하께서는 신백정 제도를 만드시고, 천민의 속량을 추진하시고 서얼에게도 벼슬길을 열어 주시었습니다. 함길도 여진인에게까지 벼슬길을 열어 주신 것은 만백성에게 은혜를 베푸신 일이라 사료되옵니다."

임금은 고개를 끄덕였다.

"과인이 홍 사직을 부른 것은 최근 온성도호부에서 일어나고 있는 일의 진상을 알기 위해서다. 두만강을 사이에 두고 불법으로 국경을 넘나드는 백성이 많은데 관아의 단속이 허술하고 심지어 뇌물로 불법을 눈감아 주고 허위 상계를 올린다는 일이 있어 진상을 좀 알고자 함이다."

홍득희는 자기가 겪은 일 중의 하나인지라 자세히 이야기할 수 있었다.

"두만강은 일 년에 다섯 달은 얼음에 덮여 있어 서로 건너다니기가 쉽습니다. 그래서 여간한 경계가 없이는 불법을 막기 힘듭니다. 또한 여름에는 고기잡이배들이 불법으로 국경을 넘어 어후대강까지 갔다가 잡혀 죽고 빠져 죽고 합니다. 그러나 관아에서는 못 본 척하고 뇌물만 챙기는 관리가 많습니다. 지난여름 소인이 목격한 어부들의 불법 어로와 피살 사건도 보고를 했으나 처리하지 않고 있습니다."

홍득희의 설명을 들은 임금은 혀를 찼다.

"과인이 곧 경차관을 보내 엄중히 조사토록 할 테니 그대는 가서 기다리라."

홍득희는 어전을 물러 나와 다시 온성도호부로 돌아갔다. 임금의 용안이 말이 아니게 수척하게 보여 가슴이 아팠다.

판승무원사 박중손(朴仲孫)이 경차관으로 함길도에 파견 나와 두만강 사건을 추국했다. 박중손은 홍득희의 도움을 얻어 거을기대를 체포하여 가두었다.

"이곳 관아에서 거짓 보고를 한 것이 명백합니다. 일을 바로 잡고 불복하면 고문하여 자복을 받겠습니다."

박 경차관의 보고를 받은 임금이 그렇게 하도록 윤허하였다.

그해 겨울.

평안도 도절제사를 겸직하고 있는 김종서가 갑자기 홍득희에게 사람을 보내어 별동부대 50여 명을 거느리고 평양으로 오도록 전갈을 보냈다. 임금의 윤허를 받은 일이고 그곳의 일이 급하니 빨리 오라는 것이었다.

홍득희는 이적합, 강원만, 동창, 김영기, 박무 등을 비롯해 모든 병졸을 거느리고 평양으로 갔다. 이틀간 강행군하여 사흘째 새벽에 평양성 김종서의 도절제사 본영에 도착했다.

"홍 처자. 이게 몇 년 만이요?"

새벽인데도 갑옷을 입고 투구를 손에 든 김종서가 홍득희를 반갑게 맞이했다.

"그동안 기체후일향만강 하시옵니까?"

홍득희도 오랜만에 보는 김종서가 반가워 미소를 띠고 인사했다.

"지금 인사나 나누고 있을 때가 아니오. 나도 한양에서 새벽에 막

도착한 참이오."

"무슨 일이 있습니까?"

그제야 홍득희는 예삿일이 아님을 알았다.

"대성산 화적들이 평양 옥사를 부수고 죄수를 도망시키고 평양성을 쑥밭으로 만들었소."

김종서는 홍득희와 아침밥을 함께하면서 이야기했다. 그 자리에는 일을 수습하기 위해 한성에서 온 경차관 김간도 함께 있었다. 김종서는 그간의 일을 이야기했다.

"평양 옥사에 갇혀 있던 대성산 도적 40여 명이 폭동을 일으켜 옥을 부수고 형리들을 죽이고 도망하였네."

"대성산 도적이라면 1년 전 일인데 어찌 처결이 되지 않고 그냥 있었단 말입니까?"

홍득희가 의아해서 물었다.

"아마도 반성하고 새사람이 되면 살려주려고 그랬던 것 같네."

"꼭 그런 것은 아닙니다. 평양 전옥의 관리들이 도둑들과 밀통하여 뇌물을 받고 우물쭈물하고 있었던 것 같습니다."

경차관 김간이 말했다.

"그런 일이 있었소?"

김종서가 물었다.

"형방주사 손효숭이 장본인입니다."

김간이 대답했다.

"파옥할 때 외부 도적들이 합세한 것은 아닙니까?"

홍득희가 물었다.

"물론 안팎이 호응하여 일어난 불상사입니다."

"그래 하나도 잡지 못했습니까?"

"여러 명을 붙잡았지요. 두목인 안거금(安巨金)은 도망하였고 27명을 붙잡았습니다."

"안거금은 안꺾금이라고 하는데 내가 아는 자요. 그럼 다른 사람은 평양 옥사에 있습니까?"

홍득희가 물었다.

"김용철 등 14명은 죄를 불지 않아 곤장을 맞고 죽었어요. 이운 등 13명은 지금 문초하고 있습니다. 남은 자는 모두 참형하도록 형조에 올렸습니다."

김간이 대답하자 김종서가 몹시 못마땅한 표정으로 말했다.

"아무리 죄를 지어도 형장으로 때려 사람을 죽여서는 안 되오. 나머지 사람들도 때려죽이지 말고 죄를 말로 물어 대죄시키시오."

홍득희는 김종서의 말이 옳다고 생각했다.

"아침을 먹고 도망간 적을 체포하러 나가야 하오. 그들은 약 2백 명 정도 되는데 아주 영악한 무리요."

김종서가 말했다.

"화통총을 가지고 있을 뿐 아니라 아주 산을 잘 타는 말을 가지고 있다더군."

"내가 알기로는 그들은 산성을 짓고 마을을 이루어 살면서 군사 조직처럼 훈련을 잘 받았다고 하니 쉽게 잡히지 않을 것이오."

김종서 도절제사가 지휘하는 강도 토벌대는 김간을 중군으로 삼아 대성산 일대로 출발했다.

대성산은 대성산맥 중의 주산을 말한다. 대성산맥은 평안도 동쪽에서 시작하여 황해도 곡산까지 이르는 산맥이다. 홍득희가 대성산 화적으로 있을 당시에도 도적들의 활약 무대는 대성산맥과 북대봉산 산줄기를 통해 함길도까지 이르렀다.

"막연히 대성산으로 찾아간다는 것은 대동강에서 바늘 찾기입니다. 내가 꺾금 두목이 어디 있는지 알아낼 테니 우선 군사를 평양 서쪽 회창에 집결시키시지요."

홍득희의 제안을 받아들여 김간의 중군이 회창으로 향했다. 김종서는 회창과 평양성의 중간 남강 중턱에서 기다렸다.

홍득희는 이적합과 동창을 앞세우고 강원만, 박무, 김영기와 함께 대성산 입구로 향했다. 그리고 대성산맥과 북 대봉산이 만나는 자하산 정상으로 올라갔다.

"이적합 부사직. 옛날 솜씨 한번 발휘하지 않겠어?"

홍득희가 웃으면서 말했다.

"연기 신호를 보내라는 것이지요? 나는 두목이 산 위로 올라올 적에 알았어요."

이적합이 웃으면서 청솔가지를 꺾어 불을 붙였다. 곧 하얀 연기가 피어올랐다. 이적합은 거적으로 연기를 덮었다 걷었다 하면서 위치를 알리라는 신호를 보냈다. 자하산이 그 근처에선 가장 높기 때문에 백 리 이내의 산적들은 다 볼 것이다.

한나절을 기다렸으나 소식이 없었다.

"눈치챈 것 아닐까요?"

박무가 걱정했다.

"눈치채라고 한 것이오. 저런 신호를 하는 것은 같은 산적이라는 표시니까 모를 리 있소?"

"앗! 저기, 저기."

강원만이 소리쳤다. 멀리 보이는 산에서 연기가 피어올랐다.

"저기는 늘밭 고개일 거야. 그 밑에 평원천이 있으니 그 근방에 있을 거야. 강을 끼고 있지 않으면 오래 견딜 수 없거든."

홍득희가 설명하면서 김영기를 불렀다.

"김 사용, 빨리 김간 나리한테 가서 양덕에 집결하여 평원천 강 일대를 포위하고 있으라고 하시오. 내가 신호 봉화를 올리기 전에는 절대로 노출되면 안 된다고 하시오."

김영기 사용이 쏜살같이 말을 달려 산을 내려갔다.

"우리는 여기서 점심 식사를 끝내고 늘밭 고개로 천천히 갑시다."

홍득희의 말대로 별동대는 느긋하게 움직여 늘밭 고개가 보이는 평원천에 도달했다.

홍득희는 50명 병력 중 40명은 은폐시키고 10명은 사람들에게 잘 보이는 강둑에 말을 탄 채 서 있게 하였다. 그리고 혼자 말을 타고 강가로 내려갔다. 겨울 강은 수량이 적어 말을 타고 언제든 도강이 가능했다.

강 건너 늘밭 고개에 적이 있다면 충분이 홍득희를 덮쳐 죽이거나 사로잡을 수도 있었다. 홍득희의 대담한 행동을 별동대는 숨을 죽이며 보고 있었다.

홍득희가 강 가운데 이르자 반대편에서 수십 명의 적이 말을 타고 나타났다.

두목인 듯한 자가 소리쳤다.

"너는 웬놈이냐? 경차관 김간이냐?"

홍득희가 말을 멈추고 대답했다.

"나는 홍득희다. 옛날 대성산 화적 홍득희다."

언덕 위의 적들이 조금 술렁이는 것 같더니 이내 말했다.

"거짓말 마라. 홍 두령이 왜 관군 복장이냐? 뺏었느냐?"

"나는 관군이다. 너희 두목 꺽금이를 만나고 싶다."

한참 쑥덕거리던 적이 대답했다.

"내가 안거금이다. 정말 홍 두령이라면 이리 와 보시오."

"좋다. 간다."

홍득희가 말을 달려 강을 건너갔다. 이쪽에서는 모두 숨을 죽이고 기다리고 있었다. 언덕 위 적군 앞에 이르자 홍득희가 투구를 벗었다. 그리고 옆구리의 칼을 빼서 땅바닥에 버렸다. 홍득희를 한참 바라보고 있던 안거금이 말에서 내려 땅바닥에 엎드려 절을 했다. 모두가 말에서 내렸다. 홍득희도 말에서 내렸다.

"정말 홍 두령이군요. 몰라 뵈어서 죄송합니다."

"여기서 꺾금이 두령을 만나다니오. 참으로 반갑소."

두 사람은 마주 앉았다. 두 사람은 그간의 사정을 서로 한참 이야기하였다. 대성산 강도들은 홍득희를 전설적인 인물로 공경하고 있었다. 한 번도 보지 못했어도 홍득희를 모르는 도적은 없었다. 안거금은 착하게 살려고 노력했으나 식구들은 많고 거두어 주는 사람은 없어 하는 수 없이 이러고 산다는 이야기를 했다.

"내가 임금에게 이야기하여 대성산 식구들을 편안히 살도록 해 줄 터이니 모두 나를 따라갑시다."

"속지 마시오. 우리를 몽땅 팔아넘기려는 것이오."

도적떼 중 한 사람이 소리쳤다.

"당신은 누구요?"

홍득희가 물었다.

"저 사람은 평양 전옥의 형방주사요."

안거금이 설명했다.

"당신이 손효숭이구먼. 여기 있는 사람 다 용서해도 당신은 용서 못 해. 나라의 녹을 먹으면서 적과 내통을 해? 먹고 살지 못해서 강도질하는 것은 용서해도 당신 같은 관리는 임금님이 용서하지 않을 것이다."

"무엇이라고? 죽여 버릴 거다."

형방주사 손효숭이 칼을 뽑았다. 그러나 안거금이 주먹으로 때려 눕혀 버렸다.

"좋소. 우리를 살려 준다면 나쁜 짓을 안 하고 임금님의 성은을 고맙게 생각하여 활과 칼을 버리겠소."

"그것은 내가 보장하오, 나를 보시오. 대성산 홍 두목이 관군 사직이 될 줄 누가 알았겠소."

안거금과 백여 명의 도적은 모두 칼을 버리고 홍득희를 따라나섰다.

"정말 수고가 많았다. 홍 사직은 조선의 보배다."

김종서가 칭찬을 아끼지 않았다. 김종서는 임금에게 즉시 이 소식을 알렸다. 임금은 죄를 가려 주모자만 곤장을 쳐서 내보내고 다른 강도는 모두 자기 살길을 마련해 주도록 했다. 특히 18세 이하나 부녀자는 특별히 돌봐 주라는 명을 내렸다.

형조에서는 강도를 용서한 것에 대해 상소를 빗발치듯 올렸으나 임금은 보지 않았다.

평양에서 뒷수습을 하고 있는 홍득희를 승정원 도승지 안숭신이 급히 불렀다.

이틀 만에 홍득희가 한성에 도착해 보니 임금은 병환이 위중하여 영응대군의 사저에 피접을 가 있었다. 영응대군은 소헌왕후의 8남 염(琰)으로 막내였다. 나이는 16세, 시문에 능하고 음률에도 남다른 재주가 있어 임금이 특히 총애했다.

도승지 안숭신은 홍득희를 영응대군 저택 동별궁으로 안내했다. 홍득희는 그곳에서 임금을 알현했다.

"이번 대성산 토벌에 홍 사직이 큰 공을 세웠다는 것을 알고 있네. 장한 일이야."

임금은 그동안 많이 쇠약해져서 말소리도 분명하지 않았다.

"내가 꼭 할 말이 있으니 모두 잠시 나가 있으라."

임금은 주위를 다 물렸다.

"홍 사직!"

임금이 홍득희의 두 손을 잡았다. 수척해서 뼈만 남은 임금의 손이 느껴지자 홍득희의 눈에서 눈물이 흘러 내렸다.

"전하……."

홍득희는 울음이 나와 아무 말도 하지 못했다.

"내가 죽기 전에 꼭 전해야 할 말이 있어 불렀다. 잘 들어라. 첫째는 공험진을 꼭 되찾아야 한다. 둘째는 내 주위가 어수선하다. 내가 가고 나면 문약한 세자가 견뎌낼지 확신이 서지 않는다. 홍 처자는 속히 평양으로 가서 김종서한테 군사를 모두 이끌고 한성으로 들어오라고 하여라. 왕실의 정통을 지켜야 한다. 내가 무슨 뜻으로 하는 말인지 홍 처자는 알 것이다. 이 이야기는 아무한테도 해서는 안 된다. 대군한테도 이야기하지 마라."

홍득희는 어전을 나오면서 다시 한 번 임금을 돌아보았다. 이것이 임금을 마지막으로 보는 것이란 생각이 들어 계속 눈물이 흘렀다.

홍득희는 평양에 도착하여 김종서에게 임금의 밀명을 전하였다. 홍득희가 말하기 전에 승정원에서 이미 김종서에게 왕명을 전달해 놓고 있었다. 군사를 이끌고 서울로 오라는 명이었다. 공식적인 이유는 김종서가 너무 오랫동안 외지에 있었다는 것이었다.

경오년(1450) 2월 17일. 임금 세종이 영응대군 사저의 동별궁에서 승하하였다. 빈이 없는 세자와 수양대군, 안평대군, 영응대군이 지켜보는 가운데 임금은 마지막 말을 남겼다.

"고려사를 빨리 완성하라."

보위에 오른 지 32년만이었다.

임금이 승하하자 온 나라는 슬픔과 통곡으로 가득 찼다. 국상이 선포되고 종실과 조정은 국장 준비로 어수선했다.

빈청을 경복궁으로 옮기자는 논의가 한창 벌어졌으나, 황희 정승의 의견을 따라 번청은, 왕이 승하한 장소인 영응대군 저택의 동별궁을 좁은 대로 그대로 쓰기로 했다.

의정부에서 임금의 능을 영릉으로 하고 시호를 '세종장흥영문예무인성명호대왕(世宗莊憲英文睿武仁聖明孝大王)'이라 바쳤다.

대신들이 모여 국장의 진행에서 불교 의식을 배제하기로 결정했다. 대왕의 공덕을 논하는 자리에서도 만년에 불교에 마음을 기댔던 일을 못마땅하게 생각하는 대신들이 많았다. '임금은 한 번도 부처에 절한 적이 없고 부처 앞에서 향 피운 일이 없다.'고 주장하기도 했다. 또한 공식 기록 중에 훈민정음에 대한 공적은 한마디도 넣지 않았다. 대신들이 훈민정음 창제를 못마땅하게 여긴 때문이었다.

임금의 승하 소식을 들은 홍득희는 흰 옷과 검은 띠를 매고 머리를 풀었다. 그리고 임금이 있는 쪽을 향해 네 번 절하고 통곡했다.

홍득희가 수하를 거느리고 한성에 도착했을 때는 국상 절차가 거의 끝나고 종실과 조정에서 아침저녁으로 빈청에 재를 올리고 있었다. 홍득희는 빈청 바깥에서 절하고 통곡했다.

홍득희는 한 달을 머문 뒤 한양을 떠났다. 수하 50여 명과 대성산에서 자수해온 2백여 명을 이끌고 북쪽으로 향했다.

일행이 고양 한강변에 이르렀을 때 뜻밖에도 김종서가 낙천정에서 기다리고 있었다.

"나으리, 여기에 웬일이십니까?"

"홍 두령을 여기서 만났다가 여기서 이별하는구나."

김종서가 쓸쓸히 웃었다.

"어디로 가려는가? 웬만하면 한양에서 우리와 어울려 살지."

"아닙니다. 저는 송화강변 공험진에 갈 것입니다. 거기서 윤관 장군의 국경비를 지키면서 임금님의 소원을 이어갈 것입니다. 우리 식구는 거기서 정착하려 합니다."

"식구라니?"

김종서가 묻자 홍득희가 웃으며 대답했다.

"혼인하기로 했어요. 이 사람이 제 낭군입니다."

홍득희가 이적합에게 다가가 팔짱을 꼈다. 이적합이 멋쩍어 하며 머리를 긁적거렸다.

"경하할 일이오. 정말 축하해요."

김종서는 감개무량한 표정을 지었다.

"다시 만날 일이 있을까 모르겠소."

"기별드릴 것입니다. 언문으로요."

홍득희가 웃으며 가볍게 말에 올랐다.

《세종대왕 이도》끝

역사란 사실(事實)이 아니라 쓰는 자의 사실(史實)이다

필자는 이 소설을 쓰면서 세종에 관련된 실록 163권의 기사 수천 점을 모두 읽었다. 그 외에도 연려실기술 등 참고가 될 만한 역사 기록을 참고했다.

실록을 정독하면서 우리가 알고 있는 상식과는 다른 사실을 많이 발견했다. 또한 실록 자체도 오류가 여러 군데 있었다. 예를 들면 대왕의 둘째 아들인 수양대군의 처음 군호는 진양대군(晉陽大君)이다. 그러나 진안대군(晉安大君)으로 표기된 곳도 있었다.

실록은 엄정 중립을 지키며 춘추필법에 따라 썼지만 사관이나, 편찬 시기의 권력자들의 영향을 받은 흔적이 종종 나타났다. 세종실록은 단종 때에 완성되었지만 성종 대에 와서 간행되었다. 단종 때에 편수관으로 임명된 사람들의 이해관계가 여러 군데 나타난다.

어쨌든 세종은 성군으로 평가받았지만 인간적으로 많은 불행을 겪은 군주다. 32년 동안 인간이 겪을 수 있는 국가적, 가족적 고뇌가 너무도 자심했다.

세종의 고민과 행동들

세종은 왕이 되자마자 장인 일가가 도륙당한다. 장인은 사약을 받고 장모는 관청 노비가 된다. 왕은 억조창생이 자기 것이지만 어찌할 수 없이 죽을 때까지 비극을 안고 살아야 한다.

큰며느리가 두 번이나 폐빈이 되는 것도 가슴 아픈데 세 번째 며느리는 단종을 낳다가 죽었다. 또 한 가지, 형인 양녕대군은 일생동안 세종의 짐이 된다. 항간의 일설처럼 세종이 똑똑하고 어지니까 세자 자리를 양보하기 위해 일부러 미친 척했다는 것은 전혀 신빙성이 없는 이야기다.

양녕이 멋있는 풍류객이었을까. 아니다. 여자를 탐하고 사냥을 즐기며 온갖 탈선을 다해, 조정으로부터 처벌하라는 상소가 끊임없이 올라오고 임금은 이것을 막느라 승하할 때까지 고생한다. 세종의 전생에 형제간에 무슨 업보가 있어서 이럴까 싶을 정도이다.

형제의 탈선을 감싸기도 바쁜데 임영대군 같은 아들은 양녕대군을 흉내 내듯 임금을 동일한 방법으로 괴롭힌다. 형제와 아들들로 인해 사방에서 올라오는 탄핵을 막는 데 진저리를 낼 정도로 세종은 괴로웠다.

세종이 두드러지게 힘쓴 일은 크게 두 가지로 볼 수 있다.

첫째는 두말할 나위 없이 한글의 창제이다.

실록 중에는 한글을 창제하기 위해 임금이 노력한 부분은 자세히 부각되지 않고 한글 창제를 반대하거나 비난한 기사가 훨씬 더 많다. 이는 실록을 편찬한 세종의 후대에서 한글의 가치를 제대로 몰랐거나 잘못한 일로 평가했기 때문일 것이다. 실제로 어느 왕은 한글 폐지를 주장하기도 한다.

창제 당시에는 이의 보급을 위해 많은 노력을 기울였다. 그 결과로 문, 단종 때에 언문의 일상화가 엿보인다. 양녕대군이 딸 시집보내는 문제를 상의하기 위해 문종에게 언문으로 편지를 써 보냈다는 기록도 있다.

또한, 단종 1년의 실록 기사에서는 궁중 시녀들이 언문을 애용했음을 볼 수 있다. 수강궁(태종이 상왕이 된 후 있던 궁)의 한 시녀가 어머니에게 언문 편지에 '궁내의 남자 하인(房子) 자금, 중비, 가지 등이 별감에게 언문으로 사통했다는 것을 고자질'하는 내용을 보냈다. 이것으로 보아 언문이 왕족으로부터 하층 계급에 이르기까지 급속도로 전파되었음을 알 수 있다.

둘째는 국토의 확장이다.

세종 초기에 2만여 명의 군사를 동원해 대마도를 토벌했다. 이는 바다를 건너가서 다른 나라를 항복시킨 우리 역사상 최초의 일이다. 또한 북방의 영토 확장에 많은 노력을 기울인다. 실제로 압록강과 두만강을 국경으로 확정시키기까지 많은 힘을 기울였다. 실록에서는 한글을 만드는 일이나 측우기, 물시계를 만드는 일보다는 훨씬 많은 북방 토벌의 기사를 볼 수 있다.

또 윤관의 국경비가 발견된 북간도까지가 우리 영토라고 주장한다. 물론 이 영토 경계설은 지금도 사학계의 논쟁으로 남아 있기는 하지만, 세종은 고려의 국토가 만주까지라고 생각했던 것 같다.

세종에 대해 잘 알려지지 않은 부분도 몇 가지 있다.

신백정 제도를 만들어 천민을 사람대접하기 위해 노력했다. 천민들이 벼슬길에 나갈 수 있는 길을 모색하고 학업을 할 수 있게 하였다. 여자 노비에게 출산 휴가를 주기도 한다.

세종은 부왕 태종의 주연에 언제나 초대되었고 마지막에는 꼭 춤을 추었다. 술자리에서 춤을 추는 것은 여러 가지 고뇌를 잊기 위한 스트레스 해소책이었을 것이다.

세종은 20여 년 동안 풍질, 눈병, 피부병, 소갈증 등으로 시달렸다. 억불숭유 국책에 정면으로 반대하지는 않았지만 개인적으로는 불자가 되어 부처의 도움을 받으려고도 한다. 불교를 반대하는 대신이나 유생들과 끊임없이 대결하지만 신심을 잃지 않는다. 그러나 세종이 승하한 후의 실록 기록에는 임금의 불사에 대해 말하는 사람이 있으나 한 번도 부처에 절하거나 향을 피운 적은 없다고 기록하고 있다.

세종은 불교에 대한 교리나 신행에 대해 깊이 이해했다기보다는 정서적으로 믿음을 가진 것 같다.

황희 정승의 행적에 대하여

황희 정승은 세종 32년 동안 18년을 정승의 자리에 있었다. 그러나 좋지 않은 일로 수 없이 실록에 등장한다.

중요한 항목은 간통, 뇌물, 형사 재판 불법개입, 부당한 국가 전답 매입 등이다. 그뿐 아니라 아들들이 장물 취득, 도둑질, 전답 바꿔치기, 정부미 속여 타내기 등의 말썽을 일으킨다.

이 소설에서는 황희 정승의 이러한 기록을 소재로 삼은 부분이 많다. 그러나 후대, 즉 단종 때에 실록을 편찬하면서 황희에 대해 그렇게 나쁘게 사초가 이루어진 것은 모함이라는 주장이 나온다.

단종 즉위년(1452) 7월 4일자 단종실록을 보자. 춘추관사 정인지, 영관사 황보인, 감관사 김종서, 지관사 허후, 동지관사 김조, 이계전, 정창손, 편수관 신석조, 최항 등이 세종실록 편찬 위원으로서 의논을 하는 장면이 나온다. 정인지가 사신(史臣) 이호문이 기록한 황희에 대한 사초를 보고 말한다.

"이것은 내가 듣지 못한 것을 사초로 써 놓았다. 여러 사람들과 의논하자."

정인지가 계속 발언한다.

“황희가 황군서의 얼자(孼子: 첩의 아들)라고 한 것은 일찍이 그런 말이 있었다. 본인이 ‘나는 정실의 아들이 아니다.’라고 하는 말을 듣기도 했다. 그러나 그 나머지는 듣지 못했다.”

이어 허후가 말한다.

“우리 아홉 사람이 모두 듣지 못했는데 이호문이 어찌 혼자 들었겠나. 나의 선친은 황 정승을을 칭찬하고 흠모하고 존경하여 마지않았다. 도량이 매우 넓고 기쁨과 노여움을 나타내지 않았다고 하셨다. 의정부의 으뜸 벼슬로 거의 30년인데 어찌 남몰래 사람을 중상하고 관작을 팔아먹고 형사 사건에 뇌물을 받아서 큰돈을 비축했겠는가. 혹 친구가 위문하고 선물한 것은 있을 것이다.

자녀의 수양 부족 같은 것은 세상의 이목이 있어 알려진 것이다. 차남 황보신의 처가 친정에서 재물과 노비를 많이 얻었다. 그러나 이것이 황 정승과 무슨 상관인가. 본래 노비가 없었고 장인에게서 얻은 것은 1~2구뿐이었다. 부리는 노비의 수를 알지 못한다고 한 것은 망언이다. 황희의 자녀가 노비를 부린 것은 사람들이 다 알고 있다. 중 설우한테 황금을 받아 ‘황금 대사헌’이라고 한 것도 알 수 없는 일이다.

여기 있는 사람들은 어찌 한 사람도 들은 사람이 없는가. 사초를 가져온 이호문은 나와 친숙한데 사람됨이 조급하고 망령되고 단정치 못하다. 그 말을 취할 수 없으니 삭제함이 마땅하다.”

김종서가 이어 말한다.

"박포의 처 사건은 안방의 은밀한 일이니 알 수 없다. 그 밖의 일은 모두 사람의 이목에 전파되었으니 숨길 수 없는데 어찌 이렇게 되었을까. 함께 황금 뇌물을 받았다는 김익정은 나의 재종형인데 뇌물을 받을 사람이 아니다. 모두가 실록을 사사로운 정에 따라 쓰면 천만 대를 지난들 누가 고칠 수 있겠는가."

정인지가 말한다,

"내가 일찍 세조의 교지를 직접 받았는데 '경들은 사신(史臣)이니 알고 있는 것을 쓰지 않으면 안 된다.' 하셨다. 그러나 그 근거가 없는 것을 알면서 고치지 않을 수 있는가."

최항이 말한다.

"명백한 일이니 삭제하여도 무방하지만, 한번 수정할 실마리를 열어놓으면 끝을 감당할 수 없을 것이다. 섣불리 고치면 안 된다."

이어 황보인이 말한다.

"정법에 따라 삭제하지 말아야 한다."

성삼문이 말한다.

"이호문의 사초를 살펴보니 오랫동안 먼지가 쌓여 종이 빛이 다 누런데 오직 이것 한 장만 하얗게 보이니 사적인 감정으로 추서한 것이 맞을 거요."

결국 논박의 결론으로 그 기사를 삭제한다. 그러나 이날 논의하여 빼기로 한 것이 대부분 실록에 게재된다.

황희의 아들들도 구설수에 계속 오른다.

황희의 둘째 아들 황보신은 호조정랑으로 있었다. 호조에서 관원들이 녹으로 타간 쌀 중에 묵은 쌀을 햅쌀로 바꾸어 주었다. 황보신이 맡은 업무인데 관청을 속이고 쌀 여섯 섬을 더 받아갔다가 들통 나서 파직된다.

세종 11년의 일이다. 황희가 궁중 여종을 첩으로 삼아 낳은 아들이 있는데 이 아이가 자라서 말썽을 일으킨다. 황중생이라는 이 아이는 궁중에서 금잔, 금띠 등 금제품 33관을 훔쳐냈다. 들통이 나자 장물을 황희의 둘째 아들 보신에게 주었다고 자백한다. 황보신은 그것을 첩에게 주었다가 장물아비로 처벌받는다.

형조에서는 장 백 대에 이마에 장물아비 문신을 넣자고 건의하지만, 임금은 대신의 아들이니 문신을 새기지 말고 장 백 대만 치고 3천 리 유배하되 돈으로 갚으라고 한다.

황희의 큰아들 황치중도 호조참판으로 있었는데, 호조에서 회수한 과전을 자기의 척박한 땅과 바꿔치기를 했다가 들통이 나서 파직당한다.

자식들이 이 모양이 되자 황희는 세종이 돌아가고 5대 임금이 된 문종에게 탄원서를 낸다.

"신의 아들이 무고에 걸려 직첩을 회수당한 지 오래됩니다. 소신이 나이 80이 넘었는데 제 자식 복직되는 것을 보고 죽어야겠습니다. 소신 귀가 먹고, 눈은 안보이고, 어지러움에 건망증도 있습니다. 허리 다리를 못 써 비틀거리며 걷습니다. 꼭 복직시켜 주십시오."

사초를 고치려 한 김종서

단종 1년(1453) 5월 7일 단종실록 기사다.

안숭선이 쓴 사초를 보다가 김종서가 화를 벌컥 낸다.

"명나라 황제가 송골매를 구하니 일곱 마리를 잡아 임금에게 가져왔다. 임금이 대언들에게 진헌할 숫자를 정하라고 명했다. 동부대언 안숭선이 모두 다 바쳐야 후환이 없다고 하자, 좌대언 김종서는 두 마리는 남겨 두었다가 심심하실 때 쓰시라고 했다."

이 기사를 본 김종서가 펄펄 뛴 것이다.

"심심할 때라니……. 안숭선이 평생에 나를 곤란하게 하더니 죽어서도 나를 괴롭히는 구나."

안숭선과 김종서는 평소 라이벌이었다. 결정적으로 사이가 나빠진 것은 밑에 있던 안숭선이 도승지가 되어 김종서를 뛰어넘을 때부터였다.

결국 그 구절을 실록에서 삭제한다.

그것을 보고 있던 성삼문이 말한다.

"재상쯤 되어서 이게 무슨 도량인가. 이미 죽어 흙이 된 사람에게 원한을 가지다니. 쯧쯧쯧."

그 뒤 김종서는 "내가 속이 너무 좁았다. 말썽이 안 되게 도로 넣으라."고 했다.

안숭선의 사초에는 김종서와 황보인에 관계된 것도 있었다.

"중국 사신이 와서 기생과 하룻밤 자고 싶다는 청을 해왔다. 임금이 황보인과 김종서에게 의논하라고 했다. 김종서와 황보인은 기생을 넣어주라고 일렀다."

두 사람이 이 사초를 보고 이것은 틀린 일이니 삭제하라고 한다.

단종실록에는 이처럼 기사를 쓰면서 출처 불명의 사족이 있다. 대신들이 자기와 이해가 얽힌 것은 모두 가감한다. 김종서에 대해서는 "성질이 몹시 사납고 거칠어서 사람들이 모두 두려워했다. 일이 많이 진실하지 못하였다."라 했는데, 이 기사는 세조 때에 편찬되었으니 당대에 역적 취급을 받은 김종서를 두둔했을 리가 없다.

한편 단종 1년(1453) 최윤덕의 졸기(卒記: 죽은 뒤에 쓰는 일대기)에서 최윤덕의 충성심, 효성, 인품 등에 관해 칭찬한 구절이 많은 초고를 보고 김종서와 황보인은 "글을 쓴 자가 지나치게 칭찬했다."고 하면서 칭찬한 구절을 모두 삭제해버렸다.

부실한 장영실 기사

장영실에 관한 기사는 알려진 이름에 비해 상당히 부실하다. 세종이 통치한 32년간에 14건의 기사가 실록에 있을 뿐이다. 그 14건의 절반에 가까운 6건이 뇌물 수수, 불경죄, 폭행, 곤장, 파면 등 범죄와 관련된 좋지 않은 기사다.

조선왕실 가계도

제 1 대 태조

성계, 1335~140
재위기간: 1392. 7~ 1398. 12 (6년 6개월)
정비: 2명, 적자녀 : 8남 3녀
후궁: 4명, 서자녀 : 2녀
능호: 건원릉(경기도 구리시 인창동)

제 2대 정종

방과, 영안대군, 1357~1419
재위기간 : 1399. 1~1400. 12 (2년)
정비: 1명, 적자녀 : 없음
후궁: 9명, 서자녀 : 17남 8녀
능호 : 후릉(경기도 개성시 판문구 영정리)

제 3대 태종

방원, 정안대군, 1367~1422
재위기간 : 1401. 1~1418. 8 (17년 8개월)
정비: 1명, 적자녀 : 4남 4녀
후궁: 9명, 서자녀 : 8남 13녀
능호 : 헌릉(서울 서초구 내곡동)

- 4남 4녀 — **원경왕후 민씨**
  1355~1420
  능호: 헌릉(서울 서초구 내곡동)
  - 양녕대군
  - 효령대군
  - **충녕대군**
  - 성녕대군
  - 정순공주
  - 경정공주
  - 경안공주
  - 정선공주
- 1남 — **효빈 김씨**
  - 경녕군
- 3남 7녀 — **신빈 신씨**
  - 함녕군
  - 온녕군
  - 근녕군
  - 정신옹주
  - 정정옹주
  - 숙정옹주
  - 소신옹주
  - 숙녕옹주
  - 숙경옹주
  - 숙근옹주
- 1남 2녀 — **선빈 안씨**
  - 의녕군
  - 소숙옹주
  - 경신옹주
- 1녀 — **의빈 권씨**
  - 정혜옹주
- 1녀 — **소빈 노씨**
  - 숙혜옹주
- 1남 — **숙의 최씨**
  - 희령군
- 1남 1녀 — **덕숙옹주 이씨**
  - 후령군
  - 숙순옹주
- 1남 — **덕숙옹주 이씨**
  - 혜령군
- 1녀 — **덕숙옹주 이씨**
  - 숙안옹주

- 청송 심씨 온 — 순흥 안씨(父: 안천보)

제 4대 세종

도, 충녕대군, 1397~1450
재위기간: 1418. 8~1450. 2
(31년 7개월)
정비: 1명, 적자녀 : 8남 2녀
후궁: 5명, 서자녀 : 10남 2녀
능호: 영릉(경기도 여주군 성산)

- 8남 2녀 — **소헌왕후 심씨**
  1395~1446
  능호: 영릉
  - **제5대 문종**
    향, 1414~1452
    재위기간: 1450. 3 ~ 1452. 5(2년 3개월)
    정비: 1명, 적자녀 : 1남 1녀
    정비: 1명, 적자녀 : 1남 1녀
    능호: 현릉(경기도 구리시 인창동)
    - 1남 1녀 — **현덕 왕후 권씨**
      1418~1441
      능호: 현릉
      (경기도 구리시 인창동)
      - **제6대 단종**
        홍위, 1441~1457
        재위기간: 1452. 5 ~ 1455. 윤6 (3년 2개월)
        정비: 1명, 자녀: 없음
        능호: 장릉(강원도 영월)
      - 경혜공주
  - **제7대 세조**
    유, 수양대군, 1417~1468
    재위기간 : 1455. 윤6 ~ 1468. 9(13년 3개월)
    정비 : 1명, 적자녀 : 2남 1녀
    후궁 : 1명, 서자녀 : 2남
    능호 : 광릉(경기도 남양주시 진접면)
  - 안평대군
    임영대군
    광평대군
    금성대군
    평원대군
    영응대군
    정소공주
    정의공주
- 1남 — **영빈 강씨**
  - 화의군
- 6남 2녀 — **신빈 김씨**
  - 계양군
    의창군
    밀성군
    익현군
    영해군
    담양군
- 3남 — **혜빈 양씨**
  - 한남군
    수춘군
    영풍군
- 1녀 — **숙원 이씨**
  - 정안옹주
- 1녀 — **상침 송씨**
  - 정현옹주

세종 시대 정부 조직도

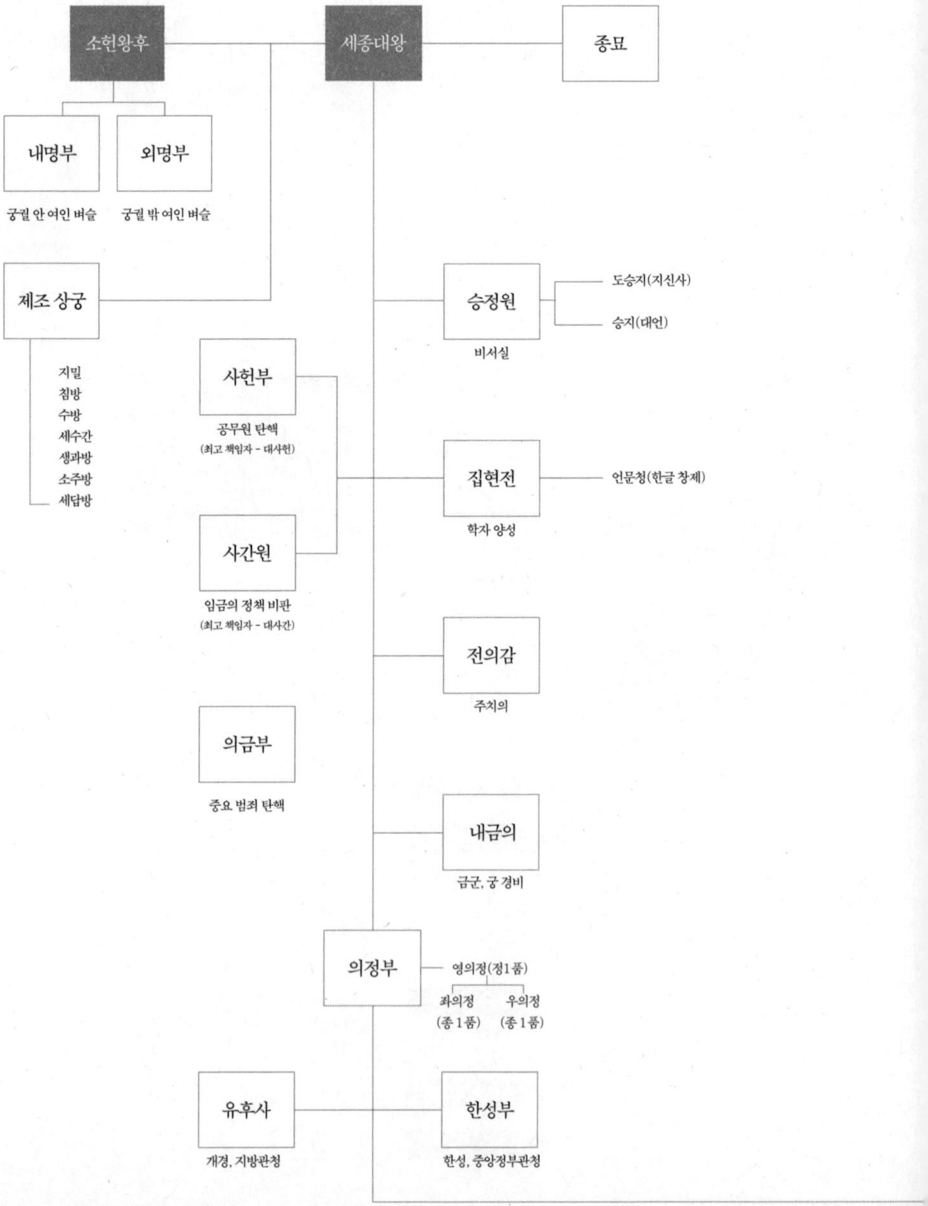
소헌왕후
세종대왕
종묘
내명부
외명부
궁궐 안 여인 벼슬
궁궐 밖 여인 벼슬
제조 상궁
지밀
침방
수방
세수간
생과방
소주방
세답방
승정원
도승지(지신사)
승지(대언)
비서실
사헌부
공무원 탄핵
(최고 책임자 - 대사헌)
집현전
언문청(한글 창제)
학자 양성
사간원
임금의 정책 비판
(최고 책임자 - 대사간)
전의감
주치의
의금부
중요 범죄 탄핵
내금의
금군, 궁 경비
의정부
영의정(정1품)
좌의정
(종1품)
우의정
(종1품)
유후사
개경, 지방관청
한성부
한성, 중앙정부관청

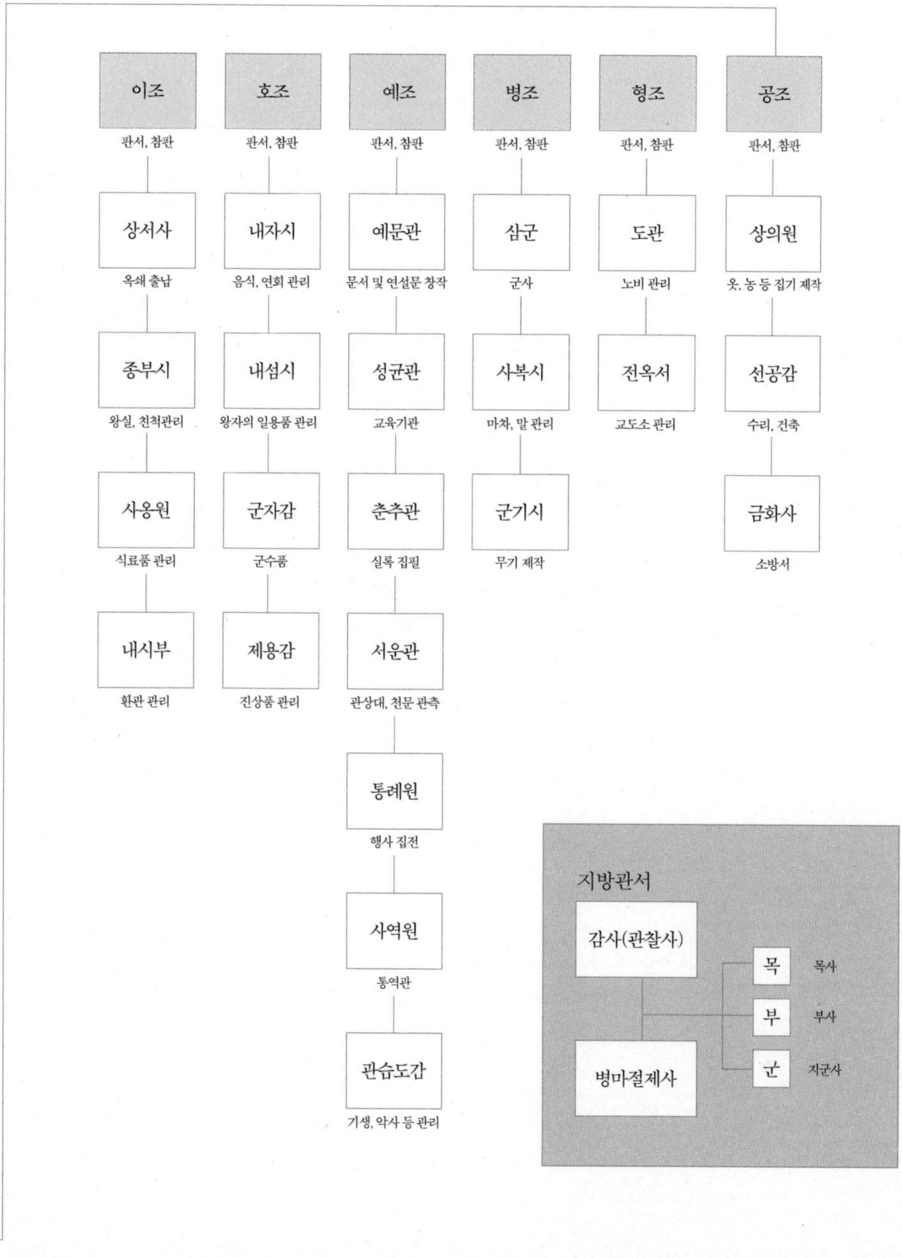
이조
판서, 참판
상서사
옥쇄 출납
종부시
왕실, 친척관리
사옹원
식료품 관리
내시부
환관 관리
호조
판서, 참판
내자시
음식, 연회 관리
내섬시
왕자의 일용품 관리
군자감
군수품
제용감
진상품 관리
예조
판서, 참판
예문관
문서 및 연설문 창작
성균관
교육기관
춘추관
실록 집필
서운관
관상대, 천문 관측
통례원
행사 집전
사역원
통역관
관습도감
기생, 악사 등 관리
병조
판서, 참판
삼군
군사
사복시
마차, 말 관리
군기시
무기 제작
형조
판서, 참판
도관
노비 관리
전옥서
교도소 관리
공조
판서, 참판
상의원
옷, 농 등 집기 제작
선공감
수리, 건축
금화사
소방서
지방관서
감사(관찰사)
병마절제사
목
목사
부
부사
군
지군사